王逢振　主编

詹姆逊作品系列

侵略的寓言

[美]弗雷德里克·詹姆逊（Fredric Jameson）著
陈清贵　王娓　译

中国人民大学出版社
·北京·

总　序

众所周知，弗雷德里克·詹姆逊（Fredric Jameson，1934—　）是当代著名的思想家和批评家，也是公认的、仍然活跃在西方学界的马克思主义者。其作品已经被翻译成十多种文字，产生了广泛的影响。因此，在"詹姆逊作品系列"出版之际，对詹姆逊及其作品做一简要介绍，不仅必要，而且也不乏现实意义。

一、弗雷德里克·詹姆逊其人

20多年前，我写过弗雷德里克·詹姆逊，当时心里主要是敬佩；今天再写，这种心情仍在，且增添了深厚的友情。自从1983年2月与他相识，至今已经35年多，这中间交往不仅没有中断，而且日益密切，彼此在各方面有了更多的了解，因此我称他为老友。他也把我作为老朋友，对我非常随便。例如，2000年5月，他和我同时参加卡尔加里大学的一个小型专题研讨会，会后帕米拉·麦考勒姆（Pamela Maccllum）教授和谢少波带我们去班夫国家公园游览，途中他的香烟没有了（当时他还抽烟），不问我一声，便从我的口袋里掏出我的烟抽起来。此事被帕米拉·麦考勒姆和谢少波看在眼里，他们有些惊讶地说："看来你们的关系真不一般，这种事在北美是难以想象的。"

其实，我和他说来也是缘分。1982年秋季我到加州大学洛杉矶分校作访问学者，正好1983年2月詹姆逊应邀到那里讲学，大概因为他是马克思主义批评家，想了解中国，便主动与我联系，通过该校的罗伯特·马尼吉斯教授约我一起吃饭，并送给我他的两本书：《马克思主义与形式》(Marxism and Form，1970)和《政治无意识》(The Political Unconscious: Narrative as a Socially Symbolic Act，1981)，还邀请我春天到他当时任教的加州大学圣克鲁兹分校访问。

说实在的，他送的那两本书我当时读不懂，只好硬着头皮读。我想，读了，总会知道一点，交流起来也有话说，读不懂的地方还可以问。4月，我应邀去了圣克鲁兹。我对他说，有些东西读不懂。他表示理解，并耐心地向我解释。我们在一起待了一个星期，我住在他家里，并通过他的安排，会见了著名学者海登·怀特和诺曼·布朗等人，还做了两次演讲——当时我在《世界文学》编辑部工作，主要是介绍中国翻译外国文学的情况。

1983年夏天，我们一起参加了在伊利诺伊大学厄本那-香槟分校召开的"对马克思主义和文化的重新阐释"的国际会议。正是在这次会议上，我认识了一些著名学者，如佩里·安德森(Perry Anderson，英)、G. 佩特洛维奇(G. Petrovic，南斯拉夫)、亨利·列斐伏尔(Henri Lefebvre，法)和弗朗哥·莫雷蒂(Franco Moretti，意)等人(我在会议上的发言与他们的发言后来一起被收入了《马克思主义和文化阐释》[Marxism and the Interpretation of Culture] 一书)。此后，1985年，我通过当时在北京大学国政系工作的校友龚文库(后任北京大学传播学院副院长)的帮助和安排，由北京大学邀请詹姆逊做了颇有影响的关于后现代文化的系列演讲。詹姆逊在北京四个月期间，常到我家做客。后来我到杜克大学访问，也住在他家里。

詹姆逊生于美国的克里夫兰，家境比较富裕，自幼受到良好的教育，幼年还学过钢琴，对音乐颇有悟性。他聪明好学，博闻强记，20岁(1954年)在哈弗福德学院获学士学位，22岁

(1956年)获耶鲁大学硕士学位,接着在著名理论家埃里希·奥尔巴赫的指导下,于25岁(1959年)获耶鲁大学法国文学和比较文学博士学位;其间获富布赖特基金资助在德国留学一年(1956—1957年),先后就读于慕尼黑大学和柏林大学。1959年至1967年在哈佛大学任教,1967年到新建的加州大学圣地亚哥分校任教,在那里,他遇到了一度是法兰克福学派的重要人物和激进学生领袖的赫伯特·马尔库塞。此后,从1976年到1983年,他任耶鲁大学法文系教授,1983年转至加州大学圣克鲁兹分校。1985年夏天,杜克大学为了充实和发展批评理论,高薪聘请他任该校讲座教授,专门为他设立了文学系(Graduate Program in Literature),由他当系主任,并决定该系只招收博士研究生,以区别于英文系。记得当时还聘请了斯坦利·菲什(Stanley Fish)、简·汤姆金斯(Jane Tomkins),以及年轻有为的弗兰克·兰垂契亚(Frank Lentricchia)和乔纳森·阿拉克(Jonathan Arac,后来没去)。从那时至今,他一直在杜克大学,2003年辞去系主任职务,不过仍担任批评理论研究所所长和人文学科教授委员会主任。2014年才辞去所有职务。

  1985年他刚到杜克大学时,该校给了他一些特殊待遇。正是这些特殊待遇,使他得以在1985年秋到中国讲学一个学期(他的系列演讲即后来国内出版的《后现代主义和文化》),并从中国招收了两名博士研究生:唐小兵和李黎。唐小兵现在是南加州大学教授,李黎是中美文化交流基金会董事长。由于詹姆逊对中国情有独钟,后来又从中国招收过三名博士研究生,并给予全额奖学金,他们分别是张旭东、王一蔓和蒋洪生。张旭东现在已是纽约大学教授,蒋洪生任教于北京大学中文系。

  虽然詹姆逊出身于富裕之家,但因为马克思主义的影响,生活上并不讲究。也许是为了有更多的时间读书,他几乎从不注意衣着，在我与他的交往中，只见他打过一次旧的、过时的领带。他总是随身带着一个小本子，每当谈话中涉及他感兴趣的问题，他就会随手记下来，过后再进行思考——这也许是值得我们学习的方法。在我看来，他除了读书写作和关注社会之外，几乎没有什么业余爱好——当然，他喜欢喝酒，也会关注某些体育比赛（我记得他很关注世界杯足球赛的结果）。他并不像某些人讲的那样，旅行讲学必须住五星级宾馆，至少我知道他来中国旅行讲学时，大多住在学校的招待所里。1985年他第一次来中国时，当时交通条件还不像现在这么便利舒适，我和他曾一起坐过没有空调的硬卧火车，在小饭馆里喝过二锅头。他与许多衣着讲究的教授形成鲜明的对照。可能由于他住在乡间的房子里，加上不注意衣着，张旭东在杜克大学读书时，他的儿子曾把詹姆逊称作"农民伯伯"。詹姆逊妻子苏珊也是杜克大学教授，是个典型的环保主义者，自己养了许多鸡，还养羊（当然詹姆逊有时也得帮忙），鸡蛋和羊奶吃不完就送给学生。因此，在不甚确切的意义上，有人说詹姆逊的生活也体现了他的马克思主义情怀。

二、詹姆逊的学术成就

到20世纪70年代中期，詹姆逊已被公认是最重要的马克思主义批评理论家。但直到《政治无意识》出版之后，他的独创性才清晰地显现出来。他在该书的一开始就鲜明地提出自己的主张："总是要历史化！"并以此为根据，开始了对他称之为"元评论"的方法论的探讨，对于长期存在的美学和社会历史的关系问题，从理论上给出了一种自己的回答。与传统的历史批评形式相对，詹姆逊不仅把文化文本置于它们与历史语境的直接关系之中，而且从解释学的角度对它们进行探讨，探讨解释的策略如何影响我们对个体文本的理解。但与其他现代解释理论不同（例如罗伯特·姚斯［H. R. Jauss］的接受理论），詹姆逊强调其目标是一种马克思主义的意识形态分析，并认为马克思主义包含所有其他的解释策略，而其他的解释策略都是片面的。

《政治无意识》奠定了詹姆逊在学术界的地位。有人说，詹姆逊是"第二次世界大战以来美国最重要的马克思主义文学批评家。只有英国的雷蒙德·威廉斯写出过和他同样重要的作品"①。"詹姆逊是当前文坛上最富挑战性的美国马克思主义思想家。他对法兰克福学派主要人物的解释，他对俄国形式主义、法国结构主义、后结构主义的解释，以及他对卢卡奇、萨特、阿尔都塞、马克斯·韦伯和路易斯·马丁的解释，都对20世纪马克思主义和欧洲思想历史做出了重大贡献。詹姆逊对小说发展的论述，对超现实主义运动的论述，对巴尔扎克、普鲁斯特、阿尔桑德洛·曼佐尼（Alessandro Manzon）和阿兰·罗伯-格里耶（Alain Robbe-Grillet）这些欧洲作家的论述，以及他对包括海明威、肯尼思·勃克（Kenneth Burke）和厄休拉·勒奎恩（Ursula Le Guin）在内的各类美国作家的论述，构成了强有力的政治的理解。"②"詹姆逊是当前杰出的马克思主义批评家，很可能是我们这个时代最重要的以社会历史为导向的批评家……他的《政治无意识》是一部重要著作，不仅文学家要读，历史学家、社会学家以及哲学家都应该读它。"③ "在大量的批评看法当中，詹姆逊坚持自己的观点，写出了最动人的谐谑曲式的著作。"④

---

① *Contemporary Literary Criticism* (University of Oklahoma Press, 1986), p. 111.
② *Postmodernism and Politics* (University of Minnesota Press, 1986), p. 123.
③ Hayden White 写的短评，见 *The Political Unconscious* (Cornell University Press, 1981) 封底。
④ *New Orleans Review* (Spring, 1984), p. 66.

詹姆逊的理论和学术贡献是多方面的。就文学批评而言，主要表现在历史主义和辩证法方面。他是一个卢卡奇式的马克思主义者，但超越了卢卡奇的怀旧历史主义和高雅人道主义。他所关心的是，在后结构主义对唯我论的笛卡尔主义、超验的康德主义、目的论的黑格尔主义、原始的马克思主义和复归的人道主义进行深刻的解构之后，人们如何严肃地对待历史、阶级斗争和资本主义非人化的问题，也就是说，"面对讽刺的无能，怀疑的瘫痪，人们如何生活和行动的问题"①。詹姆逊认为非常迫切的问题是：对"总体化"（totalization）进行马克思主义的探讨，包括与之相关的整体性的概念、媒体、历史叙事、部分与整体的关系、本质与表面的区分、主体与客体的对立等等，是不是要预先构想一种理想的哲学形式？是否这种形式必然是无视差别、发展、传播和变异的某种神秘化的后果？他大胆而认真地探讨这些问题，但他尽量避免唯心主义的设想，排除神秘化的后果。

在詹姆逊的第一部作品《萨特：一种风格的始源》（*Sartre: The Origins of a Style*，1961）里，他分析了萨特的文学理论和创作。该著作原是他在耶鲁大学的博士论文，由于受他的导师埃里希·奥尔巴赫以及与列奥·斯皮泽相关的文体学的影响，作品集中论述了萨特的风格、叙事结构、价值和世界观。这部著作虽然缺少他后来作品中那种典型的马克思主义范畴和政治理解，但由于20世纪50年代刻板的因循守旧语境和陈腐的商业社会传统，其主题萨特和复杂难懂的文学理论写作风格（那种以长句子著称的风格已经出现），却可以视为詹姆逊反对当时的守旧思潮，力图使自己成为一个批判型的知识分子。如果考察一下他当时的作品，联想当时的社会环境，人们不难看出他那时就已经在反对文学常

---

① *Postmodernism and Politics*, p. 124.

规,反对居支配地位的文学批评模式。可以说,詹姆逊的所有作品构成了他对文学批评中的霸权形式和思想统治模式的干预。

20世纪60年代,受到新左派运动和反战运动的影响,詹姆逊集中研究马克思主义,出版了《马克思主义与形式》,介绍新马克思主义文学理论的辩证传统。自从在《语言的牢笼》(The Prison-House of Language,1972)里对结构主义进行阐述和批判以后,詹姆逊集中精力发展他自己的文学和文化理论,先后出版了《侵略的寓言:温德姆·路易斯,作为法西斯主义的现代主义者》(Fables of Aggression: Wyndham Lewis, the Modernist as Fascist,1979)、《政治无意识》和《后现代主义,或晚期资本主义的文化逻辑》(Postmodernism, or, the Cultural Logic of Late Capitalism,1991),同时出版了两卷本的论文集《理论的意识形态》(The Ideologies of Theory,第一卷副标题为"理论的境遇",第二卷副标题为"历史的句法",两卷均于1988年出版)。随着文化研究的发展,他还出版了《可见的签名》(Signatures of the Visible,1991)和《地缘政治美学》(The Geopolitical Aesthetic,1992),收集了他研究电影和视觉文化的文章。此后他出版了《时间的种子》(The Seeds of Time,1994)和《文化转向》(The Cultural Turn,1998)两部论述后现代主义的著作。这期间,他仍然继续研究和阐释马克思主义理论和马克思主义美学,出版了《晚期马克思主义》(Late Marxism,1990)、《布莱希特与方法》(Brecht and Method,2000)和《单一的现代性》(A Singular Modernity,2003)。最近一个时期,他从乌托邦的角度探索文化的干预功能,出版了《未来的考古学》(Archaeologies of the Future,2005)。

在詹姆逊的作品里,除了《萨特:一种风格的始源》一书之外,他一直坚持两分法或辩证法的解释方法。应该说,他的著作具有明显的连续性。人们不难发现,从 20 世纪 70 年代初到 80 年代后期,随便他的哪一篇文章或哪一本书,在风格、政治和关注的问题方面,都存在着某种明显的相似性。实际上,今天阅读他的《理论的意识形态》里的文章,仍然会觉得这些文章像昨天刚写的一样。然而,正如詹姆逊在论文集的前言里所说,在他的著作里,重点已经发生了根本变化:"从经转到了纬:从对文本的多维度和多层面的兴趣,转到了只是适当地可读(或可写)的叙事的多重交织状况;从解释的问题转到了编史问题;从谈论句子的努力转到(同样不可能的)谈论生产方式的努力。"换句话说,詹姆逊把聚焦点从强调文本的多维度,如它的意识形态、精神分析、形式、神话-象征的层面(这些需要复杂的、多种方式的阅读实践),转向强调如何把文本纳入历史序列,以及历史如何进入文本并促使文本的构成。但这种重点的转变同样也表明詹姆逊著作的连续性,因为从 20 世纪 60 年代后期到 90 年代,他一直优先考虑文本的历史维度和政治解读,从而使他的批评实践进入历史的竞技场,把批评话语从学院的象牙塔和语言的牢笼里解放出来,转移到以历史为标志的那些领域的变化。

因此,人们认为詹姆逊的作品具有一种开放的总体性,是一种相对统一的理论构架,其中不同的文本构成他的整体的组成部分。从结构主义到后结构主义,从精神分析到后现代主义,许多不同的观点都被他挪用到自己的理论当中,通过消化融合,形成他独创性的马克思主义文学理论和文化理论。马克思主义一直是詹姆逊著作的主线,以马克思主义为主导,他利用对意识形态和乌托邦的双重阐释,对文化文本中意识形态的构成因素进行分析和批判,并指出它们的乌托邦内涵,这使他不仅对现行社会进行批评,而且展现对一个更美好的世界的看法。可以说,在马克思主义理论家恩斯特·布洛赫(Ernst Bloch)的影响下,詹姆逊发展了一种阐释的、乌托邦的马克思主义文化理论观。

詹姆逊早期的三部主要著作及其大部分文章，旨在发展一种反主流的文学批评，也就是反对当时仍然居统治地位的形式主义和保守的新批评模式，以及英美学术界的既定机制。20世纪60年代末和70年代初，黑格尔式的马克思主义在欧洲和美国出现，《马克思主义与形式》可以说是对这一思想的介绍和阐释。在这部著作中，詹姆逊还提供了其他一些马克思主义者的基本观点，如阿多诺、本雅明、马尔库塞、布洛赫、卢卡奇和萨特等，并通过对他们的分析形成了自己的观点和立场。他偏爱卢卡奇的文学理论，但坚持自己独特的黑格尔式的马克思主义，并在他后来的作品里一直保持下来。

卢卡奇论现实主义和历史小说的著作，对詹姆逊观察文学和文学定位方面都产生了相当大的影响。但詹姆逊一直不赞同卢卡奇对现代主义的批判。不过，他挪用了卢卡奇的一些关键的概念范畴，例如物化，并以此来说明当代资本主义的文化命运。在詹姆逊的著作里，黑格尔式的马克思主义的标志包括：把文化文本置于历史语境，进行广义的历史断代，以及对黑格尔的范畴的运用。他的辩证批评主要是综合不同的立场、观点和方法，把它们融合成一种更全面的理论，例如在《语言的牢笼》里，他的理论融合了结构主义和符号学，以及俄国形式主义。在《政治无意识》里，他广泛汲取其他理论，如弗洛伊德的精神分析、拉康的心理学、德里达的解构主义、萨特的存在主义等等，把它们用于具体的解读，在解读中把文本与其历史和文化语境相联系，分析文本的"政治无意识"，描述文本的意识形态和乌托邦的时刻。

对詹姆逊来说，辩证的批评还包含这样的内容：在进行具体分析的同时，以反思或内省的方式分析范畴和方法。范畴连接历史内容，因此应该根据它产生的历史环境来解读。在进行特定的、具体的研究时,辩证批评应该考虑对范畴和过程的反思;应该考虑相关的历史观照,使研究的客体在其历史环境中语境化;应该考虑乌托邦的想象,把当前的现实与可能的选择替代相对照,从而在文学、哲学和其他文化文本中发现乌托邦的希望;还应该考虑总体化的综合,提供一种系统的文化研究的框架和一种历史的理论,使辩证批评可以运作。所有这些方面都贯穿着詹姆逊的作品,而总体化的因素随着他的批评理论的发展更加突出。

20 世纪 70 年代,詹姆逊发表了一系列的理论探索文章和许多文化研究的作品。这一时期,人们会发现他的研究兴趣非常广泛,而且因其理论功底具有相当的洞察力。他的研究范围包括科幻小说、电影、绘画、魔幻叙事和现实主义与现代主义文学,也包括马克思主义文化政治、帝国主义、巴勒斯坦民族解放问题、马克思主义的教学方法,以及如何使左派充满活力。这些文章有许多收入《理论的意识形态》里,因此这部论文集可以说是他在《政治无意识》里所形成的理论的实践。这些文章,以及《后现代主义,或晚期资本主义的文化逻辑》里的文章,可以联系起来阅读,它们是他的多层次理论的不可分割的部分,表明了文学形式的历史、主体性的方式和资本主义不同阶段的相互联系。

三、政治无意识

应该说,《政治无意识》是詹姆逊的最重要的作品。在这部著作里,詹姆逊认为,批评家若想解释文本的意义,就必须经历一系列不同的阶段,这些阶段体现在文本之中,通过系统地解码揭示出来。为了做到这点,他汲取 20 世纪各种理论资源,从诺斯罗普·弗莱(Northrop Frye)的四个解释层面到拉康的无意识理论,从俄国形式主义到后结构主义,从德里达的解构主义到阿尔都塞的意识形态论述，几乎无一不被加以创造性地利用。在他看来，马克思主义批评不是排他性的或分离主义的，而是包容性的和综合性的，它融合各种资源的精华，因此可以获得更大的"语义的丰富性"。批评家应该考察文本指涉的政治历史、社会历史（按照传统马克思主义也就是阶级斗争的历史）和生产方式的历史。但这些方式不是互相取代，而是互相交叠融合，达至更高层次的普适性和更深层次的历史因果关系。

詹姆逊一向注重对总体化的探讨，包括伴随它的总体性概念、媒介、叙事、部分和整体的关系、本质和表面的区分、主体与客体的对立等等。他认为，总体性是在对矛盾的各阶级和对抗的生产方式的综合的、连贯性的叙事中表现出来的，对这种总体性的观察构成现时"真正欲望的形象"，而这种欲望既能够也确实对现时进行否定。但这种概念的作用不同于后结构主义的欲望概念，它是一种自由意志的结构，而不是存在意志的结果。

詹姆逊对总体性的设想，在他对欲望、自由和叙事等概念之间的联系中，清晰地展现了出来。他在讨论安德烈·布勒东（André Breton）的《超现实主义宣言》（*Premier manifeste du surréalisme*）时写道：

> 如果说超现实主义认为，一个真实的情节，一个真实的叙事，代表了欲望本身的真正形象，这并不过分；这不仅按照弗洛伊德的看法纯心理的欲望本身是意识不到的，而且还因为在社会经济关系里，真正的欲望很可能融化或消失在形成市场体系的那种虚假满足的大网之中。在那种意义上说，欲望就是自由在新的商业语境中所采取的形式，除非我们以一般欲望的方式来考虑自由，我们甚至认识不到自己已经失去了自由。①

---

① *Marxism and Form*（Princeton University Press，1970），pp. 100—101.

詹姆逊认为，当代批评的主要范畴不是认识论而是道德论。因此他不是构成某种抽象的存在，而是积极否定现时，并说明这种否定会导向一种自由的社会。例如，德里达虽然揭示了当代思想中的二元对立（如言语与写作，存在与虚无，等等），但他却没有注意善与恶这种类似的道德上的二元对立。对此詹姆逊写道：

> 从德里达回到尼采，就是要看到可能存在一种迥然不同的二元对立的解释，按照这种解释，它的肯定和否定的关系最终被思想吸收为一种善恶的区分。表示二元对立思想意识的不是形而上的玄学而是道德；如果我们不能理解为什么道德本身是思想的载体，是权力和控制结构的具体证明，那么我们就忘记了尼采思想的力量，就看不到关于道德的丑陋恶毒的东西。[1]

詹姆逊把西方哲学和批评从认识论和形而上学转向道德的这种观点，给人们留下了深刻的印象。他对欲望概念的政治化的阐述，在西方具有重要的意义，因而也比后结构主义的欲望概念更多地为人们接受。

大体上说，詹姆逊在《政治无意识》里所展现的理论思想有四个层次。第一，他坚持对各种事物的历史参照，比如人类的痛苦、人类所受的控制以及人类的斗争等；同时他也坚持对著作文本的参照，比如文本中充满对抗的历史语境，充满阶级和阶级矛盾的社会条件以及自相矛盾的思想意识的结构等。采用这种方式，他既接受后结构主义的反现实主义的论述，同时又否定其文本的唯心主义；他承认历史要通过语言和文本的解释进行思考，

---

[1] *The Political Unconscious*, p. 114.

但他仍然坚持历史的本体存在。第二，他坚持自己的解释规则，即资本主义社会物化过程的协调规则。这种协调采取谱系的结构形式，既不是遗传的连续性，也不是目的的一致性，而是一种"非共时性的发展"（nonsynchronous development）。按照这种观点，历史和文本可以看作一种共时性的统一，由结构上矛盾或变异的因素、原生的模式和语言等组成。因此詹姆逊可以把过去的某些方面看作现时物化因素的先决条件。第三，他坚持一种道德或精神的理解，遵循阿尔都塞的意识形态概念，认为再现的结构可以使个人主体想象他们所经历的那些与超个人现实的关系，例如人类的命运或者社会的结构等。第四，詹姆逊坚持对集体历史意义的政治理解，这一层次与第三个层次密不可分，主要论述超个人现实的特征，因为正是这种超个人的现实，把个人与某个阶级、集团或社会的命运联系在了一起。

实际上，《政治无意识》包含着他对文学方法的阐述，对文学形式历史的系统创见，以及对主体性的形式和方式的隐在历史的描述，跨越了整个文化和经验领域。詹姆逊大胆地建构他的马克思主义文学批评，他认为这是广阔的、最富包容性的理论框架，可以使他把各种不同的方法融入他自己的方法之中。他在从总体上考察了文学形式的发展历史之后，通过对意识形态和乌托邦的"双重阐释"（坚持乌托邦的同时对意识形态进行批判）的论述，确立了真正的马克思主义的解释方法。受卢卡奇启发，詹姆逊利用历史叙事说明文化文本何以包含着一种"政治无意识"，或被埋藏的叙事和社会经验，以及如何以复杂的文学阐释来说明它们。在《政治无意识》里，詹姆逊还明确谈到了资本主义初期资产阶级主体的构成，以及在当前资本主义社会里资产阶级主体的分裂。这种主体分裂的关键阶段，在他对吉辛、康拉德和温德姆·路易斯的作品的分析中得到了充分表现，并在他对后现代主义的描述里得到了进一步深化。

《政治无意识》是理解詹姆逊著作的基础。要了解他的理论，必须读这本著作，或者说读懂了这本著作，就克服了他的著作晦涩难懂的问题，就容易理解他所有的其他著作。

四、后现代主义文化研究

詹姆逊对后现代主义的研究，实际上是他的理论计划的合乎逻辑的后果。他最初对后现代文化特征的分析见于《后现代主义和消费社会》一文，而他的综合思考则见于他的《后现代主义，或晚期资本主义的文化逻辑》。根据马克思主义关于资本主义的理论，他对作为一种新的"文化要素"的后现代主义进行了系统的解释。

詹姆逊根据新马克思主义的资本主义发展阶段论的模式，把后现代文化置于社会阶段论的理论框架之内，指出后现代主义是资本主义新阶段的组成部分。他宣称，后现代主义的每一种理论，都隐含着一种历史的断代，以及一种隐蔽或公开的对当前多国资本主义的立场。依照厄尔奈斯特·曼德尔（Ernest Mandel）在其著作《晚期资本主义》（*Late Capitlism*）中的断代方式，詹姆逊提出，资本主义有三个基本阶段，每一个阶段都标志着对前一个阶段的辩证的发展。它们分别是市场资本主义阶段，垄断资本主义阶段或帝国主义阶段，以及当前这个时代的资本主义（通常人们错误地称作后工业资本主义，但最好称作多国资本的资本主义）阶段。他认为，与这些社会形式相对应的是现实主义、现代主义和后现代主义等文化形式，它们分别反映了一种心理结构，标志着某种本质的变化，因而分别代表着一个阶段的文化风格和文化逻辑。后现代主义的主要特点是商品化的思想渗透到各个文化领域，取消了高雅文化和通俗文化的界限；同时，由于现代传媒和电子计算机的广泛应用，模仿和复制也广泛流行。与这两种情况相关，人们开始产生一种怀旧情绪，出现了怀旧文化。詹姆逊指出，后现代主义还是一个时间概念，在后现代社会里，时间的连续性打破了，新的时间体验完全集中于"现时"，似乎"现时"之外一无所有。在理论方面，后现代主义主要表现为跨学科和注重"现时"的倾向。

在《后现代主义，或晚期资本主义的文化逻辑》、《可见的签名》和《文化转向》里，詹姆逊进一步发展了他的主张，从而使他成为著名的马克思主义文化理论家：他一方面保持和发展马克思主义的理论，另一方面对极不相同的文化文本所包含的政治、意识形态和乌托邦思想进行分析。他的著作把文学分析扩展到通俗文化、建筑、理论和其他文本，因此可以看作从经典文学研究到文化研究这一运动的组成部分。

《时间的种子》是詹姆逊论后现代主义的一部力作，是他根据在加州大学欧文分校一年一度的韦勒克系列学术演讲改写而成的。虽然篇幅不长，但因那种学术演讲十分重要，他做了精心准备，此后还用了两年多的时间修改补充。在这部作品里，詹姆逊以他惯有的马克思主义辩证观点和总体性，提出了后现代性和后现代主义的种种内在矛盾：二律背反或悖论。他关心整个社会制度或生产方式的命运，心里充满了焦虑，却又找不到任何可行的、合理的方案，于是便发出了这样的哀叹："今天，我们似乎更容易想象土地和自然的彻底破坏，而不那么容易想象后期资本主义的瓦解，也许那是因为我们的想象力有某种弱点。"然而他并不甘心，仍然试图在种种矛盾中找到某种办法。出于这种心理，詹姆逊在《时间的种子》里再次提出乌托邦的问题，试图通过剖析文化的现状，打开关于未来世界的景观。确实，在《时间的种子》里，每一部分都试图分析判断文化的现状，展望其未来的前景；或者说，在后现代的混沌之中，探索社会的出路。

詹姆逊对后现代性和后现代主义的理论阐述，其基本出发点是对美国后期资本主义文化的反思和批判，是对后现代之后社会形态的思考。这在《时间的种子》的最后一节表现得非常清楚。他这样写道："另一方面，在各种形式的文化民族主义当中，仍然有一种潜在的理想主义的危险，这种文化民族主义倾向于过高地估计文化和意识的有效性，而忽视与之同在的经济独立的需要。可是，在一种真正全球性的后期资本主义的后现代性里，恰恰是经济独立才在各个地方又成了问题。"

从总体关怀出发，詹姆逊认为，现在流行的文化多元主义应该慎重地加以考虑。他以后福特主义为例指出，后福特主义是后现代性或后期资本主义的变体之一，它们基本上是同义词，只是前者强调了跨国资本主义的一种独特的性质。后福特主义运用新的计算机技术，通过定制的方式为个人市场设计产品，表面上似乎是在尊重各地居民的价值和文化，适应当地的风俗，但正是这种做法，使福特公司浸透到地方文化的内心深处，传播其消费主义的意识形态，从而难以再确定地方文化的真正意义。詹姆逊还通过对建筑的分析指出，跨国公司会"重新装饰你们自己本地的建筑，甚至比你们自己做得更好"。但这并不是为了保持自己已有的文化，而主要是为了攫取高额的利润。因此詹姆逊忍不住问道："今天，全球的差异性难道会与全球的同一性一致？"显然，詹姆逊认为，美国所谓的多元文化主义只不过是一种策略，其目的是推行消费主义的文化意识形态，因此必须把它与社会生产关系联系起来加以审慎的考虑。

詹姆逊的所有著作都贯穿着他的辩证思想。但他只能比较客观地面对后现代资本主义的现实，而没有提出解决现实社会问题的办法——这也是当前普遍关注的一个问题。尽管如此，詹姆逊的探索精神仍然是值得尊敬的。也许，一切都只能在实践中求取。

进入古稀之年以后，詹姆逊仍然孜孜不倦，从理论上对资本主义及其文化和意识形态进行探索。在全球化的形势下，他关注世界经济的发展变化，关注全球化与政治、科技、文化、社会的关系，揭露资本主义的内在矛盾，并力图从理论上阐述这些矛盾。在他看来，资本的全球化和高科技的发展可能会导致新的社会和文化革命，出现新的政治和文化形态，但马克思主义的原理并不会过时，而是应该在新的条件下进行新的解释和运用。他仍然坚持乌托邦的想象，认为随着全球化的发展，可能会出现新的世界范围的"工人运动"，产生新的文化意识，而知识分子的任务就是要从理论上对这些新的情况进行描述和解释，提出相应的策略，否则谈论文化研究和文学研究就像空中楼阁，既不实用也没有基础。《未来的考古学》，就是他的一部论述乌托邦的力作。而《辩证法的效价》（*Valences of the Dialectic*，2009）则是他对自己所依托的理论的进一步阐述，该书根据辩证法的三个阶段（黑格尔、马克思，以及最近一些后结构主义者对辩证法的攻击），对从中产生的问题进行理论探讨，把它们置于商品化和全球化的语境之中，借鉴卢梭、卢卡奇、海德格尔、萨特、德里达和阿尔都塞等思想家的著作，通过论述辩证法从黑格尔到今天的发展变化，尤其是通过论述"空间辩证法"的形成，对辩证法提出了一种新的综合的看法，有力地驳斥了德勒兹、拉克劳和穆夫等人对辩证法的攻击。詹姆逊自己认为，这本书是他近年来最重要的作品。（原来他想用的书名是《拯救辩证法》，后改为现在的名字。）

随着年事增高，詹姆逊开始以不同的方式与读者分享他的知识积累，近年来先后出版了《黑格尔的变奏》（*The Hegel Variations*，2010）、《重读〈资本论〉》（*Representing Capital*，2011）、《现实主义的二律背反》（*The Antinomies of Realism*，2013）和《古代与后现代》（*The Ançients and the Postmoderns*，2015）。这些著作虽然不像《政治无意识》或《后现代主义，或晚期资本主义的文化逻辑》那样富于理论创新，但他以自己深厚的知识积累和独特的视角，对不同的理论和文学及艺术问题所做的理论阐发，仍然对我们具有明显的启示意义。

五、詹姆逊的历史化

在某种意义上，文学批评与现实世界的关系取决于文学作品的价值。因此，爱德华·萨伊德不止一次说过，这种关系贯穿着从文本价值到批评家的价值的整个过程。在体现批评家的价值方面，詹姆逊的批评著作可以说是当代的典范。2003年4月，佩里·安德森在一次和我的谈话中也说，在20世纪后期和21世纪初期，詹姆逊的著作非常重要，不论是赞成还是反对，都不可忽视，因为他以重笔重新勾画了后现代的整个景观——带有宏大的、原创的、统观整个领域的气势。这里安德森强调的是詹姆逊的大胆创新，而这点对理解詹姆逊的著作以及他的学术经历至关重要。

如果全面审视詹姆逊的著作，人们肯定会对他的著作所涉的广阔领域表示赞叹。他的著作运用多种语言的素材，依据多国的民族历史，展示出丰富的文化知识——从城市规划和建筑到电影和文学，从音乐和绘画到当代的视觉艺术，几乎无不涉及。他最突出的地方是把多种不同的思想汇聚在一起，使它们形成一个整体。这种总体化的做法既使他受到赞赏也使他受到批评，但不论是赞赏还是批评，都使他的作品充满了活力。由于他的大胆而广泛的融合，在某种意义上他成了当代设定批评讨论日程的人文学者之一。

因此，有人说，詹姆逊的著作历史体现了对一系列时代精神的论述，而对他的著作的接受历史则体现了对这些论述的一系列反应。对詹姆逊著作的接受大致可分为两类人：一类根据他对批评景观的一系列的测绘图，重新调整自己的方向；另一类继续使用现存的测绘图或提出自己的测绘图。第一类并不一定是不加批判地完全接受詹姆逊的著作；相反，他们常常采取质疑的态度。例如，在《后现代性的起源》里，佩里·安德森虽然基本上同意詹姆逊关于后现代主义的看法，但对他的阐述方式还是提出了批评。第二类基本上拒绝詹姆逊总体化的历史观，因此不赞成他的范式转换的主张。这一类的批评家认为詹姆逊论后现代主义的著作只不过是一种风格的批评，因为它们无视后现代主义更大的世界历史的含义。换句话说，他们忽视了詹姆逊的主要论点：后现代主义是深层的历史潜流的征象，需要探索它所体现的新的社会和政治组织的状况。

对这两种不同的态度的思考可能使我们想到詹姆逊著作的另一个重要方面。也就是说，几乎他每一本新的著作都介入一个新的领域，面对一些新的读者。这并不是说他无视过去的读者，而是他不愿意老调重弹，总是希望提出一些新的问题和论点。就此而言，这与他在《文化转向》里对齐美尔的评论有些相似："齐美尔对20世纪各种思潮的潜在影响是无法估量的，这在一定程度上是因为他拒绝将他的复杂思想整合到一个单一的系统之中；同时，那些非黑格尔派的或去中心的辩证法式的复杂表述经常由于他那冗长乏味的文体而难以卒读。"当然，詹姆逊因袭了黑格尔的辩证法，除此之外，就拒绝铸造特定体系和以沉重的散文隐含思想观念而言，他对齐美尔的评价显然也适合他自己。此外，在某种意义上，詹姆逊的影响也常常是潜在的。

总的来说，詹姆逊的影响主要在方法论方面。在他第一部作品《萨特：一种风格的始源》里，他的一些解读方法就已经出现。该书出版时正值冷战时期高峰，单是论述一个马克思主义者本身就具有挑战性，但今天的读者似乎已经没有那种感觉。因此一些批评家认为那本书缺乏政治性，至少不像它的主题那样明显地具有政治性。确实，詹姆逊没有论述萨特哲学的政治内容，而是重点强调他的风格。不过，他实际上强调的是风格中的"无意识的"政治，这点在他第二部作品《马克思主义与形式》里得到进一步发展。无论是其目的还是内容，《马克思主义与形式》都具有明显的政治性，而且改变了政治问题的范围。这两部作品预示了他后来著作发展的某些方面，他对风格的分析不是作为内容问题，而是作为形式问题。

对形式的强调是詹姆逊把非政治的事物政治化的主要方法。正如他自己所说："艺术作品的形式——包括大众文化产品的形式——是人们可以观察社会制约的地方，因此也是可以观察社会境遇的地方。有时形式也是人们可以观察具体社会语境的地方，甚至比通过流动的日常生活事件和直接的历史事件的观察更加充分。"① 在这种意义上，形式批评为詹姆逊独特的辩证批评提供了基础。在构成这种方法的过程中，他融合了许多人的思想，如萨特、阿多诺、本雅明和卢卡奇等等，但很难说其中某个人对他有直接影响，然而他的著作中又都有这些人的影子。可以说，他的著作既是萨特式的、阿多诺式的、本雅明式的或者卢卡奇式

---

① Fredric Jameson, "Marxism and the Historicity of Theory: An Interview with Fredric Jameson," *New Literary History* 29 (3), 1998: 360.

的，但同时也不是他们任何人的。有人简单地说他是黑格尔式的马克思主义者，但这种说法也不够确切，因为他的立场更多的是挑战性的综合。1971年，他的获奖演讲"元评论"（Metacommentary）所提出的"元评论"的概念，实际上就表明了他的方法。虽然最近这个术语用得不那么多了，但它一直没有消失。"元评论"的基本活动是把理论构想为一种符码，具有它自己话语生产的规律，以及它自己的主题范围的逻辑。通过这种符码逻辑的作用，詹姆逊寻求揭示在这种文本和文本性的概念中发生作用的意识形态力量。

在《马克思主义与形式》之后，詹姆逊出版了他的最重要的著作《政治无意识》。这是一部真正具有国际影响的著作，据我所知，至少已有十种语言的译本。该书刚一出版，就在大西洋两岸引起了强烈反响，受众超出了传统的英文系统和比较文学系，被称为一本多学科交叉的著作。当时多种杂志出版专号讨论他的作品。《政治无意识》产生了多方面的影响，对当时新出现的文化研究领域影响尤其明显。它通过综合多种理论概念，如黑格尔、马克思、康德、弗洛伊德、阿尔都塞、德里达、福柯、拉康等人的，为文化研究的实践者提供了一种有效的方法，使他们可以探索和阐述流行文化和大众文化文本的意识形态基础。

就在詹姆逊写《政治无意识》之时，他已经开始构想另一部重要著作，也就是后来出版的那本被誉为具有划时代意义的论后现代主义的作品——《后现代主义，或晚期资本主义的文化逻辑》。《政治无意识》出版于1981年，同一年，他在纽约惠特尼现代艺术博物馆发表了"后现代主义，或晚期资本主义的文化逻辑"演讲。正是以这次演讲为基础，他写出了那本重要著作。在他出版这两部重要著作之间，詹姆逊在许多方面处于"动荡"状态，1983年他离开了耶鲁大学法文系，转到加州大学圣克鲁兹分校思想史系，1985年又转到杜克大学文学系，其间于1985年下半年还到北京大学做了一个学期的系列讲座。这种"动荡"也反映在他的著作当中。这一时期，他的写作富于实验性，触及一些新的领域和新的主题，而最突出的是论述电影的作品。在此之前，他只写过两篇评论电影的文章，但到20世纪80年代末，他完成了两本专门论述电影的著作：一本是根据他在英国电影学院的系列演讲整理而成，题名《地缘政治美学》；另一本是以他陆续发表的与电影相关的文章为基础，补充了一篇很长的论装饰艺术的文章，合成为《可见的签名》。与此同时，他至少一直思考着其他四个未完成的项目。

有些人可能不太知道，詹姆逊对科幻小说很感兴趣，早在《政治无意识》的结论里，他对科幻小说和乌托邦的偏好已初见端倪，而且在20世纪80年代确实也写了不少有关科幻小说的文章。后来由于其他更迫切的项目，他搁置了一段时间，直到2005年才出版了专门研究乌托邦和科幻小说的著作《未来的考古学》。当时他想写一本关于20世纪60年代的文化史，虽然已经开始，但由于种种原因而未能完成，只是写了三篇文章：《六十年代断代》("Periodizing the 1960s")、《多国资本主义时期的第三世界文学》("Third-World Literature in the Era of Multinational Capitalism")和《华莱士·史蒂文斯》("Wallance Stevens")。尽管他说前两篇文章与他论后现代主义的著作相关，但他从未对它们之间的联系进行充分说明。关于华莱士·史蒂文斯的文章是他的"理论话语的产生和消亡"计划的部分初稿，但这项计划也一直没有完成，只是写了一篇《理论留下了什么？》("What's Left of Theory?")的文章。

在探索后现代主义的同时，詹姆逊对重新思考现代主义文本仍然充满兴趣，尤其是与后殖民主义文化相关的文本，如乔伊斯、福楼拜和兰波等人的作品。2003年他出版了《单一的现代性》，以独特的视角对这些作家进行了深入探讨。随后，他将陆续写的有关现代主义的文章整合、修改、补充，于2007年出版了《现代主义论文集》(*The Modernist Papers*，该书由中国人民大学出版社以《论现代主义文学》为名于2010年出版)。这些著作仿佛是对现代主义和后现代主义之间的过渡进行理论阐述，但奇怪的是它们出现在他的论后现代主义重要著作之后。关于这一点，也许我们可以认为，他试图围绕后现代主义从各种不同的角度进行验证。

20世纪90年代中期以后，以他的《文化转向》为始，詹姆逊开始从文化理论方面阐述新出现的世界历史现象——全球化。简单说，詹姆逊认为，全球化的概念是"对市场的性欲化"（libidinalization of the market），就是说，今天的文化生产越来越使市场本身变成了人们欲求的东西；在今天的世界上，再没有任何地方不受商品和资本的统治，甚至美学或文化的其他方面也概莫能外。由于苏联的解体和东欧的剧变以及社会主义遇到的困难，资本主义觉得再没有能替代它的制度，甚至出现了"历史的终结"的论调。实际上，詹姆逊所担心的正是这种观念，就是说，那种认为存在或可能存在某种取代资本主义的社会制度的看法，已经萎缩或正在消亡。正如他自己所说，今天更容易想象世界的末日而不是对资本主义的替代。因此他认为当前最迫切的任务是揭露资本主义的内在矛盾以及掩饰这些矛盾所用的意识形态方法。就此而言，詹姆逊的项目可能是他一生都完不成的项目；而我们对他的探讨，同样也难有止境。

此次"詹姆逊作品系列"包括十五卷，分别是：《新马克思主义》《批评理论和叙事阐释》《文化研究和政治意识》《现代性、后现代性和全球化》《论现代主义文学》《马克思主义与形式》

《语言的牢笼》《政治无意识》《时间的种子》《文化转向》《黑格尔的变奏》《重读〈资本论〉》《侵略的寓言》《萨特：一种风格的始源》《古代与后现代》。这些作品基本上涵盖了詹姆逊从1961年至2015年的主要著作，其中前四卷是文章汇编，后十一卷都是独立出版的著作。考虑到某些著作篇幅较短，我们以附录的方式补充了一些独立成篇的文章。略感遗憾的是，有些作品虽然已在中国出版，但未能收入文集，如《可见的签名》、《未来的考古学》和《辩证法的效价》等，主要是因其他出版社已经购买中文版权且刚出版不久，好在这些书已有中文版，读者可以自己另外去找。

对于"詹姆逊作品系列"的出版，首先要感谢中国人民大学出版社，在几乎一切都变得商品化的今天，仍以学术关怀为主，委实令人感动。其次要感谢学术出版中心的杨宗元主任和她领导下的诸位编辑，感谢他们的细心编辑和校对，他们对译文提出了许多建议并做了相应的修改。当然，也要感谢诸位译者的支持，他们不计报酬，首肯将译作收入作品系列再版。最后，更要感谢作者詹姆逊，没有他的合作，没有他在版权方面的帮助，这套作品系列也难以顺利出版。

毫无疑问，"詹姆逊作品系列"同样存在所有翻译面临的两难问题：忠实便不漂亮，漂亮便不忠实。虽然译者们做了最大努力，但恐怕仍然存在不少问题。我们期望读者能理解翻译的难处，同时真诚欢迎读者提出批评和建议，以便今后再版时改进。

王逢振

2018年5月

献给
乔治·赫尔林

目 录

作品缩略对照 ………………………………………… 1
序言　致从未读过温德姆·路易斯作品的读者 ………… 1

第一章　"多毛，外科手术，然而又看不见" ………… 1
第二章　伪一对的冲突 ………………………………… 10
第三章　陈词滥调般的史诗与史诗般的陈词滥调 …… 36
第四章　感觉的电影院 ………………………………… 55
第五章　从民族寓言到力比多机制 …………………… 61
第六章　"上帝的怪物之消融的躯体" ………………… 78
第七章　带有偏见的眼光 ……………………………… 94
第八章　天使的性别 …………………………………… 107
第九章　如何死两次 …………………………………… 129
第十章　作为受害者的希特勒 ………………………… 146
索引 ……………………………………………………… 152

附录　论电影中的魔幻现实主义 ……………………… 160

作品缩略对照

下面是参考文献英文缩略和全名及所用版本，书中引用路易斯的作品均以英文缩略名标示。

AG　The *Apes of God*. London：Penguin Books，1965.

CM　*The Childermass*, Volume Ⅰ of *The Human Age*. London：Calder，1965.

MF　*Malign Fiesta*, Volume Ⅲ of *The Human Age*. London：Calder and Boyars，1966.

MG　*Monster Gai*, Volume Ⅱ of *The Human Age*. London：Calder，1965.

RL　*The Revenge for Love*. Chicago：Henry Regnery，1952.

SC　*Self Condemned*. Chicago：Henry Regnery，1965.

SH　*The Soldier of Humour and Selected Writings*. New York：New American Library，1966.

T　*Tarr*（second version）. London：Calder and Boyars，1968.

TWM　*Time and Western Man*. Boston：Beacon，1957.

序言
致从未读过温德姆·路易斯作品的读者

意识形态、心理分析、叙事分析构成了一个坐标,在这个坐标中,本书的研究寻求为一种近期最罕见、最难理解、最鲜为人知的英文小说构建一种阐释模式,由于这种小说中政治和性非常突出,风格实践非常浮华,它明显需要这样的阐释框架。

在温德姆·路易斯那一代伟大的现代主义者当中,其中包括庞德、艾略特、乔伊斯、劳伦斯和叶芝,毫无疑问他是人们阅读最少和最不熟悉的作家;他的绘画作品也不能说已经成功地进入视觉艺术的经典。[1]对他的同代人而言,他是一个存在,但我们已经忘记他们对他的赞赏。在当今的英国,他顶多还算是国家的一个名人,但却被认为比讽刺小说家沃更加臭名昭著、更有争议。在国际上,尽管休·肯纳和其他一些人努力为他在以庞德为中心的现代名流中争得一席之地,但他的名字仍然鲜为人知。[2]

然而,根据我的经验,如果读者第一次读《塔尔》,一定会感到震惊。在这本书里,如同在不多的其他几本书里,路易斯竭尽创新之力将其中的句子进行革新,仿佛雕刻的姿态,又像天马行空。但是,这样的彻底改造需要新的阅读习惯,对此我们几乎没有做好准备。在传统上,英美的现代主义确实受到了一种印象主义美学的支配,而非——表面化、机械化的——路易斯表现主义的支配。正统现代主义中最有影响力的形式推动力是内在策略,该策略准备将它转变为个人风格和私人语言,从而重新调整出一个异化的领域:这种修改风格的意愿似乎是以回顾的方式再次证实了社会生活中存在着特定的私有化与分裂，而这种私有化与分裂正是修改风格这个意愿所反对的。

对于当代读者，现代主义象征性行为最初所具有的强烈的颠覆性力量，在消费社会内部及其各种后现代主义当中日渐变弱、变远；这主要是因为现代主义准则本身已经变成经典，在大学内部被制度化了，同时，因其风格和时尚的变化势头不断增长，风格创新完全融入到商品体系之中。像特里林在《超越文化》中所做的那样，如果对丧失或压制最初伟大现代主义的反社会共鸣而悲叹是徒劳的[3]，那么另一方面，这是一种历史满足的问题，突然产生了现代主义，且现在仍然存在，成为一种古老的残存，宛如柯南·道尔的《迷失的世界》中那些古老的生物，深藏于地球表面被遗忘的某个角落。因此，对于我们而言，忽略路易斯是快乐的意外事件，仿佛从一种时间存储器中，我们再次感受到那种现代化风格因袭的新颖性和毒害性，而这在他同时代人的文本中是越来越难以见到的。

当然，遗忘路易斯有着极好的客观理由：老练的现代读者抵制他所保留的那种独特的现代主义标签，有其合情合理的只有天真才会忽略的动机。他的顽固任性使他成为践行现代主义风格最有力的典范，同时也成为一位攻击现代主义各种形式的意识形态批评家和对抗者。确实，从分析来看，《时间和西方人》（1927）将所有伟大的当代艺术和哲学的现代主义思想都归之于他所谓的"时间崇拜"，归之于对瞬间性的盲目迷恋，以及对柏格森的动态观念的颂扬。不论这种分析多么有启发，它也产生了不幸的结果，它迫使读者以现代准则在他和几乎所有其他人（包括乔伊斯、庞德、普鲁斯特、斯泰因、毕加索、斯特拉文斯基、柏格森、怀特海等）之间进行选择。

同时，在那个时期，现代主义的主流发现了它们反维多利亚时代的使命,并且发起了一系列对道德禁忌和令人窒息的伪善的猛烈攻击,与此相似,路易斯也在证实对性本能的压抑,并且不合时宜地表达了一种古代的对性依赖的惊恐。这种引发争议的对女权主义的敌意,在叙事中体现的对丑陋的厌恶女人者的想象,反对同性恋的强迫性的恐惧症,极端地重申怪诞传统的性别主义神话和态度——这些特征在路易斯特有的性政治中都有所表现,并且在下文中也有大量记录,但是,似乎这样也无法使当代读者喜欢他。

在路易斯的论战和美学作品中,这种矛盾的精神同样只不过是那种侵略性的另一面,他的作品的形式和内容,以及他自己的个性风格,一生都坚持不变。关于那种侵略性的冲动,路易斯自己发现,我们肯定都受到《塔尔》中令人惊讶的病态人物克莱斯勒之流的影响。但是,没有理由否认这种压迫性,因为这种压迫性、侵略性的冲动逐渐成为了主导力量,变成了一种普遍化的敌意,不仅把这种敌意投射到他的人物身上,而且几乎投向他同时代的所有人,包括他自己的读者。因此,后者对真实生活中的路易斯的偶然反应,例如海明威的反应,也可以得到原谅。[4]在风格方面,这种顽固性把更多的实验文本推向极端,结果使其中一些几乎难以卒读(至少这是我当下对于《上帝之猿》[1930]的感受)。

在意识形态上,路易斯与纳粹主义——臭名昭著的《希特勒》(1931)[5]对纳粹进行了赞扬——的短期调戏成了一种征兆,显现出了他深深的厌女症以及强烈的反共产主义思想。与庞德、叶芝、萧伯纳以及其他人那种相似的热情相比,这段插曲本身或许没有他们那么严重(但不亚于);但是,它使我们据此可以提出我们标题的问题——早期法西斯主义和西方现代主义之间的密切关系——甚至在路易斯充满悔意地转向社会更易接受的反共产主义形式之后，尤其是他在二战期间跟风追随罗马天主教之时，仍然有一部作品使我们认识到这一问题。他战后论争中的立场——例如《作家和绝对主义者》（1952），猛烈抨击萨特的介入和文学的政治使命的观念——只是重申了他那种空洞而持久的反对主义，他的古怪而充满激情的使命，否认"现代文明"中看似流行的一切事物。路易斯个人命运更悲惨的戏剧性转变——二战期间，他被迫穷困潦倒地流放到加拿大，生命的最后几年这位伟大的画家又双目失明——未必缓和反对者的那些抱怨，也未必引起陌生的读者直接关注。

尽管所有这一切——但在更深层次上肯定也因为这一切——路易斯那种理智的、形式的和意识形态的轨迹，通过一系列引人注目且各不相同的小说，还是受到了关注并得以永久流传，而且，他的所有作品与他同时代人的作品都毫无类比性。我们已经提到他的"艺术家小说"《塔尔》（写于1914年，分别以两种版本出版于1918年和1928年）。30年代中期格林厄姆·格林类型的恐怖小说《爱的复仇》（1937），对布尔什维克的密谋表现出一种典型的且显而易见的个人共鸣。自传《自责》（1954）是路易斯最单调乏味的作品，它记录了暗夜中的灵魂被冰冷凄凉地流放到战争时期的加拿大的故事。跨越30年后，令人出乎意料的是，未完成的宏伟巨作《人类时代》（第一卷《悼婴节》[1928]构成了路易斯的现代主义叙事的真正总结），最终让我们看到了所谓神学科幻小说的终极实现。

这种文本表明，路易斯身居最富创造力的现代英国作家之列，因此不用说，应该重新发现它们的价值，持续充满激情地阅读，并进行严密的批评探索。然而，如果把它们的形式创新与前面提到的意识形态和力比多内容并置，便提出了更具理论性质的问题，并且使我们面对解释和方法论的问题，而这些我们现在必须进行探讨。

当前研究的客体是路易斯作品中的"政治无意识",这就必定迫使我们将叙事分析、心理分析与探索意识形态的传统和现代的方法联系起来。方法论的折衷主义谴责这种客体,这是不可避免的,因为这些各不相同的学科或方法本身所投射的不连贯性,对应于它们的客体的不连贯性(除此之外,还对应于现代社会自身的分裂和划分)。因此,确证一系列的理论参照并不那么重要,更重要的是基本查明文本自身内部的客观断裂和不连贯性。

在这些断裂当中,最重要的当然是形式的不可测定性,它使读者面对任何现代的文本,但通过这里研究的那些文本,又有益地夸大了那种不可测定性;此外,根据文体学与叙事分析之间那种令人不满的取舍,或者换句话说,根据文化制品的微观层面与宏观层面的取舍,我们可以表达这种不可测定性。每个严肃的实践批评家都知道一个不怎么公开讨论的秘密,即,在封闭的风格研究与同样不透气的、研究客体于中构成叙事结构的空间之间,不存在任何现成的通道。实际上,无论采取怎样的解决方案,从一种观点转变到另一种观点总会令人感到不快;同样,承认风格与叙事之间有着这样或那样的"相同",也仅仅只是宣称事先解决了本应得到有效答案的困境。

在我们的文化中,为了将这种断裂理解为一种客观现实,而不是作为方法论上的不一致性(这种不一致性通过修补所用的方法并对它们彼此调整可以解决),我们需要从根本上将风格和叙事之间的鸿沟历史化,然后可以把它看作一种形式历史中的事件。对于这种发展,福楼拜的名字是个有用的标杆;在这种发展中,叙事文本的两个"层面"开始分裂,并且他们分别获得了自治;于是叙事语言的修辞和方法服从叙事再现的情况便再不能被视为是想当然的。因此,无情节的艺术小说和无风格的畅销书,可以被看作这一趋势的最终产物，它相当于分子与克分子之间的对立，在现代形式的生产中，分子和克分子的称呼是我们根据德勒兹与瓜塔里[6]的理论而定的。在这种用法中，分子层面指此地此时的直接感知或局部欲望，单个句子的生产时间，单个词或个体笔触的惊人冲击，区域性痛苦或快乐悸动的惊人冲击，突然的着迷、心力贯注、入迷，或极力坚持弗洛伊德所说的精神或情感的投入过程。从微观看来，支离破碎的精神生活作为一种直接反作用力，在克分子中受到了冲击（大量的分子可以从克分子中组织成更大的有机体），而克分子指所有巨大的、抽象的、间接的，甚至是空洞的、想象的形式，我们设法通过这些形式再次容纳分子：对个人身份的连续性幻想，精神或个性的组织性统一，社会观念本身，以及非常重要的艺术品的有机统一概念。这种区分使我们可以尊重叙事层面的特殊性，同时在风格层面上理解它重新包容句子成分增殖的功能。

因此，我们会把路易斯的句子—生产看作是一种自身构成的象征性行为，一种在词汇本身层面上具有爆炸性与突破性的实践。如此看，那些叙事就变成了俄国形式主义者所谓的"手法的动机"，即一种促成这种风格产生并按照事实对它确证的借口。然而，从它自己的情况考虑，路易斯的分子形式，即他叙事的宏观逻辑，证明存在着一种与句子本身的动力截然不同的动力：句子中纯粹的生产和能量现在变成了否定因素，变成了一种无法忍受的封闭，一种暴力和破坏的氛围，叙事将这种氛围连接成一种自身永存的掠夺、人身攻击、侵略、犯罪和牺牲的序列。

在这一点上，分子层面，或叙事框架，必定是一种不同的探究客体，作为它的前提，它需要承认这种新层面的客观地位。

在这个阶段诉诸精神分析和意识形态，并不表明我们抛开了困扰文体学的不连贯性和方法论的双重标准。相反，明显不同的性别领域与政治领域之间的对立，童年与社会之间的对立，古老幻想与意识形态信奉之间的对立，幼儿的心满意足与成人的"价值"之间的对立，都反映了当代生存状态一种客观的分离。同时，它投射并强化了美国社会中根深蒂固的心理化和主观化的意识形态：的确，无论在什么地方，只要对政治信念进行深层心理学的"解释"，我们就可以断定，这种运作的最后结果都是将政治的归纳为心理的，将政治信念转变为多种"投射"，而冷静的反应只能是个人"适应"外部世界更"现实主义的"评价，但现在它已经像个人经验之外的自在之物一样被封闭起来。

对于这样一种窘境，"否认"精神分析的发现似乎并不是一种适当的解决方法，即使不是一种不可能的解决方法。[7]我认为，如果我们坚持脱离恰当的精神分析的素材（特别是在弗洛伊德自己的作品中，它起到了决定性的作用）、自治的叙事时刻或自身具有独特活力的"情形"，境遇会从根本上得到改变。因此，要隔离精神生活中独立的叙事功能，就要与方法拉开某种距离，以此可以看到无意识对它的利用。这是该模式独特的优势，在本书后面的研究中，它一直是有效的解决方法，沿用让-弗朗索瓦·利奥塔的说法，我们称其为"力比多机制"。[8]

这种模式的半自治性或客观性导致了实际结果，它们与早期理论中那些类似的构想截然不同，早期理论从查尔斯·毛伦在一个作家整个作品中形成的"个人神话"概念，一直到弗莱更符合荣格的叙事原型概念。[9]第一个概念使叙事作品不可避免地回到了个人的精神历史；第二个概念通过将叙事的社会和集体维度置于历史的开端，缩短了空洞的叙事构成获得具体社会和意识形态内容的复杂过程。力比多机制理论标志着心理分析方法的发展，它使个人的幻想结构有了类似于物质的惰性，具有客体所有的抵抗性，有它自己的生活，有它自己的内在的逻辑和特殊力量。这种观点使我们把心理分析的多种用途和投入理解为一种挪用及再挪用的过程,一种由某一历史的某些事件所产生的结构,这种结构可以被异化并被强行用于完全不同的情形,从而再次获得新的、意想不到的内容,适应确定的意识形态功能,这些功能返回旧的精神素材,以便再次将自己确定为一种回溯性反应的效果(弗洛伊德的"事后"说)。基于这种观点,力比多机制变成了一个独立的结构,人们可以写这种结构的历史:这种历史——关于特定幻想结构的逻辑变换的故事,以及探讨自身封闭和内部局限的故事——与传统的文学心理分析或心理传记所构想的历史完全不同,那种历史的研究对象是我们再也接触不到的某种东西,因此它在这里从一开始就被括除,这就是个体传记——温德姆·路易斯本人——的个人心理。[10]

确实,力比多机制的概念会使我们颠倒传统上心理分析和心理阐发的优先性。具体说,它会导致我们得出这样的结论:说明路易斯想象的叙事结构的客观前提,绝非是家族的或古老的,而是要在完全不同的空间寻求,即在1914年以前欧洲政治历史的客观结构中寻求。我们将会看到,正是战前民族—国家的外交体系提供了一种叙事机制,一种客体化的幻想—结构,只是在那以后,才由力比多和本能重新投入并确定了那种结构。于是,这种看似不可检测的假设戏剧性地、仿佛实验性地得到了历史本身的"证实",但由于第一次世界大战,它打乱了旧的外交体系,有效地准备了一种全新的力量领域,其中不是旧的民族—国家而是伟大的、新出现的共产主义和法西斯主义的跨国力量,变成了"历史的主体"。对于这样重要的剧变,《塔尔》的叙事体系是其严重的受害者;因此,在它的形式"断裂"的废墟上,路易斯战后的作品出现了一种全新的力比多机制,一种崭新的心理"能量"模式,以及一种全新的意识形态的力量,这些实际上是本书所要讲述的主要故事。

然而，在对叙事实践的压制和否定中，不应该认为传统的意识形态分析比心理分析更少争议。如果你认为意识形态本质上是一种观念立场问题，是看法、态度和价值观问题，那么，意识形态分析就将自己归纳为一种类型化和分类的事物，一种加贴标签的运作，在这种活动中，我们被要求做出"决定"，决定将路易斯的作品归于"法西斯主义的"范畴是否公正，或者把他只是作为"反自由主义者"或"古典保守主义者"是否最恰当。

当前研究所表明的意识形态概念与以上所述相差很大，它可以看作是对阿尔都塞首创的定义的实践探讨：他把意识形态定义为"个体与其生存条件之间的想象的关系的'再现'"[11]。这一定义需要保持两个特征：第一，结构上，意识形态通常一定是叙事的，因为它不仅涉及到对真实的测绘，而且还涉及到实质上是主体的叙事或幻想的企图，企图在集体和历史进程中为自己创造一席之地，而这种进程将他或她排除在外，其本身基本上又是不可再现的和非叙事的。这是阿尔都塞的另一种历史观，他说历史是一种"没有主体或目的的过程"[12]，从而把我们导向其定义的第二个重要的含义。根据这一观点，"真实"既不被构想为不可知的自在之物，也不被构想为一连串的事件或一系列的事实，即你通过对意识"真实的"或"充分的"再现可以直接了解的东西。这毋宁说是一种渐近现象，一种外在的界限，主体在真理时刻的焦虑中接近它——这些是个人危机的时刻，是革命形势呈现痛苦的政治分化的时刻；以这种方式接近**真实**，主体趋向于再次退却，当个人得不到叙事再现时，主体至多拥有抽象的或纯理性的图示。因此，构成意识形态表征的叙事机制不只是"虚假意识"，而是抓住必定总是超越它的**真实**的一种可靠的方式，主体力求通过实践使自己深入这种**真实**，并一直痛苦地接受自己意识形态封闭的教训，以及以历史抵制那种它自身封闭于内的幻想—结构的教训。

此刻应该回到我们的书名，回到它提出的那种不无争议的现代主义和法西斯主义的孪生问题。这里预设的现代主义理论，可以简单地概括为对今天流行的对立的现代主义理论的批判和综合。[13]一方面，我们不可避免地要面对卢卡奇为19世纪现实主义的辩护，谴责现代主义是晚期资本主义社会关系的物化征兆及反映；另一方面，同样可以预见，我们依次发现各种不同的现代理论家，从伟大的英美和俄国现代主义者到阿多诺和"泰凯尔"小组：对他们而言，现代主义的形式创新本质上是革命行为，它们特别否定商业社会的价值观及其典型的再现范畴（自然，有机艺术作品，模仿，等等）的否认。

然而，倘若将物化理解为具体的历史境遇和困境，那么这两种立场就不会像它们最初看上去那样矛盾了。据此，物化可以被看作一种精神分裂，以及精神世界的分裂，精神世界打开了半自治的、此后被分割的、实际经历而非钟表时间的空间，身体或感知的经验而非理性和工具意识的空间，一个"原始"或创造性的语言领域而非低级的日常习惯的言语领域，它是性的和古老的而不是"严肃的"和成人生活的那些现实—行为原则的空间，是逐渐互相独立的各种感觉——尤其是看和听分离的空间。

当然，这种分裂最终会引起劳动的精神划分，它把其他一切重新安排成一种基本的对立，如主客体之间的对立，个人或心理"现实"与此后可由科学技术操控的外部"现实"之间的对立。但是，假如情况是这样，那么很明显，现代主义不仅反映并强化这种作为其基本前提的精神分裂和商品化，而且各种现代主义也都力求克服那种物化，它们探索各种封闭或秘密领域的乌托邦和力比多的经验，虽然它们谴责这种经验，但它们也创造这种经验。路易斯的"现代主义"——我们将会看到，还有他的"法西斯主义"——应该理解为对异化的社会生活的物化经验的一种抗议，但与其意愿相违背的是，它在形式和意识形态上仍然是封闭的。

至于法西斯主义，显而易见，路易斯绝不是一个真正的法西斯理论家，不属于法国通敌者那种类型，如德里欧·拉罗歇尔或布拉西拉齐，也不同于意大利的法西斯主义知识分子。他与纳粹主义的短期调情，至多使我们瞥见了他的复杂的意识形态诉求，而这种诉求最好称之为萌芽时期的法西斯主义，现在我们必须把它重新置于它的历史语境。初期法西斯主义的特征可以说是阶级联盟的一种转换策略，一开始强大的平民主义和反资本主义的冲力，逐渐重新适应了小资产阶级的意识形态习惯，但随着法西斯主义政权的巩固，权力的实施回到了大企业集团的手中时，小资产阶级的意识形态习惯便被取而代之。[14]

作为一种文化和意识形态现象，初期法西斯主义有四点构成要素：(1) 在整个进化中，它一直是对一种（已经失败的）马克思主义的意识形态的威胁和存在的反应和防御，因此它处于那种禁忌的地位，而各种法西斯意识形态必须围绕着它进行组织。(2) 然而，作为意识形态的详细阐述，它并不是由马克思主义或共产主义的实际危险决定的，而是由中产阶级（自由主义、保守主义、天主教义、社会民主主义等）的各种统治的、合法的意识形态的分化和破坏作用——甚至在左翼革命失败之后——决定的。因此，如果作为一种反应的构成，它会将自己定义为马克思主义的主要敌人，初期法西斯主义有意识地将自己看作是对各种中产阶级意识形态和议会制度的无情的批判。(3) 上述两种特征结构上的不一致性打开了一个模糊的空间，在这个空间中，沿着古典小资产阶级意识形态（见后面）的典型特征，对资本主义的批判可能被取而代之或扭曲改变。（4）最后，这些各种各样自由不拘的态度，必然在一个大众意识形态的政党里得到实际体现，这个政党同时可以作为新的集体的形象，为夺取国家政权服务。就此而言，初期法西斯主义不同于恺撒主义（单靠英雄领袖以武力夺取政权），它再次肯定是对马克思主义的反应，而作为政党机制的雏形，它是一种列宁主义和布尔什维克主义式的创新。

我们将会看到，在路易斯的叙事体系或"力比多机制"里，所有这些特征都有一个特定的叙事或结构的位置。此刻，以一种静态和图示的方式确定它们在他作品中的存在，也许是有用的。例如，我们会论证路易斯的"民粹主义"成分通过他的风格实践得到表达，而风格实践因为他对机器和机械生产的兴奋而得到协调，于是他的"现代主义"与其他工艺性的或解说式的现代主义美学有效地拉开了距离。

他对大众意识形态政党的迷恋——尤其在他的作品《悼婴节》中——对后来跨越个人的力比多机制的形成在结构上产生了重要影响，其中人物只不过是大集体和意识形态力量的承载者或运载者。具体说，对集体的强调产生出一种独特的叙事形式——我们称之为神学科幻小说——它比庞德式的史诗或乔伊斯的万能神话艺术更充分地"包含了历史"。

同时，路易斯作品中的"小资产阶级"立场，最好在社会叙事迷恋的形式问题中寻找，这种地方基本上分派给了评论家或讽刺家。所有对小资产阶级意识形态的经典描述，都强调这个"阶级"（既不是无产阶级也不是古典资产阶级，更不会是大企业财团；永远生活在无产阶级化的焦虑中）结构的不稳定性如何以罗兰·巴特所说的它的"既不—也不主义"（neither-nor-ism）[15]的形式刻在它的思想里，刻在它的社会和谐的幻景之中（其原型是弗里茨·朗的《大都市》的末尾之处描绘的等级间的握手言和），

序言 致从未读过温德姆·路易斯作品的读者

以及那些纯智力技能——科学、教育、官僚服务——的效价之中，而那些技能使它获得一种无阶级基础的合法化。对文化的意识形态辩护，特别说明了小资产阶级立场作为一种有效的意识形态对知识分子的潜在意义，与此同时，它也说明了政权本身对于小资产阶级的吸引，它以自身的形象把政权构想为一种超越社会阶级的仲裁者。

我们将表明，路易斯生活在一种无休止的矛盾中，一方面是他攻击型的批评、争辩和讽刺的冲动，另一方面是他不愿认同任何确定的阶级立场或意识形态信念：这里，只要提出他最终后退的立场就足够了，这种立场确定了他最终的批评标准以及纯目光的阿基米德支点，并且根据视觉权利和画家实践权利尽力证实他的庞大的、范围广泛的文化批判。这种不可能使圆的变成方的做法，使他压制了自己作品结构的核心，其原因不在于观察主体所处的地位，而在于他一生顽固地反对马克思主义。

最后，他对代议制资产阶级国家所有霸权意识形态的猛烈批判和否定，可以被看作是主体自身危机和分裂的体现。但是，以早期法西斯主义谴责议会腐败的客观形式阐发这种主体危机，为路易斯提供了一种主动的、侵略性的修辞体系，它与传统现代主义中那种更富征象的、主观化的表达（唯我主义、一元性、精神分裂式的放荡）明显不同。同时，在这个框架里，受伤的主体本身可以了解一种客观类型的修辞，它非常不同于传统反英雄人物的精神痛苦，如像路易斯认为后凡尔赛的德国是失败者和受害者。

上面所列还不能理解为对路易斯的意识形态分析，而只能理解为社会、历史和观念的框架，在这个框架里，那种分析——叙事和结构的考察而不是分类操作——才可能最终进行。然而，若要开始这种分析，我们必须对路易斯作品的文学和文化价值有某种最后的判断，对刚刚明确进行意识形态指责之后仍然阅读它的理由作出说明。鉴于历史主义批评——尤其是马克思主义批评——常常被断定不能发展一种美学价值理论，所以这个问题尤其显得紧迫。作为对这种理论的贡献，可以提出下面三种结论性的看法。

首先，马克思主义史学普遍认为，对新兴市场资本主义世界的批判最初由右翼提出：在这种意义上，埃德蒙·伯克对雅各宾派那种影响深远的攻击，可以更多地看作是对新出现的资产阶级社会生活的预示性批判，而不是一种对社会革命的谴责；而后来浪漫主义和保守主义对 19 世纪文化的批判，提前概括了许多马克思主义对异化、商品化和物化的分析判断，尽管采取的是一种怀旧的、倒退的立场。因此，毫不奇怪，路易斯的论争——以及与之相关联的初期法西斯主义对资本主义的批判——有许多相同的模糊性的批判和否定力量。那些对主观主义、对体制化的现代主义、对"时间崇拜"和"青年崇拜"、对稳定的主体或自我的幻觉，以及对霸权自由主义不诚实的意识形态等进行的抨击，实际上比那个时期马克思主义阐发的任何东西都更有力也更有破坏性。就此而言，路易斯作品的持续活力证实了法兰克福学派的看法：艺术作品的美学价值与它们对堕落世界的系统否定成正比，而所谓堕落的世界是指经验主义的存在、物化的现象和维持现状。

然而，不仅这一时期"一般的意识形态"——借用特里·伊格尔顿实用的区分[16]——在温德姆·路易斯的作品中被系统地揭露和破坏：路易斯还非常独特地通过风格和形式生产的综合性实践，对据统治地位的"美学意识形态"提出了质疑。我们会经常看到，路易斯与其他现代主义共有的那种对霸权性的自然主义和常规再现方式的否定，如何通过对新形成的现代主义传统（只是

序言　致从未读过温德姆·路易斯作品的读者

在第二次世界大战之后才成为霸权性的）的预示性抨击，在他的作品里被加以复制。这里应该注意的是，在路易斯的事业与当代后结构主义美学之间，存在着某些惊人的相似性，这标志着现代主义范式的崩溃——对神话和象征的利用，瞬间性，有机形式与具体的普遍性，主体的同一性和语言表达的连续性——并且预示了文化制品中某种新的、真正后现代主义的或精神分裂的观念的出现——现在被策略性地重新说成是"文本"或"书写"，强调不连续性、寓言、机械性、能指与所指之间的裂缝、意义的失误、主体经验的切分。如果不是时代错误，路易斯不可能被充分纳入当代的文本美学；确实，我们要坚持注意这些倾向一再被策略性地纳入他的作品的情形。然而，任何历史化的方法都必须考虑我们自己的境遇，考虑我们自己作为观察者、判断者和行为者的当下，并把它们纳入我们对过去的评价；而后个人主义时代的方法，对发现路易斯与我们之间的密切关系也进行了有力的辩护。

　　然而，这些建议并没有涉及对读者最迫切的关于本能的问题，就是说，在常常带有丑恶冲动或在意识形态上令人生厌的作品里，为什么期待读者发现审美愉悦和满足呢？这决不只是个人趣味的问题，而是一个基本的美学问题；一个因多种因素而强化了的问题，这些因素包括对这种或那种政治观点的明确表达，一生肯定人类智力的不平等，甚至更令人不安地迷恋种族划分，肯定男性至上主义和厌女症——路易斯的所有读者都会注意到这些。当我提出路易斯对这种特殊固定观念的表达非常极端，以至于几乎超越了性别歧视时，我不知道我是否被人理解。在路易斯的作品里，厌女症不再在个人观点的层面上存在，这就像巴尔扎克或福克纳之类作家的不同态度和"观念"，其叙事常常具有工具的功能，表达某种不可压制的作者的干预。其实，在路易斯的作品里，可以单独"容纳"这种观点的稳定主体或自我已经消融，因此它们能够以一种自由流动的状态出现在我们面前，作为不受约束的冲动从合理化的审查中释放出来，而这种审查是可敬的意识对现象的坚持。

因此，在路易斯作品中，这种冲动自由地获取了它们自己的比喻修辞；他的艺术的完整性并不是某种与其遗憾的意识形态失误截然不同的东西（正如我们欣赏他的艺术时不考虑他的观点），而是因为其固执己见本身，由于这种固执，他使自己成为非个人的记录仪，以其本来丑陋的面貌记录他想记录的力量，超越任何文过饰非的自由修正主义。在这种意义上，路易斯典型地证明了阿尔都塞的看法，后者认为，艺术运用并超越意识形态的素材：

> 艺术让我们**看见**的，并因此以"**看见**"、"**感知**"、"**感觉**"的形式（并非是**认知**形式）给予我们的，都是意识形态，艺术从意识形态诞生，沐浴着意识形态，将自己作为艺术与意识形态分离，并映射出意识形态……巴尔扎克和索尔仁尼琴使我们"**看见**"了这种意识形态，他们的作品映射出这种意识心态并不断为它提供营养，但这种看见预设了一种从意识形态本身的**倒退**，一种**内在的距离化**，尽管他们的小说也产生于这种意识形态。在某种意义上，他们让我们**从内部**"**感知**"（但不是认知）他们被控制的那种意识形态本身。[17]

但是，对于这种看法，路易斯作品臭名昭著的内容提供了一种更严峻的检验，而且在这一点上超越了巴尔扎克僵死的保皇主义或索尔仁尼琴正统的神秘主义。

然而，在这种形式中，阿尔都塞的观点仍然只是一种假设；而正是在他的合作者皮埃尔·马舍雷的作品里，我们才看到这个过程进一步展开的、富于启示性的模式，通过这个过程，艺术作品可以说"生产"出意识形态，作为我们美学思考和政治判断的客体。马舍雷表明，意识形态以语言、叙事、人物系统等形式获得客观修辞的过程本身，可以理解为一种内在的离开意识形态出发点的否定和批评的"距离化"，而不是简单地复制。这里的设想是，正如我们所知道的，意识形态必然总是矛盾的，因此最终不可能进行连贯一致的修辞表达。借用其中心例证，儒勒·凡尔纳的未来的"概念"，事实上应该理解为一种**不要**把未来概念化的方式：不是表达进步的"理念"，而是表达一种想象的、矛盾的、解决二律背反的努力，因为第三共和时期的资产阶级掩蔽在这种明显的二律背反的概念之下。然而，表明这种努力的并非凡尔纳的"思想"，而是他的叙事结构。对此马舍雷表明，走向不可能的未来的叙事发展，总是不断地返回古老的过去，返回到死去的先辈，返回到创伤和复归的周期性时间。[18]

因此，我们将通过一种方法论的陈述来完成阿尔都塞的美学价值的解释：即，伟大的艺术与意识形态拉开距离，赋予后者以修辞和叙事的连接，使过文本释放其意识形态内容，表明其自身的矛盾；通过纯形式的内在性，意识形态体系穷尽它的各种变异，最后投射出它自己终极的封闭结构。然而，这正是我们注意温德姆·路易斯的作品要做的事情；这样做了，我就不再为他进行辩解。不论路易斯小说的内容使自由主义或现代主义的既定思想多么苦恼，它只能使初期法西斯主义更加痛苦，因为后者必须考虑它的令人讨厌的形象，并在公共演说里听见不经意说出的那种甚至私下里也只能默默理解的东西。实际上，在新的、尚未充分展开的初期法西斯主义形式在我们周围形成的时期，温德姆·路易斯的作品很可能已经获得了一种太多不必要的现实性。

弗雷德里克·詹姆逊
1978 年 8 月
基林沃斯，康涅狄格

【注释】

〔1〕读者可以参阅 Wyndham Lewis：Paintings and Drawings，ed. Walter Michel（Berkeley and Los Angeles：University of California Press，1971）。

〔2〕最早关于路易斯的著作仍然是最佳的介绍：H. G. Porteus，Wyndham Lewis：A Discursive Exposition（London：Desmond Harmsworth，1932）；Hugh Kenner，Wyndham Lewis（Norfolk，Ct.：New Directions，1954），以及他后来的文章"The Devil and Wyndham Lewis" in Gnomon（New York：McDowell，Obolensky，1958），介绍路易斯绘画的文章"The Visual World of Wyndham Lewis"。一些无力的批判作品的名单见 R. T. Chapman，Wyndham Lewis：Fiction and Satires（London：Vision Press，1973）。D. G. Bridson，The Filibusterer（London：Cassell，1972）为路易斯在其历史背景下的政治观点提供了很有用的评论。Robert C. Elliott，The Power of Satire（Princeton：Princeton University Press，1960），尤其是对书中关于路易斯的章节，对我的影响后来非常明显。然而，关于路易斯最生动的著作仍然是他的自传 Rude Assignment（London：Hutchinson，1950）。

〔3〕在抱怨他所说的"反社会的社会化，反文化的非文化化，或颠覆力量的合法化"时，特里林补充道："在我看来很清楚的是，当该学期的文章交上来的时候，几乎没有学生对他们自己的所读之物感到吃惊：他们几乎全都包容了那种抨击……"（Beyond Culture，New York：Viking，1965，26 页）

〔4〕"我认为我从来没有见过比这更邋遢的男子……当我初次看到黑色帽子下的眼睛时，那双眼睛透露出的就是失败的强奸犯的眼神"（A

Moveable Feast [New York：Scribners，1964，p. 109]）。这句话或许可以表明，阅读路易斯的作品好像不真诚，就像 John Holloway 在 *The Charted Mirror* (London：Routledge & Kegan Paul，1960) 中所做的那样，仿佛是对暴力的**批判**而不是对它的表达。

[5] London：Chatto & Windus，1931. 参阅该作品的附录。

[6] Gills Deleuze and Felix Guattari, *Anti-Oedipus*：*Capitalism and Schizophrenia*, translated by Robert Hurley, Mark Seem and Helen R. Lane (New York：Viking，1977，pp. 273－296 and also pp. 1－50)．接下来，这本挑战性的多层次著作，基本上将被用作一种美学著作，有分层的书（layered book）会被当作一种美学，即，作为对一种新型话语的描述和辩护，也就是一种不连贯的"精神分裂式的"文本。

[7] 然而，这恰恰就是德勒兹和瓜塔里在他们著作中抨击俄狄浦斯情结概念的那些部分所提出的。

[8] Jean-Francois Lyotard, *Des dispositifs pulsionnels* (Paris：10/18, 1973) and *Économie libidinale* (Paris：Editions de Minuit，1974)．不幸的是，有用的法国术语"dispositif"无法翻译。对于利奥塔而言，"dispositif"是抓住并稳定欲望的机制，而我用它指允许欲望投入并连接的机制。利奥塔强调"欲望"如何突破这种机制，而不是力比多机制可能性的社会和历史条件。

[9] Charles Mauron, *Des métaphores obsédantes au mythe personnel* (Paris：Corti，1962)；and Northrop Frye, *The Anatomy of Criticism* (Princeton：Princeton University Press，1957).

[10] 然而，路易斯的作品尤其需要一种具有萨特或埃里克森作品性质的心理传记。

[11] Louis Althusser, *Lenin and Philosophy*, translated by Ben Brewster (London：New Left Books，1971)，p. 162.

[12] Louis Althusser, *Essays in Self-Criticism*, translated by Grahame Lock (London：New Left Books)，p. 99.

[13] 要了解这些论点的整体轮廓，可参见我编的关于所谓布莱希特-卢

卡奇争论的文集中的"Reflections and Conclusions", *Aesthetics and Politics* (London: New Left Books, 1977)。

[14] Nicos Poulantzas, *Fascism and Dictatorship* (London: New Left Books, 1974), pp. 66—67, 252—256. 对法西斯主义理论的批评，见 Martin Kitchen, *Fascism*, (London: Macmillan, 1976)。

[15] Roland Barthes, *Mythologies*, translated by Annette Lavers (New York: Hill & Wang, 1972), p. 153. 读者应该想到，马克思自己的意识形态并不是源自"虚假意识"或阶级根源，而是强调通过在社会总体内部的阶级定位强加给思想的意识形态封闭结构的局限。在他对小资产阶级意识形态的经典解释里（为之后的所有版本所用，例如罗兰·巴特这一版本），马克思说："人们决不可认为，[1849年立法议会的]民主代表真的都是店主或热情拥护店主的人。依据他们的教育和个人地位，他们之间可能有天壤之别。使他们成为小资产阶级的代表的事实是，他们在思想上没有超越小资产阶级在生活中没有超越的局限，因此他们在理论上面临同样的问题和解决方法，即物质利益与社会地位才是小资产阶级的政治动机。一般说，这就是一个阶级的政治和文学再现与它们所体现的阶级之间的关系。" *The Eighteenth Brumaire of Louis Bonapare* (New York: International, 1963, pp. 50—51)。对这种意识形态封闭理论最广泛的"运用"或最实际的"论证"，仍然是卢卡奇对德意志唯心主义哲学的分析（"The Antinomies of Bourgeois Thought" in *History and Class Consciousness*, translated by Rodney Livingstone [Cambridge, Mass: MIT Press, 1971], pp. 110—149）。

[16] Terry Eagleton, *Criticism and Ideology* (London: New Left Books, 1976), pp. 54—60.

[17] Louis Althusser, "A Letter on Art", in *Lenin and Philosophy*, pp. 222—223.

[18] 见 Pierre Macherey, *Pour une théorie de la production littéraire* (Paris: Maspero, 1970), 尤其是 pp. 183—275。对这种批评过程更传统或至少是更熟悉的解释，可以在燕卜孙论弥尔顿的著作（Empson, *Milton's God* [London: Chatto and Windus, 1961]）中发现。在当下的语境中，那

本书可以解读为对弥尔顿的一种说明,说明他努力赋予其神学(特别是宿命论的"概念")的修辞如何与他的意愿相悖,最后"产生出"这种作为批评或意识形态判断(燕卜孙认为主要是否定的)客体的意识形态。

第一章 "多毛,外科手术,然而又看不见"

　　在他面前,它们乱作一团。"他走前把一切弄好"的想法现在似乎成了空想。无论如何,他惊动了这些地方的怪物和魔鬼,把它们引出了可以看到它们的荒凉之地。它们的声音各不相同,或大声高喊或轻声嘟囔,以难以理解的方式互相谩骂。唯一要做的是将它们聚在一起,赶着它们去舒适地接受检查。突然成了牧人,照顾一个古老的兽群……

——《塔尔》

　　如果面对温德姆·路易斯的句子,就会发现自己面对一种庞大的机械能量的原则。福楼拜,《尤利西斯》,是创作;某个詹姆斯或某个福克纳式的作家,通过耐心地、漫无目的地从一部又一部作品探索他们个人的风格特征,发展了他们的应变能力。然而,同样不会误解的是,路易斯的风格有力地贯穿着他的小说的肌质,像汽笛的冲力,依照风格的意志打开它们。

　　因为机械或机器之类都知道一种自己特有的兴奋:"一辆汽车呼啸着全速行驶,仿佛冲向机枪本身,它比'萨莫色雷斯的胜利女神'更加美丽。"马里奈蒂叫道,他的话围绕着世界回响,像电报的电波在旧的新闻短篇的象征世界上跳动,看上去还提供了路易斯最佳单部小说写作风格的计划。但是,就像其他人一样,对于路易斯而言,马里奈蒂的未来主义具有纯系标语口号释放的效果,是对 20 世纪新的语言机制应该记录的东西的一种静止的从外部勾勒的漫画。实际上,在路易斯本人看来,毫无疑问

2 侵略的寓言

应该以自然或有机体对抗机器：

> 一切生命形式都是一种奇妙的机制……在大自然的工场里，一切血腥的、邪恶的和扭曲的需要，都造成一系列的机械安排，这种安排对工程师极具启示和意趣，对艺术家几乎永远是美丽而有趣的。
>
> （*SH*，249）

自然本身作为机器：这就是路易斯第一个伟大叙事——（当时）臭名昭著的《坎特尔曼的春伴》（*Cantleman's Spring Mate*，1917）——那种非常典型的开篇的力量。

> 坎特尔曼走在紧张的田野里，蒸汽从田野升起，仿佛喷发出来，分割着小树林里斑斑点点的雏菊、岸边的报春花、沼泽湖，以及所有上帝的造物。初夏的高温炙烤着这片地汽蒸腾的狭窄地带，造成无辜的一切皮肤龟裂，可怜而无奈地忍受这热力。一切东西都在沉迷于自我，也沉迷于其他东西。公马觉着母马闪光躯体的颤动非常诱人：母马是否有什么"妙不可言"之处，而其他动物的另一半没有？
>
> （*SH*，106）

同样，对于鸟和猪，甚至人类动物自身，这种春天开始觉醒的性刺激，如果仔细观察，证明它只不过是某种奇妙氛围促成的结果。

然而，有机体这种惊人的非神秘化以一种悖论的方式传递出来。路易斯最典型的风格特点是：我们的推理系统围绕着形容词"紧张的"奇特地循环；如此命名的特征奇怪地脱离它们在句子

第一章　"多毛，外科手术，然而又看不见"

里规定的所指。我们告诉自己，田野绝不会真的被认为是"紧张的"：紧张的至多是穿过田野的行走，或者是坎特尔曼自己的努力。对于这一转换，拟人化的设想似乎是个不充分的说法，古典修辞把这种转换称之为换置法，其中"形容词在语法上指语境中不同的实体存在，而不是它在语义上应该指的东西"[1]。在古典世界中，这种基本上是口语语言实践的次要修辞，经常被作为史诗简明的标志：后面我们会看到，这种与路易斯的现代主义相距遥远的密切关系并不是偶然的。然而，如果通过换置它构成一种真正现代主义风格实践的转义基础[2]，那么古典的修辞就会被彻底修正。对混合换置的纯否定的选择证明了修辞认识明显不足，因为它记录那种非正常的现象，可能会完全突破它的局限。路易斯这种把行为者或行为的特征转移到僵死风景上的换置，产生出一种对毗邻轴线的污染，使人瞥见这样一个世界，其中一些过时的物质，像盒子里的弹珠那样，受到强烈的震动，"特征"松散，被置于错误的地方——滥用转喻——我们将会看到，路易斯后来的作品对此提供了极好的例子。

然而，这种形容词的转换只是更复杂的修辞运作的第一阶段。我们刚一记录它，它自身便退隐，仿佛未及完成，便出人意料地被某种嵌在第一阶段修辞下面的新的、不可预见的文字意义颠倒过来。结果，在这第二阶段或颠倒之后，坎特尔曼只不过是个盲人。现在，毕竟田野本身真的是"紧张的"：由于过度劳作，它们热情地投身于散发蒸汽，在炎热夏日准备的辛劳中挥洒汗水。于是，在故事文字层面上本来是形象的东西，现在，在关于春天的田野实际是什么样子的比喻层面上，全都被当作是字面的意思。这个过程并未就此停止，因为来自大自然厨房的隐喻的蒸汽，此时正好又变成"真正"母马双胁表面蒸腾的汗水。于是，在文字和比喻层面之间巧妙的、不知不觉的相互替代背后，最终出现了一种可证实的自我生成形象并生产句子的机器。

从一个有些不同的角度看，我们这里显然涉及到罗曼·雅克布森在其有影响的区分中所说的以隐喻代替转喻——随后转喻的形象通过灵巧的手法转变成一个自然作为独特庞大机器的复杂的隐喻。进一步说，由于最初转喻姿态的魅力从未完全克服，我们不得不考虑隐蔽在转喻变换的外部装饰背后的隐喻过程；因为隐喻显然只能以转喻为掩饰出现；或者反过来，通过隐喻创造的自然能量的暗中驱动，呈现为一种分析的、补充的、机械的、本质上是转喻的表面运动。同时，如果修辞比喻本身（隐喻/转喻）与那段内容（有机体/机器）一致，那么非常清楚这段话是自动指涉的，就是说，它从侧面无意间回映出它自己的生产过程，就此而言它是"关于"它自己的。实际上，这个早期故事的整个文本，使性和战争或侵略——有机体和机器——全都变成了一种单独的"**自然**的策略"，因而在这方面故事可以解读为再现过程本身的一种投射，换言之，一种通过它的表达或通过**语言**而对"自然"进行非自然的或人为的双重折射。

因此，通过这种奇特的语言置换，基本达到使创作过程本身非神秘化，含蓄地否定从亚里士多德到普鲁斯特那种维持隐喻是"天才的标志"，从根本上颠覆那种仍然是有机美学的意识形态——诗歌过程的本质在于感知，更确切地说，在于类比的创造。毫无疑问，重视隐喻是文学等级的一种投射，即认为诗歌和诗歌灵感比散文单调的指涉更高一筹。正如雅克布森在一篇有影响的文章里所指出的，现实主义散文的基本机制事实上不是隐喻而是转喻：

> 沿着相近关系的路径，现实主义作者以转喻的方式从情节转到气氛，从人物转到时空背景。他喜欢提喻的细节。在

第一章 "多毛,外科手术,然而又看不见"

安娜·卡列尼娜的自杀场景里,托尔斯泰的艺术注意力集中在女主人公的手包上;在《战争与和平》里,同一作者用"上唇上的毛"或"裸露的肩膀"等提喻,表示女性所具有的这些特征。[3]

但是,在路易斯的作品中,转喻被解读为反对隐喻,作为对它的明确否定:于是,它标志着灵感本身和艺术句子的贬值;而所谓艺术的句子指主观地构成的、自身是成熟的、具有旋律的单位。在序言中我们已经表明,在这方面,路易斯作品里的隐喻和有机体的侵略性的解构,可以看作是预示了后结构主义对浪漫主义维护有机形式和象征的攻击。实际上,我们很快会谈到路易斯作品的其他三个特征——主体的观念,他对现象学的时间观的抨击,以及他的寓言实践——它们在其他层面而非单纯在风格层面上响应并强化这种反浪漫主义的姿态。然而在他的社会语境里,在当时的规则里,这种比喻修辞具有阶级而不是理论的含义。因此,路易斯的未来主义投射一种反超验的、本质上是民主选择的象征价值——机器与大庄园的奢华陈设相对,包括它们自然美的意识形态;单纯的句子生产与诗歌创作的神秘相对,与它们把美或杰作的有机性置于首要地位相对。

当然,政治上,路易斯是个精英主义者,他信奉伟人创造历史的理论,面对庸人大量涌现的情况强调"天才"。但是,我们已经表明的关于他的风格实践的内在逻辑,使我们以某种先行预期的方式在这种作品里探测出一种基本矛盾,它通过"文本生产"的实践戏剧化了,处于与路易斯公开宣称的政治立场强烈的张力之中。在初期法西斯主义里,这种张力呈现为"社会主义"和"民族主义"冲动之间的竞争关系,早期法西斯主义开始时的民粹主义和反资本主义冲动之间的竞争关系,以及与它们后来维护受到威胁的中产阶级和小资产阶级主体之特权的那种使命之间的竞争关系。

31 　　然而，这种共存本身被路易斯风格生产的力量戏剧化了，他的风格明显是一种更复杂的运作，而不只是简单的以转喻代替隐喻，或者真的回到贝内特或威尔斯的"现实主义的"散文，并直接否定世纪末的艺术语言。隐喻的内容本身必须在文本中出现，这样才能消除：正是最初修辞的丰富性，才在第二"阶段"被重构成转喻的形式，以及人人可以为自己掩饰的表面。这种情形在那些松散的段落里最为明显，在那些地方，隐喻仍然没有声音，而转喻自行发生作用，内动力敞开，采取一种纯系补充的句子生产的方式，对"普通人"就像木工手艺或读写本身那样可以理解。

　　在这种纯系转喻的段落里，路易斯的风格机器对文本煞费苦心地进行分析性的拆解，不知疲倦地编写一种视觉目录，使我们禁不住想到《项狄传》里更著名的展示技艺或反对展示技艺的描写，据此获得某种最初的再现客体，然后可以不费力气地一页接一页地填充：

　　　　唐·阿尔瓦罗在向愚钝的体操初学者示范练习，他只能最慢地离开桌子：他先是轻轻地、慢慢地岔开双腿，把一条腿悬在半空几秒，这样说明一种值得欣赏的伸长；他把这条腿在另一条旁边放下，非常谨慎——一寸一寸地——仿佛接受它的地板是炽热的砖或不舒适的冰柱。

　　　　　　　　　　　　　　　　　　　　　　　（RL，15）

这种一步一步拆开身体的姿态机器的活动，意味着现实本身可以无限分割，它的最小的原子单位，通过无限扩展的句子的增长可

第一章　"多毛，外科手术，然而又看不见"

以不断地进一步再分，直到某种难以想象的最小的状态。

像身体一样，思想也可以被设想为一种机制，它至少可以以相同的补充方式复制它自身：

> 普利最乐于助人也最善良，他自己不找任何借口，普利最乐于助人也最善良——最乐于助人因为他善良。他最善良也最乐于助人，有两件事，他最善良因为他最乐于助人，他善良因为他不能不善良——他太善良。
>
> （CM，44）

当然，这种没思想的胡言乱语旨在再现路易斯认为是现代婴儿崇拜中内衣"玷污"的东西。然而，像物质解剖一样，它投射一种关于客体的概念，即事物可以无限分解，而此前作家处于起草人的地位，准备把"无休止的"纸页涂黑到惊人的数量。实际上，对于这种无限的句子生产能力，《上帝之猿》是一块模糊的纪念碑，它本身是工业时期人类生产力的一种比喻。

因此，毫不奇怪，在路易斯常常是急就章的作品里，存在大量牵强延伸的东西，它们是故意挑拨读者，使他们尽量挑战对纯文学或高雅风格的仪式主义的崇拜。但自相矛盾的是，这种"缺陷"，这种粗糙的写作，只能确认路易斯风格中巨大的解放能量；因为在这种段落里，纯属句子生产的原则被突显出来，并以自身的支配力量，使自己脱离所有它撇在后面的单个句子。乔伊斯的句子根据内在的原则写成，在他的创作背后上帝退隐不见；但在路易斯的作品里，绝对增殖则是他的机械论事业的标志和确认。

实际上，对这种空洞句子的无限生产肯定要有限制：从当代观点看，我们会说，路易斯作品中的文本冲力，以各种方法在策略上被重新包容，对此下一章我们将考察叙事的方法。但是，甚至关于这种生产的理论意识也受到仔细检查：例如，某种科学主义偏见的作用，它支配系统的分析以及转喻的选言。"把欧几里得深埋于活生生的肌肉之内"[4]，他绘画中的主要冲动的这种典型表达，在它的思想里肯定也是他的语言实践的箴言。

然而，在当前科学研究被理解为模式建构的这个时代，我们也许很少受到这种诉诸科学绝对论的威胁。从风格的观点看，甚至路易斯语言的这种科学成分，也可以看作是一种单独的代码或词汇领域，一种单独的术语储存，在许多其他成分当中，它们同样独特，同样没有子语言的特权：例如，故意使用大量英国习语或口语（"fuss"［大惊小怪］、"toddle"［蹒跚］、"beastly"［野蛮］、"strapping"［鞭笞］）；又如，在某些描述性的段落里，明确使用"绘画"和技术的语言表示，仿佛它们曾被专家谨慎地拒之门外。

关于这些子代码或习语，应该说明的不是它们的等级，而是它们的多样性，它们相互嫉妒地尊重的不一致性。作者没有努力把它们融合成个人情调的统一体。相反，它们的功能是相互干预，在句子内部明显冲突，没有时间形成表面的同质性：词语不能恰当地搭配，它们最后投射出立体主义绘画的冲突平面和角度。因此，句子是一种异质力量的合成，决不能让这种力量凝固。此后就是路易斯最终不受任何约束的风格，其设计半生不熟，结构上甚至对最包容的万神殿也显得丑恶之极，就像在他著名的对巨怪的典型描绘中那样（"多毛，外科手术，然而又看不见"）。这种句子的构成是一种视觉过程，是感觉到具有实质特征的词—物的并置和拼贴，它可以根据路易斯的盲目性效果来判断：他不像乔伊斯，最后岁月的路易斯，虽然能够思考或听见他的语言，但却回到了几乎是18世纪的严肃性，早期风格中的激情现在变成了叙事本身的内容。

第一章 "多毛,外科手术,然而又看不见"

【注释】

[1] Heinrich Lausberg, *Elementi di retorica* (Bologna: il Mulino, 1969), p. 169.

[2] 关于把修辞和风格的区分用作一种历史和断代的概念,见 Roland Barthes, *Writing Degree Zero*, translated by Annette Lavers and Colin Smith (London: Jonathan Cape, 1967), pp. 10—13, 41—52。遵循卢伯克(Lubbock)对画面(或"报告")和场景的区分,热奈特(Genette)把这种区分用作古典抽象……和"现代"表现性之间的对立(Gerard Genette, *Figures* III [Paris: Seuil, 1972], p. 131);发现了这种区分,见 Percy Lubbock, *The Craft of Fiction* (New York: Viking, 1957), pp. 251—254。

[3] Roman Jakobson and Morris Halle, *Fundamentals of Language* (The Hague: Mouton, 1956), p. 78.

[4] 引自 Walter Michael, ed., *Wyndham Lewis: Paintings and Drawings* (Berkeley and Los Angeles: University of California Press, 1971), p. 40。

第二章　伪一对的冲突

> 我已经描述过自己幽默的性质——如我所言，它如何融入一切事物，把每一种社会关系变成模拟暴力的戏剧。此时你可能会问，为什么它如此暴力——如此模拟暴力？它似乎到处都被迫进入某种框架，而这种框架总是一种生死搏斗的幻影。
>
> ——《野蛮的身体》

但是，这种显然不可确定的句子生产机制的能力，这种转喻冲动的随意裂变，不可能毫无阻碍地进行运作。由于根据它们自身的内在逻辑不断增殖，分子单位的句子的累积可能储存大量表面的修饰，从而把最具暴力的细节鼓动抹平，使其回到一种静止的、在视觉上像是粗呢子似的状态，以令人眩晕的巴洛克风格填充所有空白的空间。于是，在其外部界限方面，甚至平淡的表面和视觉戒律也被期待着遭受破坏，从而打破经典现代主义的惯例和策略，产生出明显的精神分裂式的不连贯性，如像贝克特的《瓦特》之类的后现代主义的"文本"或书写。不过，路易斯的字句生产方式仍然是叙事的，而不是抒情的或精神分裂的。因此，我们现在必须说明，转喻的能量，以及路易斯单个句子中基本成分的暴力，如何通过某种外部的统一原则，通过抽象的一致性和空洞的全球封闭性（与他们的分子概念相对，德勒兹和瓜塔里把它称作"克分子"的封闭性）再次受到遏制和阻碍，受到牵制和再次控制。

第二章 伪一对的冲突

事实上，这是画家特有的关系，是艺术家—作家面对自己模式的情境，它为这种克分子遏制的结构提供了第一个线索。对于在观察者的观点和认真思考的客体之间、在模型和观察各种模型的眼睛之间所产生的能量交换，没有人比绘图员能更好地感受它们。这并不是知者与被知者某种静止的认知统一，而是立刻认识到自己进入两种相互依赖的调整机制，每一种机制都半自动地调整自己，适应其对立方的自动运动和节奏，就像在《悼婴节》的那个时刻，呆滞的码头工人用篙把船撑向岸上那个凝视他的人（普尔曼）：

> 一块石头扔出，他停下，面向海滨，忧郁地端详着远处的麻雀人，它精确地重复不断地晃动，一种有机体代替言语进化成一个巡游系统，对死寂的环境做出反应。它在这种冥河旁边徘徊，一种消失的动物，而不是一个消失的灵魂。
>
> （C，11）

机器人回应死寂的环境，它们像镜子一样彼此相互反射：这就是那种元叙事形式，它从超然的观察者那种看似沉思的姿态中生成，而观察者体现了《塔尔》的标题人物和《野蛮的身体》的叙述者的特征，当然还有画家路易斯本人的特征。现在我们必须理解路易斯小说叙事的生产，它如何既被这种原初关系促成又被它从策略上遏制，这种抽搐和痉挛的相互作用被纳入一种强制的循环，一种血管收缩和舒张的作用与反作用的映射，它提供火花在两种存在之间不断交换的景象，仿佛它们是相反或对立的两极。

当然，最终这种火花会采取言语本身的形式，词语和声音像彼此的王牌热切地掷下。这种情形典型地表明了贝利夫对他最初的对手希佩里德斯的干涉所做反应的价值：

> 在新的声音的影响下受到刺激……他浑身振奋。声音震撼着他的感官,像从传说中敌人的立场宣布战争时的那种锣鼓轰鸣。它是来自于对立一极的欢呼,它通过魔力为他打开了两极之间的世界,而那个世界在声音到来之前是封闭的和死的。
>
> (C,152—153)

对于这种交流,对话显得过于软弱,在其激烈的轮流对话里,这种交流限定了一种真正的对立两极之间的冲突。这是路易斯小说世界的特有元素,这是战斗的、激化的然而又活泼的冲突中的单子,一种活泼的残忍,其中与之匹配的、腐蚀的意识慢慢地渗透到潇洒的活力之中。

路易斯把自己的特殊角色基本上看作是艺术家的非社会的角色或纯粹的目光,因此对他来说,这样一种人类关系的概念说明了为什么人类生存最理想的状况仍然是孤独。于是,《爱的复仇》中命途多舛的恋人最大的希望就是单独相处,离开那些招人注意的同代人;然而,成熟的路易斯自己却渴望一个停止政治和政党冲突的世界,构想某种最终神圣中立的和平景象。

正是在这种意义上,《塔尔》的开篇场景呈现出那种对社会的反感,那种面对最不重要的人类关系典型的犹豫和踯躅,而其依托的背景是,所有后来戏剧性的激烈冲突都在路易斯的作品里发生:

> 霍布森和塔尔在天堂大道相遇——他们相遇时都小心谨慎,拖着脚步:当时他们有很多充分的理由不这么慢走,以前多次相遇,只要继续前行就做得很好,一切都表明为什么他们应该将帽子压低,遮住眼睛并疾步向前,因为拖着脚步

和互做手势是有害身体健康的。

(T, 9—10)

在这种情况下,所有的人类关系必定有一些模糊的预兆;而且,越是强烈的反感和暴力时刻,只能证明想拼命摆脱对话者的努力,或者——就像可怕的克莱斯勒那样——在狂暴与愤怒的爆发中使他消失。

因此,在那种可以称作人际或对话叙事的现代小说特有的次传统里,路易斯占据一个独特的、创始的地位。[1]当然,这种次传统必须根据整个现代主义的境遇来理解,对于现代主义,旧的关于"现实"的常识概念已经出现问题,包括对语言透明性的传统信念,对模仿再现的不自觉的实践,以及经验和事件自身的范畴(正如我们随后将看到的,罗兰·巴特把它称作空洞的规则)。现在,所有对旧的社会小说的具体限定——日常生活的经验细节,阶级或工业城市的嵌入,缓慢的几十年才有的时尚或家具的变化,工场的物质协作或机器转让,技术奇迹或政治机构——全都被认为是偶然事件,它们不受欢迎,不会像旧的现实主义那样被大量描写,而是以一个外来人的怀疑的目光对待它们,认为它们以无生气的物质抵抗新的、自治的、美学的语言领域。因此,现代主义的姿态同时是意识形态的和乌托邦的:持久地扩大个体经验的主观化,旧的社区不断地分化和瓦解,知识分子面对社会生活的物化和工业社会日益激化的阶级矛盾,表达他们的焦虑和反感,同时这也体现了一种克服19世纪后期资本主义商品化的意志,以及以某种神秘而强烈的更好的前景、更真实的存在,代替维多利亚后期生活中腐败的、过剩的商品。

如果全面考虑对这种境遇的各种可能的反应,必然涉及在风格的各个方面对现代主义进行剖析,从努力超越理性和逻辑,作为一种低级文化或现实—原则的抵押，一直到试图消除无知本身，使语言成为某种纯粹的、解放了的、超越偶然性的精神戏剧的空间。就小说而言，肯定最有影响的现代主义策略的标志是，内心独白的"发现"，围绕着从内部探索个体意识及其无意识进行组织，围绕着对单体的内心现实的文字"描写"进行组织——事实上内心现实等同于后者可证实的结果，仿佛第一次产生的当代主体性。[2]

正是从这种主观化的和印象主义的（常常是唯我论的）形式，我们应该学会区分各种迥然不同的对话传统的策略。后者与前者一样，其目的同样是压制它的具体的境遇决定，变换偶然性；然而它崇拜的是一种关系，而不是个体经验与热情。统治的现代主义发现，它最终的基础在于身体本身，不可表达的一切东西在于单体的生理学基础，这种反潮流冲击集体，但在策略上仍然加以遏制，把它冻结，在今天普遍称之为"主体间性"的幻影中将它具体化。这种新的、碎片化倾向的实例，不确切的划分可以包括一些路易斯同时代的作家，如 D. H. 劳伦斯；或那些俄国小说家，从陀思妥耶夫斯基到奥廖列沙，他们那些充满激情的单体间的对话，尽力克服内心特有的怪诞感，克服特有的自我—缺陷或身份丧失，这实际是俄国的文学传统，是俄国资产阶级的落后性造成的；它肯定包括我们自己时代的那些法国小说，它们在萨特发现的冲击之下（萨特发现**观看**是被**他者**异化的特殊形式），寻求以西蒙·德·波伏娃的《受邀者》的变化方式，投射出新的在社会生活对话层面上的想象；包括玛格丽特·杜拉斯简略的仪式交流小说；以及娜塔莉·萨洛特关于人类关系的小说——她觉得人类关系实际上是有机向性的本能的颤动。

实际上，也许正是娜塔莉·萨洛特以她的"潜对话"概念，最好地——很久之后才被发现——限定了这里所说的叙事结构。

第二章 伪一对的冲突

她的口号指明并预设一种境遇,在这种境遇里,明显的表面对话不再是真实的;在日常无关紧要的、偶然的说话交流之际,出现了某种基本的人类联系,某种更深的、无言的探索相互争斗或相互作用。旧的日常生活的普通语言仿佛不再是个体表达的有效工具,更不用说交流了。陈词滥调破碎了,巨大的表面被公开性腐蚀,普遍接受的观念开始被异化并常规化的语言打破,在它们的裂缝之间留下可见的沉寂的荒漠。这里真正的人类生活继续存在,但好像处于地下,处于社会成规死寂的表面之下。因此小说家的任务变成恢复那种更真实的现实,发明一种新颖的、非异化的、原创性的语言,并能用这种语言描写以前文字的或非文字的现实事件,超越所有堕落的言语。

这种美学必然会提出一种"双重连接"或超负荷的文本——文本加文本自身内部的评论结构——其风格后果将在下一章考察。这里我们必须关注的是,新的关系或对话形式对那些传统的主体、事件和人物的范畴有什么影响,因为后者保证了旧的非自觉的种种现实主义表面的再现。这些未反映的常识"现实"观的范畴,现在被新的冲突的构架强有力地取而代之,它的严峻的两极分化反而在与任何不习惯的、真正是表现主义的可变性的特定关系中释放出种种变化。这仿佛是亚里士多德的科学的稳定实质,以及它们固定的、可以描述的特征,突然被投射到后爱因斯坦物理学的关系领域,并且像在格式塔的颠倒中那样,被转变成关系的两面或两极,但关系限定它们并决定它们的逻辑。于是,它们的各种决定可能被改变,但条件是两极都在相互关联中变化:二元对立与当代语言学原则的亲密关系也不能忽视,对此索绪尔评论说,"如果没有肯定项就只有差异存在"[3]。

这种新的叙事结构最直接和最明显的征象,因此将成为它的客体世界无休止的变体。新的对话体系的关系视角公开压制物质背景的偶然性，因为这种关系自身可能在背景内部发生作用。然而客体决不会因此而消失，即使没有预见到这里与旧的现实主义描写没有任何相似之处。相反，路易斯以某种深刻的巴什拉的方式，整个一生摆脱不了房间和住宅，总是处于这种空间之中。这些物质结构的神秘性，似乎按照主体与主体—极点之间斗争被强调的程度，以辩证的比例进行强化，仿佛不可理解地要求人们聚集在一起，呆在各种规格和厚度的墙壁围成的盒子当中，就成为一种依照其自身结构范围的准存在主义叙事反映的场合。[4]

因此，在早期路易斯的作品里，迷恋房间和建筑代表一种偶然的物质内容"被压制的回归"，现在它倾向于以拟人的形式重新嵌入冲突主体的两极之一。此时房间和住宅获得一个短暂的生命，具有次要和插曲的特点，它造成一种现象，像下面《塔尔》对巴黎流行餐馆的"传记式素描"那样，一种完整的有机生命过程在读者的眼前迅速完成，宛如电影中的时间切换：

瓦莱餐馆和它的许多邻居一样，最初是一家清洁宁静的乳品店，只有一个面积不大的小铺。后来它的顾客一个接一个地失去了自己的存货：除了每天一杯牛奶，他们还要求买一些火腿肉以及类似的营养品，这家体面的小店开始不太愿意，却还是提供了。但是，持久无节制的贪食场景，长期满足人类野蛮的胃口，逐渐使它的特点发生了变化；它直接变成了一个满足大部分血腥味觉的地方。随着生意的发展，小店盯上后面破旧的房子：穿过墙壁和隔板，推开门，它发现里面有许多失去光泽的房间，于是它赶紧把一群又一群食客安排在那里。它赶走了受惊的家庭，把中风的看门人关进"小屋"，打开直通后面院子的棚子似的建筑：在这房子陈腐的内脏里，它建立了一个沸腾喧闹的兽笼，里面居住着一群

第二章 伪一对的冲突

残忍邋遢的野人。

(T, 87—88)

通过顾客食肉的要求,这个"体面的小店"堕落腐败了,它的残忍性再次概括了冲突的相互作用,同时向我们第一次暗示了内在于这种结构的暴力和侵略性。

但是,关于瓦莱餐馆的素描写得非常出色:通常这种客体必然在小说漫长叙事的争斗内部加以安排,说出它们自己的语言——小说家必须赋予这种语言新的声音,就像他必须重新发明其"人物"的潜对话未说出的语言。于是,另一个房间,贝尔塔的房间,暂时以她的代替塔尔的冲突中的后者,最后失去了它自己的特色,"廉价而无生气,但像外面的树一样非常安静"(T, 44);然而后来,

那个可怜的小房间似乎要冲向前去,唤醒他的记忆,博得他的同情。一种日耳曼人自杀的紧张气氛充斥着一切;如果不伤害或轻慢某种东西,他就不能移动眼睑或肌肉:这就像夜间在黑暗的厨房里,你知道每一步你都会踩到一个甲虫……

(T, 289)

很明显,这样一种类似这个房间的存在暂时变成了一个行动者,代替了女主角本人,有些像拉辛笔下那种更卑鄙的密友。这样一种叙事的成分既不是象征也不是"印象":它过于活跃,不可能成为关于塔尔对其客体世界感受的一种单纯现象学的描写;它也过于断断续续,过于准时,事件过于完整,因此不可能投射任何稳定的象征。

人体本身不再更多地抵抗这种强有力的重构：如像它的行为和姿态的转喻裂变，身体现在分裂成许多客体，由于它们常规的"表现"功能，它们可以依次突显出来。尽管如此，它们仍然可能受到描写的阻碍，因为这种描写表明，它们还不如周围的风景更有表现力：

> 过于肉色的面孔（似乎不惜一切代价装成血肉之躯），衬着荒诞虚假的底部，注视着肖像。它注视着，像母牛反刍一样聚精会神地注视着。过去两周多所有悬疑带来的烦躁，郁积在这个伪君子脑袋的宽畅虚假的底部——由于它的毫无表情的隐秘，它压下了这个不可能无辜的下巴。因为它可以偶然成为一个接受不满的容器，也可以接受粗率的"友善"。它的主人对这个不忠实的艺人的所有憎恨都表现在毫无表情的眼睛里，因为它们显得非常茫然，从茫然到完全茫然的深渊，从平淡的茫然到粗野的茫然，从皮克威克或派克斯尼福到猩猩：直到本性对空虚——如此空虚！——阴暗的憎恨变得无法忍受，以至于真正变成了邪恶。
>
> （RL，232）

45 在这样一个世界里，一个碎片的世界被重组成活跃的、拟人的存在，断断续续混乱的信息来自四面八方，难以容忍地要求转移我们深陷其中的从属介入——在这样一个世界里，事件的真正性质必然会变得面目全非。

在这种仿佛以手遮脸模糊不清的现实里，只有运动标志着事件本身的运作，使我们可以找到代表路易斯冲突特点的交换力量的存在：

第二章 伪一对的冲突

"啊，你说——你爱我吗？说你爱我！"一个突然说出这话、匆匆忙忙的人直冲到他的面前。他很熟悉这种情形。它就像一个妓女在黑暗中的滑腻语言。骗子突然分开：他们的温室受到外面空气的吹袭。他盯着她的脸向上搜索，仿佛它在他脸上散发出哺乳动物的气味；它转向左边，然后转向右边，晃来晃去。

(*T*, 51)

在这种段落里，更多的危险不是表示许多现代主义特点的那种熟悉的"陌生化"。诚然，这种阅读活动有一个最初的时刻（下一章我们将返回来再谈），在这个时刻，那种奇特动作以日常现实的常识语言所承载的名称（我们把它称作拥抱、亲吻、接吻）[5]必须被重新确立，使我们可以衡量风格或陌生化的力量。

但是，那种旧的、更熟悉的事件并不会不变地返回：根据巴特的选择行为语码的常规范畴（走路，说话，开门，进食，感到恼怒，拥抱，羡慕，走开，向前冲）——一种肯定在我们熟悉的最古老的语言中存在的克分子单位——事件现在已经被系统地重写成一种新的、更普遍的、不那么熟悉的克分子单位，其中事件在我们面前呈现为每个瞬间的决斗、争战或竞争，一种在战略和战术上严阵以待的境遇，人们在这种境遇里做出正确或错误的行动。因此，在准备适当解释她令人反感地当众拥抱声名狼藉的克莱斯勒时，贝尔塔必须设计自己的策略：

她对事情的解释当然不可能脱口而出，而是必须根据情况逐步展开。实际上，在她直接提及这件事之前，需要尽可能长的时间。一定要看上去她什么都不想说；难忘的沉默——什么都没说。他们思想习惯了她的沉默，因此当它出现时，他们发现这种解释更令人难忘。

(T，157—158)

不幸的是，在这种境遇里，人们的姿态和沉默本身被更大的策略概念调动和组织，因此人们也可能受到阻碍：如果被一个优秀的对手胜过，这些就是人们可能失败的战场。因此，李普曼小姐以一种精明和本能的对抗行为抛开了克莱斯勒，认为他不值得进一步评论，于是推翻了她对手的计划：

> 贝尔塔的故事最终还是不安而困难地完成了。似乎没有任何人想听。她原本希望不要等这么久。但是，问题已经被李普曼小姐揭开，她决不能拖延：毫无疑问，在某种意义上她应该为克莱斯勒负责。对他解释是她的义务：但是现在，李普曼小姐为解释下了一条禁令：不会再有任何解释。主体正在危险地接近它被抛弃的地方……

(T，159)

把这种场景与类似普鲁斯特对社会生活邪恶力量的剖析进行比较具有启示意义。普鲁斯特对这种痛苦的冷落和失信的说明，以及对谈话者急切利用它们的说明，通过他的印象主义叙事的回溯特征，倾向于朝着一种先验的人性论点重新调整它们的轶事的力量（针对整个社会生活难以忍受和令人不满的特征，尤其是人类关系中的这种特征，孤独的美学再创造实践不再关注自身的最高价值）。

在路易斯的关系世界里，不存在人性的论点，如果考虑其中个人主体的地位，我们会更清楚地看到这点。假如存在人性的论点，我们这里必然涉及关于事件结构的叙事预设，因为在某些时刻，主体相互进行痛苦的、不确定和不期望的接触；而这种结构直达最小的空间和时间的接触，严密得像一个鸡蛋。在这种空间里，再没有任何叙事的视角：背景，例如克莱斯勒的财物状况，通常会被用于说明这种或那种场景的准备，现在却与主要危机一起被置于文本的表面，于是克莱斯勒与他的朋友恩斯特·沃克特的关系被突显出来，超出了借款和贷款之间的偶然联系："他现在的处境像一个与妻子分开几个月的人；他再次迫不及待地要看看沃克特的金子的颜色"（T，78）。由于这种变化，关于克莱斯勒一种毫无生气的事实，他的复杂的生活境遇的一种静止的细节，现在变成一种力量的场域，其中也可以依次生成其他的事件。首先，克莱斯勒发现他们的"关系"发生了某些变化；借钱再不是那么容易或平平常常的一种活动：

> 只是逐渐地，他才认识到沃克特的钱现在具有多么大的价值，以前杂乱一团的硬币，职业借款人沉迷其中，现在成了一种响当当的适合经营的生意。
>
> （T，80）

终于，这种新的境遇产生出一种新的、预想不到的相反的力量；"沃克特"被重新组织成一个战场，穿越这个战场，克莱斯勒遇到一个迄今还不知道的敌人：

> 路易斯·索尔迪克是个年轻的俄国波兰人，他偶尔会坐在伯尔尼的德国人当中；对他沃克特看得最多；实际上，关于沃克特的钱包，正是他取代了克莱斯勒有影响的地位。但索尔迪克没有借一百马克；他的方法更时新。恩斯特再次与克莱斯勒那种笨拙懒散的理财习惯接触时，他经历了一场不

愉快的打击。

(T, 81)

于是，最小叙事的前文本冲突重新充分地呈现出来。通过这样说明路易斯世界中迷人的组织冲突，它的功能并没有完全穷尽。相反，我们在后面部分看到，如此重构，如此预先准备，"事件"现在可以被认为是一种"机制"，它能够承载各种各样补充的意义，既包括本能的也包括民族—政治的意义：例如，在当前这段话里，克莱斯勒的"方法"和索尔迪克的方法之间的冲突，根据低级与高雅文化之间的冲突被引发出来，这是非常重要的。

我们已经开始认识到，路易斯叙事的关系组织在什么程度上推行一种基本的转换：转换基础语言符号，转换范畴和传统上构建情节的素材。当然这种发现是我们在其他语境里已经有过的：半个世纪各种媒体的风格化的抽象，弗洛伊德对梦的内在逻辑的证明，列维-施特劳斯对野性思维的分析，普洛普和格雷马斯的叙事模式，所有这些都以不同的方式强化了叙事是一种纯粹的时间形式的论点，而形式的内容相对地不偏不倚；这并不是决定叙事力量的行动者或客体的本质和内在的兴趣，而是正好相反，强有力的叙事结构产生它自己特定的"承载者"和语言象征，它自己的特定的成分和术语。实际上，对于梦中的思想，一个可以理解的"情节"能够从性质各不相同的碎片中形成——例如，一个卫生间小橱柜的内容——比如马格利特的许多梳子和剃须刷——逐渐出现，在它们的相互作用中，被赋予各种意义和"个性"，宛如棋盘上的棋子。因此对塔尔来说，贝尔塔的房间，贝多芬的半身像，还有他自己的思想（其中有些是陈腐和固执的，另外一些带有一种专横口号的傲慢），传出某种难以理解而又紧迫的信息的颤抖的手指，像潜伏着敌人的不祥建筑似的面孔——所有这些自身都会成为不规则的但非常重要的特征。

但是，倘若如此，那么就需要重新考虑文学"人物"本身的真正范畴。普洛普和格雷马斯在这方面取得了重大进展，首先是努力根据叙事功能重写人物，第二是以治疗的方式把人物归纳为支撑或承载行动的状态（无法翻译的行动者［actant］的概念），并说明在策略的事例里，一种看似独特统一的人物——通过一个专用名称集合在一起——根据叙事分析可能被揭示为多种不稳定的、迥然不同的行动者或功能，这种人物是一种共生的结构，而不是一种有机的实体或"身份"。[6]然而，在这种典型的结构含混当中，行动者的概念变成一种否定和批判的工具，用以阐明拟人化再现的幻觉，除此之外，格雷马斯的行动者仍然可能被归于传统的人物范畴。[7]

然而，这种思考仍然属于元批评。因此，他们的术语最多仍是表明在所有叙事分析中发生作用的范畴，而不是这里研究的那种叙事和人物结构的具体的历史修正。按照萨皮尔—沃尔夫假说——不论好坏它都支配着对形式的历史和社会分析，意思是，语言的表达力充分概括意识的作用；不存在特定的形式范畴，或者那种范畴已经消失，那种范畴所支配的概念可能被认为从该时期的形式认识中缺失，或者受到了压制——我们必须考虑文学人物的问题，以及它的形式修正的问题，把它作为主体自身问题特有的征象，以及主体的构成或分裂。换句话说，如果我们真想严肃地对待当代理论所称的主体"去中心化"的人物，如果我们想从当前（拉康的）关于主体是一种"结构效应"的看法（在对人的研究里，拉康扩展了弗洛伊德最初关于"哥白尼革命"的计划）得到最终的实际后果，那么我们就必须特别注意形式，在这些形式里，对主体的传统再现显示出分裂的迹象，其中叙事本身开始破坏结构主义者和后结构主义者所称的人本主义的范式，即公认的一种先在的人的本性的观念，以及一种自治的、处于中心的"自我"或个人同一性的幻觉。

D. H. 劳伦斯在一封著名的信里所援用的恰恰是这种范畴的分裂，在这封信里，他认真思考了未来主义更深层的破坏使命：

> 有趣的是，那女人的笑声像钢铁分子的结合或它们在高温中的活动一样；正是这种非人的意志，称它为生理学，或者像马里奈蒂——物质的生理学，使我着迷。我不太在意女人的**感觉**——按照这个词通常的用法。那种情形预设一个用以感觉的**自我**……你们一定不要在我的小说里寻找稳定的旧式人物的自我。其中有另一种**自我**，根据这种自我，个体难以辨认，仿佛经过一些同素异形的状态，这种需要一种更深刻的感觉才能实现或发现的状态，与基本上没有改变的元素的状态是一样的。（例如，钻石和煤是相同的、单纯的碳元素。普通的小说会追溯钻石的历史——但我说："钻石，什么！这是碳。"我的钻石也许是煤或煤烟，而我的主题是碳。）[8]

如果觉得劳伦斯的妇女—他者的去中心化运作，比根据主要是男权中心的男性意识的运作更自由、更愉悦，那么我们只需及时跳到德勒兹—瓜塔里的美学，以其无人性或非人性的性活动本质的概念[9]，测定走过的线路——从对传统人物再现的不满，到公开赞扬一般人物的精神分裂式的消解。

实际上，劳伦斯的叙事计划表明，它与路易斯的成熟美学之间有着极其密切的关系；路易斯把这种美学独特地设想成讽刺，据此强调他的非伦理的、纯外部的、新的再现方式是立体主义—漫画式的，其唯物主义的手法肯定了它们与视觉艺术而不是时间艺术的密切关系，与空间而非时间的密切关系，因而认识到一种象征的使命，不相信那种无形而热烈的内心独白的有组织的时间，也不相信以心理学为导向的主观主义的有组织的时间。[10]

这种美学以及它对旧的稳定的主体或自我的影响，在路易斯于我们所称的作品"突破"之后的文本里可以清晰地见到，在那以后，《塔尔》那种相对稳定、自动平衡的心理寓言不再发生作用，"现实"本身隐入他的变幻无常的神学科幻小说，就像在《悼婴节》里那样。在《悼婴节》里，物质被取消了，我们面对着最疯狂的、令人困惑的世俗空间本身及其构成因素的变化。由于第一次世界大战可怕地"屠杀无辜者"造成的死者大量拥挤在海滨，我们似乎已经接近语言尽可能使我们接近的一种关于精神分裂动荡的无节制的经验；然而，不像后来更正式的精神分裂的文本（贝克特的《瓦特》也许仍然可以作为一个实例的参照点），这种经验依然封闭在叙事范畴之内，并按照叙事的价值进行组织。

小说主人公普尔曼和萨特斯威特在变幻莫测的移动的"时间公寓"当中的冒险，在不断变化的漩涡动荡和对再现观察的"第四堵墙"之间形成了一种奇怪的调和：变化总是使这些"人物"卷入其中，而读者可以继续进行观察。造成这种明显的动荡并赋予其不可预见的转变以恰当的叙事连续统一体的安全性的，显然是对关系结构、对冲突形式的坚持，现在它们在冲突双方的统一中被人格化了。不论普利或萨特尔个人会变成什么，他们的相互关系仍然存在，并提供一种稳定的、可以限制变化的协调体系：因此萨特尔依次迅速地变成一个婴儿，一个老人，一个挖土工，一个操伦敦腔的士兵，一个荡妇，一个公立学校的学生；然而普尔曼跟着改变他自己的年龄和身份，因此他继续觉着他和原来"一样"："他们相互行动所处的时间和阶级范围强烈地动荡，随着他们穿过相邻的维度快速上下，他们彼此只能不完整地看见对方"（*CM*，115）。

人们将会看到，在《悼婴节》开始的变幻里，最显著的"转换"事实上只不过是表现主义的修辞手段的强化，把这种或那种转瞬即逝的态度或反应戏剧化。因此，普尔曼与他的刚愎管事的那种既保护又傲慢的关系，呈现为普尔曼看护的角色，"冷漠而有主见，不蔑视，不被冒犯，一个尖刻、聪颖、严谨的、矮小的家庭女教师"（*CM*，16）。然而，在时间公寓的世界里，恰恰是这种修辞和文字之间的区分消失了。在这种意义上，小说的科幻传统使路易斯的风格实现了某些倾向性，但它们必然受到更"现实主义的"小说那种可能的框架的阻碍，因为在现实主义小说里，叙事的主线被理解为包含各种修辞的"文字"层面。另一方面，对文字和修辞语言之间区分的压制本身并不是一种新的美学，而是一种境遇和困境，各种现代主义美学以不同的方式对它做出反应，并通过生产构成许多不同象征行为的风格和文本加以"解决"。例如，我们称作路易斯的"表现主义"，在这种新的语言危机里可以解释为一种意志，它力求把修辞转变成文字，踢开我们进行修辞的隐喻机制，并肯定后者是最终的"现实"——哪怕只是暂时的。不过，我们会看到，这并不是一种没有矛盾的解决方式（其他现代主义的解决方式同样充满矛盾）。

当然，《人类时代》的真正主题是人的存在本身，是现代世界为"强有力的"知识精英人物储备的威胁。甚至在这里与我们相关的风格实践层面上也非常清楚的是，普尔曼和萨特尔的个性远不如对他们发生的事情真实。他们的转换是境遇本身的一种功能；他们短暂的、被文字化成真正变体的特征，事实上是对那种更大的、跨越个人的一致性的机械适应，其修辞特征由自身决定。同位语或性质形容词是《悼婴节》的主要风格手法，据此，它的人物以变化的伪装反复出现,如"卡·普尔曼"、"比尔-赛克斯-萨特尔"、"巨大愤怒的格来琴"、"冥河边上的酋长",等等;这种同位语的巨大力量标志着这些不同时刻的某种原型优先于任何个体因素的特征,包括主体或人物本身。

这意味着在路易斯的叙事里,诸如"反讽"和"观点"之类的范畴不再关切。当普尔曼穿过这个未知领域的旅行以下面这样的句子被描写时,

> 一只老耗子,在无形的地沟中奔跑,他瞥见闪光的深渊,但移开了眼睛……
>
> (CM, 17)

新的化身那种令人不快的寓意仍然未被发现,它似乎同样超越了轻蔑和同情。仿佛整个移情机制和伦理判断都被从源头上切断,甚至在路易斯用情最深的自传性作品中也是如此:"坎特尔曼坐在柳条编制的椅子里,摇晃的吱吱作响,像一只狗,又像一个丧失声誉的老绅士"(SH, 111)。这并不是从外部判断自己的路易斯;相反,几乎像病态的去个性化从各种偏爱中释放出个性本身,并准备在其叙事描述中经历不断的变化。在后来更"现实主义的"叙事里,在评价人物的层面上可以看到同样的去个性化,它是传统上衡量隐在的作者与其人物的距离以及对其人物的评价的一个层面。在这种作品的许多段落里,路易斯的真正主题明确安排了道德协调,以此"认定"他的人物的这种或那种选择或诱惑:这样,当普尔曼把自己的命运与贝利夫(贝利夫是《时间和西方人》里所谴责的那种"时间与青年崇拜"的真正化身)的命运连在一起时,至少在外部非常清楚的是,普尔曼堕落了,他应该被解读为被时代精神腐败的范例。然而这种判断不可能内在地

发生作用：路易斯的叙事结构未能——肯定是故意的——提供一种伦理框架，像詹姆斯的反讽类型那样。诚然，在詹姆斯的作品里，读者（或隐在的作者）通过单一意识行为的一致性可以使个人或单体的经验与外在的道德视角相结合。因此，詹姆斯的反讽不像路易斯的叙事有时投射的判断那样，它以内在的方式把观点和伦理评价结合在一起。但是，从历史的观点看，路易斯作品里个人主体的分裂，在主体性的历史上是后来一个更重要的阶段，而不是对詹姆斯反讽的不稳定的平衡，它的长处是表明伦理本身经历一个问题化的整个过程。

也许有人否认，在路易斯的作品里，非个人的价值和存在的经验，其自治性和不可比性恰恰是路易斯本人"道德敏感性消解"的某些症候。然而作为一个意识形态领域，伦理的观念依赖于一个共同的阶级或群体的同质性，并在个体的私人经验和那些集体的价值或功能的需要之间形成一种可疑的妥协，而伦理学根据人际关系重写或记录这种情形。集体的社会和政治现实因此而受到古老的善恶范畴的压制和遏制，但尼采很久以前就揭示这种压制是权力关系积淀的痕迹，以及一种中心的、准封建意识的投射。在我们这个时代，伦理学不论以什么面貌重新出现，它都可以被看作是一种意图，其目的是把一种更恰当的政治和辩证观点那种更复杂的心理矛盾的判断神秘化，尤其是用一种更容易简单化的二元神话取而代之。非常清楚，路易斯的精神的一部分——政治和新闻事业——被牢牢地锁在伦理学意识形态的禁闭里，已经变成一种产生判断和咒骂的有效机器。另一方面，叙事可以被看作实验或实验室的境遇，其中真正做出这种判断的问题自身被突显出来，而伦理的不可能性变成了文本隐含的中心，其作用系统地、批判地破坏这种旧的"习惯"，这种历史上已经过时的确定个人主体地位的体系。

第二章 伪一对的冲突

在温德姆·路易斯的叙事体系里，对最后仍然存在的这点最好的传递方式，也许是把《悼婴节》主人公的变形与《尤利西斯》表面上类似的时刻进行并置，在《尤利西斯》里，夜总会那部分根据布鲁姆先生最边缘的白日梦的幻想和私下的想法，使他进行一种同样发狂和无预想的活动："在凯旋门下，布鲁姆没有戴帽子，披着一个饰有貂皮的朱红色天鹅绒斗篷，拿着圣爱德华的权杖……布鲁姆长着一副驴耳朵，双臂交叉，双脚伸出，坐在示众台上……一个迷人的女仆，脸颊涂了厚厚的脂粉，深黄色头发，长着一双男人一样的大手和鼻子，妩媚的嘴巴……鸡胸，瓶状肩膀，身穿不伦不类的灰黑色条纹童装，这套装对他来说尺寸太小，脚穿白色网球鞋，有着镶边翻口的长袜，头戴一顶有徽章的红色学生帽……"等等。这样看虽然不错，但过于简单，因为乔伊斯的变化远没有把个性化解为它的外部决定，像路易斯做的那样，而是用于再次确认心理的一致性，再次发明那种引发这些私下幻想的深层心理学的视角。在当下这个语境里更重要的是，在乔伊斯的作品里，"幻想"如何以一种期待统一音调的方式组织起来，并以一种几乎是强烈感觉和幻觉的方式展现出来。《尤利西斯》的夜总会场景由那种奇特的、弗洛伊德称之为"神秘的"审美结构支配，其中再现的事件明显是内在地变成一种旧的古老幻想的重复，但在文本里不留任何独立存在的痕迹。这种"被压抑的回归"，通过对特定的、黑白分明的现实进行绚丽多彩的再现，使自身被人感到，人物像照相现实主义那样被涂画，客体因它们感觉的存在极其丰富而变成非现实的，因而单纯的感知被揭示为迷恋。不过，在路易斯的作品里，真正的目的不是使主体性统一，而是使主体性分散。音调的同质性既不是所求也未能达到，个体人物的连续转变破坏了任何个体变换的视觉状况，暴露了它在陈旧词语中的根源。

在路易斯的作品里，个人主体的地位最终无法描述，更不用说理解，除非把它转移到那种奇特的叙事境遇当中，在那种境遇里它可以被固定，并可以酌情而定：迄今为止，我们称之为冲突的东西，关系或对话的轴心，其"人物"变成了相反的两极。例如，非常明显的是，不仅布鲁姆与斯蒂芬之间的"关系"在结构上与普尔曼和萨特尔这一组毫无共同之处，而且更重要的是，在乔伊斯那里，两个主要人物中的每一个都保持一种单子的一致性，而这种一致性已经在路易斯对他的一对人物的前后描写中消失了。

然而，这是一种与传统上成对儿的情人或伙伴、兄弟或对手等完全不同的关系范畴；我们需要一个不同的词来表达这种新"集体"主体的象征性的统一性，因为它既被重新复制同时又被分裂。因此，这里需要借用萨缪尔·贝克特在他自己作品里表示类似人物关系的术语，用以指出文学史上尚未全面研究的所有那些奇特的组对都是虚假的一对[11]，他们完全超越了《悼婴节》的孪生的"主人公"，超越了熟悉的贝克特的组对乌拉迪米尔和埃斯特拉贡、哈姆和科洛夫、梅尔西埃和卡米耶，经过福楼拜的布法和裴居谢（以及在《情感教育》中较少连接的伪一对弗雷德里克和德斯劳里耶）一直到更早的浮士德和梅菲斯特，再到他们之前的《堂吉诃德》。

虚伪的组对是男性的；让·鲍里颇有挑战性的论点表明（他认为19世纪的小说本质上是单身汉的文学[12]，即使小说家自己已经结婚），男性的伪一对可以理解为一种补偿形式，主体历史上的一种奇怪的只完成一半的结构，它处于资产阶级个人主义对它的建构和晚期资本主义对它的分裂之间。伪一对的伙伴本身既不是活跃的、独立的主体，也没有屈服于体现当代意识特征的精神分裂崇拜。他们仍然是合法的主体，然而缺乏真正的自主性，

第二章　伪一对的冲突　　31

因此在一种与神经病依赖相似的、仿制的心理统一中，他们自己必须相互依赖。

不过，在当前语境里，伪一对首先要被理解为用以保持叙事本身的一种结构方法。文学史上常见的是，因为厌倦和厌食而消灭旧的激情、抱负和兴趣，必然产生新形式的无情节和反英雄小说的变体，而福楼拜的《情感教育》再次标志着这种小说的强劲兴起。由于历史原因，集体关系的经验和群体的力量还不够强大，还产生不出新的后个人主义的叙事形式，以便取代种种妥协的形式。在这种境遇里，伪一对为结构的难题提供了那种独特的、不稳定的、变化多端的解决。现在，如果把穿过自然风景的漫步改成乘二辕马车兜风，就像在《布法和裴居谢》里那样，那么这种漫步就可以从纯粹的抒情诗或精神分裂的文本中得到恢复。此时，波德莱尔那种恶心的空洞停滞，通过《等待戈多》中的伪一对的共存方式，可以为叙事时间重新恢复。同时，一种防护栏已经安放在引发幻觉的不稳定性上面，因为，在《圣安东尼的诱惑》里，这种不稳定性可能会完全吞没主体，进而吞没主体的叙事；而伪一对因其完整无损的盔甲从非现实的沙暴中自鸣得意地显现出来。

我们现在可以更好地衡量伪一对的作用，即它如何对可能分散的克分子力量以分子重新统一起来；如何再次强加一个框架，使强大的反叙事倾向安全地再次被叙事化，以及如何再次遏制一种本质上离心的风格的生产。伪一对同时揭示和暴露了我们迄今所称的冲突的内在真理，它是冲突的本质，并以反作用的方式转而揭开它是一种虚假冲突的面具。

因此，这种冲突必须与黑格尔关于主人与奴隶的那种有力的辩证明确地区分开，尽管初看起来它们表面上有些相似。实际上，它对应于黑格尔的《现象学》的这个时刻，就像二元对立的结构主义概念对应于真正辩证的矛盾：一种对后者的镜像归纳，它使后者失去任何真正否定的力量，将它平面化为一种静止的二维的图表或数学等式。黑格尔那种为认识所做的努力，在这种伪冲突里变成了一种邪恶的循环；而黑格尔境遇中的第三项，即奴隶必须靠它劳动和历史从中形成的那种物质的抵制，正如我们看到的，在这里已经被系统地抹去。

现在，我们可以以一种不同的方式重新阅读娜塔莉·萨洛特对潜对话的说明：

> 这些由攻击、胜利、退缩、失败、抚慰、刺痛、强奸、谋杀、慷慨的放弃和谦卑的服从等构成的内心戏剧，全都有一种共同的东西：它们必须有一个合作者……他明显是催化剂、兴奋剂，多亏他这些活动才能进行，他是那种赋予它们连贯性的障碍，防止它们因容易和免费而变得软弱无力，也防止它们单调乏味地反复围绕着一件事转来转去。他是威胁，真正的危险，也是引起它们警觉和顺应的捕食者，他是神秘的因素，这些因素不可预知的反应，通过使它们不断再次开始并朝着一个未知目标的进展，突出了它们戏剧性的本质。[13]

然而，在我们的语境里，萨洛特假定的"未知目标"证明纯属重复；但正是这种虚假冲突的循环封闭，才产生出从她的文本非常有用地列举的那些强大的冲力。因此，路易斯作品中的侵略性并不是小说家将叙事转而用于它的外在满足的某种个人的特点：它在结构上内在于冲突本身，内在于那种完全不同于黑格尔的或辩证的否定性，它表达分裂的主体的愤怒和挫折，而主体受制于与它的他者和它的镜像不可改变的结合。

第二章 伪一对的冲突

【注释】

［1］这是米哈伊尔·巴赫金的术语。见 *Problems of Dostoevski's Poetics*, translated by R. W. Rotsel (Ann Arbor: Ardis, 1973), pp. 150—169。

［2］Harry Levin, *James Joyce* (Norfolk, Ct.: New Directions, 1941),其中有对这种独特的印象派美学的经典陈述。路易斯在《没有艺术的人》(*Men Without Art*)中明确将这本书定为论战的坐标。

［3］Ferdinand de Saussure, *Course in General Linguistics*, translated by Wade Baskin (New York: McGraw Hill, 1966), p. 120。

［4］《快乐的魔鬼》将这种幻想扩大到对整个城市（第三城市，或"魅力之城"）的系统探索，从而在叙事形式中重新发明那种经典乌托邦的话语和解释的片段。不过,《悼婴节》（尤其是前半部分）文类的相互参照被称作新浪潮科幻小说，特别像布赖恩·奥尔迪斯的《脑海中的赤脚》(Brain Aldiss, *Barefoot in the Head* [New York: Ace, 1969])那种引人幻想的叙事。关于路易斯迷恋房间的讨论，以及与这里提到的截然不同的风格分析，可参见 John Russell, *Style in Modern British Fiction* (Baltimore: Johns Hopkins University Press, 1978), pp. 123—157。

［5］参阅 Roland Barthes, *S/Z*, translated by Richard Miller (New York: Hill and Wang, 1974):

> 什么是一系列的行动？展开一个名称。进入？我可以把它展开，进入"显现"并"渗透"。离开？我可以把它展开，进入"想要"、"停止"、"再次离开"。给予？"激励"、"返回"、"接受"。反过来，要确定序列就得找到名字。（82页）
>
> 行动的序列来自于某种阅读的力量，它们尽量为一系列的行动提供一个足够超验的名称，而行动本身却源自大量传承下来的人类经验……这些行动主义的类型似乎是不确定的，或者……它们至少没有特定的逻辑，它们只有或然性、实际经验、"已经做过"或"已经写出"的逻辑，因为它们的数量和条件顺序变化不定，有些产生于日常行为的习惯积累……另外有些产生于已经写出的小说的典范文集。（203～204页）

[6] 参阅 Vladimir Propp, *Morphology of the Folktale*, translated by Lawrence Scott (Austin, Texas: University of Texas Press, 1968); A. J. Greimas, *Du Sens* (Paris: Seuil, 1970), 尤其是其中的"Elements d'une grammaire narrative", 还可参阅 Greimas, "Les Actants, les Acteurs et les Figures," in Claude Chabrol, ed., *Semiotique narrative et textuelle* (Paris: Larousse, 1973), pp. 161—176。

[7] 我已经在别处提出,最好把"人物效应"置于一种假设的潜在人物系统,就像专有名词系统那样,它可以生成个体人物,而个体人物的叙事意义又依赖于这种系统。参阅 *The Political Unconscious* (Ithaca, N. Y.: Cornell University Press) 中的 "Character Systems in *La Vieille Fille*"。

[8] Letter to Edward Garnett, June 5, 1914, in *Collected Letters*, ed., Harry T. Moore (New York: Viking, 1962), I, p. 282.

[9] Gilles Deleuze and Felix Guattari, *Anti-Oedipus: Capitalism and Schizophrenia*, translated by Robert Hurley, Mark Seem and Helen R. Lane (New York: Viking, 1977), p. 294. 这里参考的是 Marx, *Early Writings*, translated by Rodney Livingstone and Gregor Benton (London: Penguin, 1975), p. 156; 利奥塔的评注见 Lyotard, *Discours, Figure* (Paris: Klincksieck, 1971), pp. 138—141。

[10] 关于路易斯对讽刺美学的全面的陈述,可参阅 *Men Without Art* (London: Cassell, 1934), pp. 103—128。前面引用的劳伦斯的信,回应了路易斯对这种外化话语的非道德冲力的坚持:"不知何故,我更感兴趣的是人性中那种物质的、非人的东西,而不是过时了的人类元素——它使人们以某种道德的修辞方式构想人物并使他保持一致。这种道德的修辞方式正是我所反对的。"

[11] Samuel Beckett, "The Unnameable," in *Three Novels* (New York: Grove, 1965), p. 297.

[12] Jean Borie, *Le Tyran timide* (Paris: Klincksieck, 1973), and *Le Celibataire français* (Paris: Le Sagittaire, 1976). 另可参阅 Edward W.

Said, *Beginnings* (New York: Basic Books, 1975), pp. 137—152。

[13] Nathalie Sarraute, "Conversation and Sub-conversation," in *The Age of Suspicion*, translated by Maria Jolas (New York: Braziller, 1963), pp. 93—95.

第三章　陈词滥调般的史诗与
　　　　　史诗般的陈词滥调

　　　　声音和形象郁闷地结合，但更严密名称加速冲击着仿真幻象。

　　　　　　　　　　　　　　　　　　——《悼婴节》

　　因此，潜对话立刻生成一种刻板封闭的叙事形式；我们尚未考虑的是它的竖向结构，因为非常明显，在物化的日常生活的平庸语言下面，对于这种更真实然而未说出的令人激动的语言的想象，必然会预设它想取消的东西，必然会重新发现并以文本的方式复制它想破坏的那个表面本身。于是就出现了一种改变了的文本，一种重写本，其中被删除和改变的东西，在删除背后一定仍然可以看见和阅读，因为删除从中获取了它们的价值，就像在一种犯规行为中那样。

　　毫无疑问，最初这种立体视像的可能性是通过无情地扩展和歪曲原始境遇本身造成的——现在它是"第二位的"或潜对话的文本必须依赖的材料——即将日常生活扩展为普鲁斯特叙事中那种外面下午稳定的透明性，那种永恒的饮茶和星期日上午的散步，减速那种奇怪的缓慢移动的梦游的节奏，在这种节奏里，听得见的回应犹豫不决，长时间在充满更真实的、心照不宣的交流的书页中回荡，这些是亨利·詹姆斯"意味深长"或"富有意义"的沉默，或者令人窒息的福克纳式的内心独白的静寂，或者又是温德姆·路易斯的人物那种被指责的、恐怖的沉默——一种

第三章　陈词滥调般的史诗与史诗般的陈词滥调

受压制的暴力的沉默，它属于"这样一种性质：如果稍微继续延长一点，作为反应它就会自爆"（RL，235）。

对话小说不同的实践者之间的差异，不仅可能产生于各自所用的方法——每个实践者构想那种物化的表面受到潜对话的破坏所用的方法——而且更清楚的是，还可能产生于旨在赋予潜对话以声音和词语表达的美学或语言实践。在一个极端，小说家可以只解释他的人物无关紧要的言语和姿态的更深层的意义，把他们平庸的、现实的、杂乱的对话，仿佛用镊子从上面详细说明的、隐蔽于另外一种冷漠现实中的新的思路模式分离出来。亨利·詹姆斯的独创性实际上就是把这种分析能力投射到他的人物身上，因此他们变成了事实上的文本语法或言语行为理论的专家，他们的反映构成一种关于他们赖以发生作用的那种对话素材的真正的元语言（"很明显，'一切事物'都冲着他，甚至达到决定他的回答的地步"，"此外，还有其他选择和决定的事实，这是证明她自己所需要的"，等等）。

在另一个极端，我们发现，一个类似娜塔莉·萨洛特本人的小说家试图阐发这种普遍相互作用的性质特点，仿佛是从外部，采取隐喻的形象，最经常的是那种偏爱的有机意象，它激发《马尔特罗》的叙述者感觉到，其他人"在与我接触时不可抵制地分泌一种像液体的物质，某些物种分泌这种液体使它们的猎物失明"。

在这个语境里，路易斯的实践具有示范作用，它使我们把额外文本的现象读作一种评论，不仅是对社会生活日益物化的评论，而且也是对形式穷尽的评论，对旧的现实主义范式不断消耗自己的原始材料并使其陈腐过时的评论。在资本主义艺术里，革新的辩证开始最好不要根据形式的发明理解，如像现代主义的辩护士通常所描绘的那样，而是要根据旧的形式内容的枯竭来理解，因为，鉴于伟大的现实主义小说的典范式的表达，旧的形式立刻被制度化了，同时又被反复挪用和异化了。对这种境遇最初的叙事表达，如前面一章所考察的塔尔和贝尔塔之间的爱情口角，本身一开始就是一种批判和否定的行为，是对先在的这种关系原型的"现实主义的"修改，是对先前文化中情感或贵族范式的叙事矫正。因此，这种分析的和去神秘化的象征行为，本身被再次纳入马尔库塞所说的"肯定的"或合法地确立的文化，而它的原初的感觉却消失了。所以，举例说，今天，最有活力的当代的"现实主义"——已经很少——从它们内容的边缘性中获得活力，从它们以社会现实作为其素材的历史好运中获得活力，因为这种社会现实（例如妇女文学、黑人文化、同性恋文学或殖民主义文学中的社会现实）主流文化不想看见，更不用说表现了。

因此，像路易斯这样的现代主义，必须采取一种第二级的、或反思或反应的策略，在这种策略里，旧的叙事范式或行为一致的模糊轮廓依然存在，但已经做了很大程度的重构。现代主义的更新必须在过时的讲故事传统的范围内实现，这种传统仍然大量存在，存在于一个已经被文化过度渗透的世界，充斥着过时的形式和令人窒息的僵死观念的重压。在这种境遇里，小说家不是一个创造性的而是一个表演性的艺术家。他的原始文本，他的"书"或手稿，从一开始就给予他了，其采取的形式是堕落的日常生活的平庸境遇和原型，如长舌妇，贫穷而豪放不羁的艺术家，郁闷的感情纠葛；而他对这些场景的"组合"，事实上证明是对它们的解释，颇像一个演员的声音使一个消逝的文本复活了。因此在西方文化的这个晚期时刻，小说家必须介入他实际的境遇本身，以他的人物的立场说话，因为这些人物过于普通，难以释放他们自己固有的意义。

对于普普通通的情人们的争吵，对于塔尔什么也解决不了的

第三章　陈词滥调般的史诗与史诗般的陈词滥调

那种笨拙的情感姿态，必须用另外一种经过重新组织的故事主线来替代，即用某种生动活泼的第二级的叙事来替代，这种叙事已经在早期"现实主义"的瓦砾碎片的基础上兴起：

> 她顺从地、慢慢地将他抱住。他被认为是在表演使死者复活的奇迹。突然死了，那个心甘情愿的江湖医生，死神，受到冒犯：这并非伟大的灵魂被劝说逃离。她的"冷漠"——伟大的、模拟的和传统的——不会被一个崛起的年轻亲戚取而代之。是被塔尔自己，成长起来的悔悟，取代的。但不是被另一种"冷漠"取而代之。
>
> （T，50）

像所有最凝练的现代著作一样，这段话的主要困难既不在于它的内容，也不在于它的修辞的复杂性，而是在于它要求我们发明一种全新的阅读方式，特别解读这种特殊风格或"私人语言"的独特目的。这里的境遇像是电影摄像机以一个单独框架传递的那种境遇；那个女人尽职尽责地拥抱一个同样没有热情的男人。但是，在这种表现的影像实现之前，读者要展开一系列复杂的活动。实际上，修辞层面证明它是一种复杂的寓言叙事，在第一个"文字"场景可以被重构并转而取代它之前，这种叙事必须从破碎的资料中进行重构。从不冷不热的拥抱到人工呼吸复活的这种简单的视觉事实的疏离，产生出一种类似伊丽莎白时期的寓言，其中拟人化的死神拒绝接受不真诚的魔咒召唤。因此，在对精心设计的方法进行初步的再发明或再创造当中，或者进行内在的视觉呈现当中，读者必须投入比解释任何现实主义再现更多的精力；而这种情形在对改写本可能提出任何问题之前就会出现。一旦重构完成，它就成为一个寓言叙事的整体，尔后它会使我们猜测文字表现的场面，而那种场面是第一位的阅读客体。

因此，这种复杂的叙事活动包括一个四阶段的过程。小说家确立一个最初的"文字的"（就是说"虚构的"）境遇，只是它立刻分裂成一个新的寓言或文本叙事的构建材料和成分，而这种叙事与原始境遇很少有主题上的关系。于是读者必须从碎片和寓言开始，而它们必须以叙事的形式重构，然后第一级或"现实主义的"叙事才能被演绎推断并插入文本之下作为后者的"所指"。

然而，这种所指在任何地方都不存在：它是读者自己"先前的知识"或存在的经验的一种瞬间的效果，它不是第一次看到的东西，而是以某种已经知道、已经承认的某种东西的力量出现在他/她的面前。因此，这种转换使现代主义的个人语言的辩证戏剧化了，同时它也暴露了后者构成一种极想达到而又不可能的解决办法的困境：文学交流作为由社会保证和制度化的一种作者与读者之间的契约崩溃了；一种共享的规则消失了，甚至那些选择行为的语言统一性或命名体系也受到质疑，它们本来可以使我们觉得我们正在讨论共享的相同世界；社会生活本身杂乱反常和碎片化了，它系统地消解了在它之外出现的旧的阶级和同质性的公众，同时又把现在同样是单体的市场体系有效地相互分离开来，以至于写作的单体包容不了任何现实主义的希望，即唤醒单体读者类似的个人经验或个人参照的那种希望。

在我们刚刚引用的段落里，路易斯的叙事实践清晰地表明，通过完全放弃主体之间交流的镜像—理想之后果的一种现代主义，这种困境可以被置于括号之内。文本并不复制路易斯自己内心想象的过程或事实，也不要求我们把自己提升到它的想象力的水平；相反，它只是提出一些精神活动，其中最后一步至关重要，即私人经历或个人认识的灌输，但这种经历或认识不可能与路易斯自己的一致或者有足够密切的关系，因为它总是假定他开

第三章　陈词滥调般的史诗与史诗般的陈词滥调　　41

始时有这样一种原创的看法，或者经验，或者想象的出发点。读者对那个"出发点"的重构很难适当地证实和确定，它只能作为一个标志，表明活动已经实现，阅读已经完成，而不是接近路易斯的"原始意图"。然而，这种作者指涉的缺失转而被一些巨大的能量所遮蔽，这些能量通过我们自己作为读者必须进行的实践释放出来：由此，兴奋喜悦出人预料地代替了更可以预见的精神病苦，而社会语言失败的经验应该合乎逻辑地引发出这种感受。

这种能量和这种兴奋喜悦大部分源自这一段落的连贯叙事，源自我们必须以叙事形式重构它的材料，也就是经过了两次。自相矛盾的是，对素材以及对传统的甚或现实主义讲故事的叙事范畴的彻底破坏，并没有完全消除后者，因为它使后者被再次创造成新的，并且仿佛一开始就回到最原始的铁事技巧。然而，在现代文学里，这种叙事所隐含的再创造，必然缺少在但丁和乔托或薄伽丘的时代形成的那种讲故事形式的不朽性，缺少宏伟姿态的简明性；因为这时文学本身再不可能以虚无中的原始新颖性和未触及的语言重新形成。对伊丽莎白时期语言的模仿拼凑就是如此，它引发一种境遇，在这种境遇里，尘封的情节和陈旧的范式被更新和复活，但不是以第一级再现的叙事进行，而是在第二级的言语内部进行，这种言语是现在已经戏剧化的原始范式的人物的戏剧性语言，因此它不是作为模仿而是作为明确和含蓄的评论而存在。

小说家以大致相同的方式"编辑"他的作品，并像电影制片人那样，把他最初的叙事素材资料转变成一种完成的蒙太奇，一种纯系电影的语言或符号系统，遵循与原始的散文"理念"完全不同的规则。这样做，他似乎已经颠覆了柯勒律治对幻想和想象的重要性的区分：因为在这里所考虑的文本中发生作用的，基本上是**幻想**本身的作用，因为它把原始剧本预先给定的资料转变成许多以文本相互联系的亚情节,充满了类似分子的激动不安。至于**想象**,思想原初的敏锐力量,在其最严肃的亚里士多德的意义上的情节构成的源泉,它已经经历过;而想象的过时的典范则是压制自发创造的东西,它的形式被商品文化占用并琐碎化了。

然而,关于想象的旧的、过时的范式并未因此而消失:因为正是针对它们并依靠它们,幻想才必须连接它的生产活动,在一种与马蒂内所说的语言自身的"双重连接"相似的结构内,"音位学中'低层次'单位(语言的声音)的唯一功能是相互结合形成'更高的'语法单位(词语)"[1]。对作家而言,这种低水平的枯竭的词语、枯竭的故事、枯竭的素材,仍然只是一种托词;事实上,也许恰恰是对读者,某种旧的想象的功能仍然在降低。因为正是读者被召唤重新发明外在的形式,编造庞大的、句子只是其破损痕迹和碎片的缓慢发展的曲线,为那种不在场的整体恢复小说家语言的生动的微观生命,而它的不同的时刻就是各个不同部分。

这并不是说,如果更大的叙事一致性已被重构,读者的工作也就完成。相反,同样的过程在个体句子之内等着他/她,正如《悼婴节》里的并列现象在更微观的分析之下所表明的那样。确实,指代后项、表示性质的词语强化了一种通过修辞比喻或寓言的初步转移,这种寓言颠倒了对句子阅读重构的"通常"顺序,它与表现主义对叙事境遇的投射一样不可避免。并置的句法节奏在事实前面摇摆,并被把它卷进去的句子收紧,这些标志着机器上的幻灯片的变化,随着发出的点击声,一种新的充分展开的形象出现在观察的屏幕上:

> 一个神圣的大头蝙蝠,举起双臂,
> 贝利夫以沙哑的连珠炮似的劝告表明意见。
>
> (*CM*,193)

第三章　陈词滥调般的史诗与史诗般的陈词滥调

翅膀似的饰物拍打着挥动的双臂，仰着头，仿佛要飞：整个形象被平面化了，像是以空间为背景的一个剪影，没有在通常观察的时间中逐渐展开的生命，没有把任意的碎片和线索逐渐统一到一些可控的视角当中。因此，路易斯作品中的形象颠倒了那种印象主义的过程，普鲁斯特认为，印象主义过程的特征是对感知经验本身的忠诚，是"按照我们感知的顺序呈现事物，而不是根据它们的原因按照对它们的最早说明呈现事物"[2]。与此相反，这里首先出现的是格式塔：正是这种著名的现象以其总体性支配着它的各个部分和成分逐次出现。

这种顺序既适用于最复杂的再现，也适用于那些简单举止的再现，因此它表明了事件在时间中展开的普遍特征，以及它的原动质的变化：

> 公牛被打倒了：萨特尔有些像基斯通的巨人，恰恰在那个地方被撞破了，他顺从地斜着前冲，正好到位——好像做过上百次排练，一秒不差——像预料的那样倒在地上，一只光滑的大眼球滚了出来，那正是《巨人杀手杰克》喜剧中基斯通的尸体。
>
> （CM，116）

对先在的传统角色（基斯通的警察，巨人杀手杰克）的修辞运用本身就刻写在句子里，仿佛现实对它自己的原型像奴隶一样滑稽地"顺从"；感知的原子成分竞相在格式塔里填充它们适当的位置。这种句子是自动指涉的，其中句子明显的内容（"恰恰在那个地方"，"顺从"，"正好到位"，"做过上百次排练"，"像预料的那样"，"正是"）表明它自己的构成：把未知的、时新的东西同化为已知的、陈旧的、不断预演过的。

"这是一种风格，"肯纳告诉我们，"它由短语而不是由行动构成"[3]：对此我们已经增加了附带条件，即，短语因其异质的来源和参照，永远不会完全被作为更大整体的句子所征服和控制。但是，关于现成的、自由流动的言语片段的这种看法，随时可以被转变成关于这一段落修辞内容的说明，这种转变不是源自寓言自身固有的象征结构，而是源自外在的和非个人的文化材料的储存：

> 系着领带，慢跑的小丑在威严的马戏团鞭子声中加快了步伐，六个小丑轻快地疾跑，但从未摔倒，他们脚下凸起的地面嘲笑他们，风抽打着他们的耳朵，或者把他们吹到为他们安排的障碍物上，以便取悦人间的白痴。他们在充满巨大危险的土地表面蹦蹦跳跳，而在自然要素的激烈搏斗下面是禁欲主义，杂耍演员或莎士比亚式的小丑，吊球蹦起来像哑剧中的丑角。
>
> （*CM*，132—133）

这种变化的并置（马戏团小丑，莎士比亚式的小丑，哑剧中的丑角）在发展中安排句子中的事件，而它们自身作为被认可的形象，通过语言本身外部形式的反映，成为对公认习语的不断重组（"激烈搏斗"作为"火爆脾气"和"斗殴"表达的一种混成词，这些全都是根据"紧握拳头"改进的）。

因此，路易斯的长句子与福楼拜的那种"恰到好处"的美学没有什么共同的地方——关于那种美学，乔伊斯以其"巧妙地"副词安排和他对佩特崇尚唯美的追溯，成为权威性的现代主义的体现。它们没有对现代主义信念给予任何帮助和安慰，因为现代主义相信，感性知觉最终可以充分以某种句子结构表达，一种

第三章　陈词滥调般的史诗与史诗般的陈词滥调

"丰富的话语"是可能的,世界真的在书里存在并会终结,书会代替世界,在书里,阳光在池塘上闪烁,微风掠过大地,于是在印刷出来永远不动的句子里,它们总是在闪耀并温和地颤动。

同时,毋庸置疑,在福楼拜的风格实践里,路易斯实现了另一种明显不同但发生作用的倾向:即"蠢话录"和"标准观念词典"的那种倾向,"愚蠢话"的汇集和盲目使用陈旧模式的寓意。如果路易斯的风格机制预设我们一定基本上熟悉陈腐的形容词,假定开创它和安排它的观念并列,那么他就不可能有另外的做法。

> 萨特尔穿着整齐,从里面撑着,他肥大的身躯靠在窗侧的墙上,结结实实弯曲着挡在窗口,他那卷发脑袋略微前倾,以免碰着窗楣,他的眼睛狡黠地向上看着。利奥纳多画的圣约翰的微笑,借用了日耳曼农夫的孩子的相貌,保持着一种非常淘气的表情。
>
> (CM,121)

乔伊斯那种阅读剧本的方式,使观看者可以从所有那些染着口红调情中发现布鲁姆的同性恋倾向,并把文化或广告宣传的陈旧模式转化为舞台或音乐厅感受那种幻影的前文本,但在路易斯的作品里,这些都保持着它们的自治性;利奥纳多那种再不能充分视觉化的杰作的声誉,通过星期日插图版的报纸得到传播,并通过艺术鉴赏被通俗化,因此它投射出一缕遥远的、微弱的光线,使这段话显出一种虚假的作为标志的光辉,标明萨特尔这种新的面貌已经证明在官方文化不在场的地方可以被一些专家"领悟"。

因此,路易斯实践的这种拼贴—写作,大量并主要吸收了文化和大众文化陈旧的储存,吸收了工业资本主义废弃的材料,以及它的堕落的商品艺术,它的机械复制性,它的连续的语言异化,简言之,就是结构主义者常说的象征秩序的东西:那种系统化了的文化代码和再现的网络事先已经存在,发出自己的声音,并通过相信个体性的信念策略的方式生产出个人主体。在这种境遇里,个人语言或私人思想本身成为幻想,因为习惯化的准则事先就决定了选择它们作为自己工具的思想。真正的经验再也不能被轻易地辨识,因为一种低级文化介入我们和我们的客体之间,以一只看不见的妙手用标准化的快照代替它们。在这种情况下,无论是谁,只要继续相信自然语言的功能不容置疑,他就必然成为这种幻想结构的受害者,因为这种结构默默地破坏它最"真实的"言语。

这就是路易斯的语言实践以范例和独创的方式谈及的那种困境:他的"方法",如果我们可以称之为方法,就是用陈旧的形式反对陈旧的形式——或者,更确切地说,以举止形象层面的陈旧形式反对文字的陈旧形式,句子本身因这种陈旧形式而无望地受到侵蚀。按照这种方式,一种新颖的感觉出人意料地从那种陈腐枯萎物质的恶毒的相互作用中被创造出来。看看下面关于普尔曼帮助萨特尔站起来时的活动:

> 他伸开紧张的腿,做出一连串使人想到弓箭手那样子的经典艺术造型,蹑手蹑脚地走近萨特尔。他非常放松,像坍塌了的小小纸牌屋,懒洋洋地伸出一只友好的手,大声喊道:"再起一次,站起来!"
>
> (*CM*, 19)

这里,视觉的陈旧形式被打碎成它的组成部分,然后文字化的片

第三章　陈词滥调般的史诗与史诗般的陈词滥调

段成为语言常识的碎片，因此后者无法释放出它们自动的意义—效果，但是，由于通过不连贯性而中立化了，彼此互相漠视，所以后者仍然作为空洞的原则使主要举止视觉化。不过，我们肯定事先已经知道那种举止是什么，因为文字早就失去了它们传递新信息的能力：

> 普尔曼好几次与他的一只拖鞋分开，不得不停下来重新把脚塞进去，用隆起的脚指头把它翘起。
> (CM，27)

如果个人不了解肌肉活动，不知道它赋予这个句子以回忆的力量，那么这个句子就退化成一连串没有活力的符号，像无法翻译的象形文字一样空无意义。

> 他坐在垫子上，像狮子似的靠在镶板上，仿佛在尽情享受技术上的胜利。
> (RL，156)

这样一个句子不确定地悬在两种公认的形象之间，一种是深夜看见一个沉醉的参加聚会者，另一种是新闻短片关于一个拳击者靠在围绳上坐着的特写镜头：只有隐喻术语无法强化实际形象，反而会使形象随着它消失到纯粹的习惯之中。但是，出人预料，背后仍然存在它们双指涉的未具体确定的位置，"真正的"维克多在历史时间的某个独特时刻躺卧在物质的沙发上——一种栩栩如生的"想法"，读者立刻用它代替不再发生作用的有形的文字。

因此，在路易斯的作品里，正是在那些伟大的时刻上面，笼罩着一种奇怪的、令人不安的、已经知道的感觉。例如，贝利夫的面貌使你觉得它是图解式的,像卡通人物一样,或者像神话故事中的某种动物,或者像一切大人物创作那样的原型,然而又像家喻户晓的吓唬孩子的怪物:

> 用一根粗木棍拍打院子里的旗子,他的脖子像是从一个管座里进进出出,伴着一只鸡啄食爬虫那样的节奏。他前行时,他的外观因驼背和大肚子保持着前后平衡。他穿着一件浅黑色的长袍。他在拐角走路时,穿着拖鞋的大脚向外张开,样子像只青蛙。看不见脖子,下巴似乎从隆起的胸部伸出又缩回……他咧着嘴狡黠地露着牙笑着,眯着眼睛,可怕地歪着食蚁兽似的鼻子,双颊红润,两眼闪光。光滑的鳞茎状下巴留着山羊胡子;它是戴着世界上最古老面具的恶魔,在适合它的背景中狂欢。

(CM,130,151)

我们似乎记得这样一个人物,无需等着路易斯创造。然而,福斯塔夫和加西莫多实际是神话诗歌的创造,对他们的精心制作受到系统的培育,并通过他们内在的观念获得统一(神话诗歌的创造通过转变成文化客体也得到培育)。但是,路易斯的贝利夫是活生生的,因为他把最异质的碎片组合到一起,其中每一个碎片都增添它自己借来的强烈的闪光:鸡似的走路,驼背,长袍,恶魔的面具,这些全都以拼贴的方式拼合在一起,于是路易斯对贝利夫的"描写"成了不诚实的和虚假的,就像他自己本来就不真实一样。

因此,路易斯的风格似乎已经自愿放弃了最伟大的现代著作的双重使命:创造一种新的语言,并以这种语言传递迄今未曾经历过的陌生的外部世界,它是崭新的,就像第一天的开始。然而

第三章 陈词滥调般的史诗与史诗般的陈词滥调

事实上失去的是一种转换；路易斯的语言，通过与传统小说话语实践的比较被不正当地误导，却证明与相当不同的叙事文类的话语形成有着出人意料的密切关系。

"斯威夫特语言里的弥尔顿"：毫无疑问，休·肯纳阐发《人类时代》特征的力量源自未曾预见的颠倒，在这种颠倒里，现在真正作为情节制造者和完美的故事讲述者出现在我们面前的，恰恰是诗人而不是散文寓言家。如果在读过《人类时代》之后，我们把以前的史诗理解为神学科幻小说的范例，毫无疑问我们会以新的目光重读《失乐园》。

然而，那种密切关系比这种情况更深刻：因为虚构的史诗，从维吉尔到最后和最成熟的浪漫主义叙事，即密茨凯维支的《塔杜施先生》，都是一种折衷的结构，它将诗歌和叙事模式以一种明确而"不纯"的方式结合在一起，使每一种模式都不能以自己的方式充分实现。与真正的史诗不同——真正的史诗有严格的依据和尚无文字表达过的语境——虚构的史诗出现在一个散文叙事已经存在的世界，因此它与这个世界处于一种形式选择的文类关系之中，同时进行回应和否定。与散文叙事不同，虚构史诗再现的客体不是事件和行动本身，而是对它们的描述：这种叙事素材在经过提升和修饰的诗歌话语中被固定和僵化的过程。因此，在史诗的话语里，在形式和内容之间，在词语和它们表示的客体之间，已经存在着一种基本的、构成性的裂缝——散文叙事和抒情诗力求以它们不同的方式弥合这种裂缝，但虚构史诗的活力却坚持依靠这种裂缝。

英雄史诗的明喻是这种分离的主要动因，它作为一种标志发生作用，表明一种堕落的、偶然的现实（郁闷的战争焦虑，长途旅行的缺失，持续的厄运和劣质的人类生活）已经转变成永恒的兴旺或繁荣，从普通经验的混沌中永恒的史诗装饰几何学已经被成功地分离出来：

> 说罢他就转过身去，
> 就像维罗纳越野赛上的那些参赛者
> 争先恐后地跑去夺取绿旗，
> 像一个胜者而不是败者向前奔去。[4]

然而从纯粹的视觉观点出发，我们几乎没有看见什么，既没有看见梅西尔·布鲁诺匆匆忙忙重新加入他的同伴，也没有看见维罗纳的竞赛。毋宁说，第一个行动完全是但丁叙述给我们的，而第二个是我们记着的。主题的暗示唤起思想里的储存，但不要轻率地把它归于柏拉图的理念或荣格的原型：它们是记忆痕迹的储备，其中保持着完美的形式和运动的形象，保持着理想化的举止，纪德遵循尼采，喜欢说它是"难以克服的外形腐蚀"，一种十足的简单化的经验主义。从这种源泉出现的，不是新闻短片里有血有肉的奥林匹克竞跑者那种疲惫的脸和起伏的胸部，而是永恒的竞跑者自己，双肩后甩，衣服舞动，随着带子无力地飘动慢慢地落在他双脚周围的地上。正是在这种意义上，摩涅莫辛涅（记忆女神）掌管着史诗，因为史诗和小说一样，似乎并不是第一次让我们看见这种早就存在的全部举止，而是依赖和汲取、通过重新激发这种先在的举止而获得生命。

因此可以断定，虚构史诗的诗人不会直接用词语创作，而是用作品创作，就像用他最熟悉的基本素材和建筑材料，只是用感知和举止的能指，把它们并置和重新统一到诗歌段落的感觉连续性当中。实际上，叙事可以被认为是一种有组织的前文本，它仅只用于这种感知统一体的联合和准空间的投射，类似飞行的身体或海上航行的船只。

第三章　陈词滥调般的史诗与史诗般的陈词滥调　　51

> 撒旦很少工作，现在更是安逸
> 在更平静的波浪上飘荡，伴着朦胧的天光，
> 像一条风雨侵蚀的船愉快地守在港口，
> 虽然船帆和滑索已经破旧；
> 或者在更空荡的荒野，像是空气，
> 舞动他展开的翅膀……

幸福田野里的游戏：

> 让他在高空度假，穿着紫色发光的衣裳，
> 表情严肃，在繁星之下。
> 越过体育场丰盛的草坪，
> 满意地嬉戏，还有淡黄色头发女人的竞争；
> 脚踏舞步，唱着诗歌。

不仅有缓慢转动的天体，还有播种者的动作：

> 路德要求他，
> 别动，睁开眼睛看面纱下面的部分，
> 天神，漫长夏日的收割者，
> 贪婪，彼此结盟，忘记挥动
> 自己致富的镰刀，在星光闪耀之下的田野。

语言的外部形式（无论是分节诗、三行体诗，还是六步格的诗）通过举止或观察的一致性封闭并复制这种内部的构成。于是，它的韵律单位代表着内部形式的外部象征和物质替代物，并清晰表明这些新的本质代替了流动的日常生活。因此，史诗中的诗歌是

语言的模仿，不是模仿原始的经验资料，而是模仿这种分子的再统一，以及对不同和偶然性举止的吸纳。

79   并非偶然的是，正如写史诗《萨朗波》的福楼拜和写《蠢话录》的福楼拜共存一样，同样在路易斯的作品里，伴随我们所说的"讽刺—拼贴"，也预想不到地出现了完全是史诗修饰废弃的纸页：

> 两只鸟，一只正好在另一只上面，似乎正在接近天堂。然而，随着它们的躯体充分接近，居然看见它们不是两只鸟而是一只。原来看上去像两只的竟是一只异常巨大的鸟，嘴里叼着某种东西。在营地更远的尽头越过马路，它画出一个宽广的弧形，这弧形把它带向南方，到达贝利夫院子的后面。从那里，它飞得又稳又准，直奔观看它的人群。掠过官方岗亭的顶部，伸长脖子，当它冲过头顶时，它的脸像一个欣喜若狂的奔跑者的脸。它直接飞到一块黑色的石板上，那石板处于贝利夫的围墙和轮渡码头之间。当它触到天上的土地时，城里传来一阵微弱的喇叭声。同时，远处的水边出现了一个海市蜃楼，连贯完整，奶酪色的墙壁，但切成了充满缓慢移动的露台，倒映在溪流当中。
>
> (CM，140)

史诗声音消逝，高雅的风格逐渐衰退，以至可以接受对奶酪横切面那种易碎层面的奇怪地放大，这些明显不同于乔伊斯记录的那种令人振奋的转换（"他们见到他，平静的他，儿子布鲁姆·以利亚，由一群天使簇拥着升向荣耀的光圈，以四十五度的斜角，飞越小格林街的多诺霍酒店上空，像一块用铁锹甩起来的土块"）。路易斯的语言从他的幻觉收回来，开了一个新的空间，

第三章　陈词滥调般的史诗与史诗般的陈词滥调　53

在这个空间里，史诗长矛混沌的闪光和寂静生活或类型画的谦卑单调有一种不稳定的瞬间共存。实际上，像福楼拜和路易斯这样的美学，因为过于含蓄地提供史诗和讽刺模式之间的方法转换，它们似乎隐含着史诗和讽刺作品不同素材之间某种更基本的关系。两种内容事实上可以归纳到巴特的行为选择规则的概念之下；然而，这种陈旧模式和举止原型奇特共存表明，行为选择规则的概念本身需要彻底被历史化。

实际情况是，我们所说的行为原型其实也是陈词滥调：只是它们是衰落之前的陈词滥调，即以前社会普遍接受的更有活力的文化观念，包括前工业时期的城邦，它的节日和军队，它的个人化的准封建的权力关系，它的复杂的露天表演和壮丽的庆典行列，同时还有它与周围田野生活的相近性（在这种意义上，贝利夫的宿营生活至少是殖民时期的，即使不是真正前工业时期的）。城邦克服了马克思和恩格斯所说的新石器时代村庄的那种"乡村的愚昧"，但尚未被资本主义的力量推进到与个体生活不成比例的地步，因此，在城邦里，陈规旧制和公认的观念只不过是集体智慧本身的形式：它们是社群共享的经验和汇集的形象。

因此，在虚构的史诗与讽刺—拼贴之间，在《萨朗波》或前面那段的高雅风格与《塔尔》或《布法和裴居谢》的低俗风格之间，其本质的差异并不是一种文类或风格的差异，而是两种境遇之间的差异，两种不同生产方式和两种不同历史时期之间的语境变化。讽刺—拼贴是虚构史诗在堕落的商品生产和大众传媒世界中采取的形式：它是虚构的史诗，因为它的素材变成了假的和不真实的，永恒的行为姿态现在被工业资本主义的文化垃圾所取代。这就是为什么在现代时期对古代史诗的理想最真实的实现并不产生装饰性的漂亮的拼凑，而是产生最刺耳的、有力的机械模仿，并对作为"现代精神"的那种庞大的汽车销售场表现出强烈的反感。

【注释】

[1] John Lyons, *Introduction to Theoretical Linguistics* (Cambridge: Cambridge University Press, 1968), p. 54. 关于一种相对非历史地把这种概念应用于美学形式，参阅 Claude Lévi-Strauss, *The Raw and the Cooked*, translated by John and Doreen Weightman (New York: Harper, 1970), pp. 18—30。

[2] Marcel Proust, *A la recherche du temps perdu* (Paris: Gallimard, Bibliotheque de la Pléiade, 1954, three volumes), I, 653.

[3] Hugh Kenner, *Wyndham Lewis* (Norfolk, Ct.: New Directions, 1954), p. 15.

[4] *Inferno*, Canto XV, lines 121—124, translated by Binyon. From *The Portable Dante*, ed. Paolo Milano (New York: Viking, 1949), p. 83.

第四章　感觉的电影院

　　但是，盲人可怕的特殊性在于那凝视的、乳白色的眼球，一种备受苦行压抑的沉重的表情，虽然卑下，实际上这种面具非常感人。此外，从它那痛苦的豁免权和不容置疑的道路权，从它那穿过外部自然物体丛林漫步的习惯，它获得了某个小男孩才会有的那种面部表情，倾向于把自己想象成蒸汽压路机，或者一种看不见的不可抗拒的力量。

——《野蛮的身体》

　　这种风格实践最终的意义问题依然存在，包括引发许多错误句子的意图和激情，千方百计把混杂的词语结合在一起——这些词语的功能不再是再现真实，相反，它们证实我们无力这么做，无法避免集体精神和语言本身的污染。可是，在现代时期，所有创新性的言语都出自匮乏而非充足：它成倍加强的能量远非来自发掘古老或未发现的能源，而是与大量几乎难以逾越的障碍成正比，在物化时代美学生产必须克服这些障碍。

　　在这种境遇里，温德姆·路易斯以惊人的力量推行他那种令人不安的机械句子，把物化的世界捶打成可怕的立体主义的表面；这种力量可以看作是机器的一种真正合作，一种对它的异化力量的占有。确实，在路易斯的作品里，机器似乎吸收了人类的一切活力，此后人类反而依赖于它：

　　　　里面一阵短暂骚动之后，从幽深处传来强烈的呜呜声，随后一辆超大型的、非常漂亮的、蓝灰色跑车出现了。对于如此重大的家伙，它那流线型的华丽车头显得出人意料地快速，不怎么费力就越过了崎岖不平的障碍。维克多驾驶。随着它越过院子，这怪物加快了速度；它慢了下来，笨重地穿过酒店旁边无门的出口，像被宰的小公牛似的吼叫着。一只手从上面窗口向它挥动，未被注意，随后传来"祝你好运！"的话，伴随着肌肉的震颤，并且举手致意，祝一路平安。接下来，它离开了，像天鹅绒似的自行飘去，在满是尘土的地上滚动，尘土变成路上低垂的烟雾，在漂亮的汽车开走之后，过了一阵烟雾才在车道上消逝。

(RL，300)

在《爱的复仇》的真正高潮时刻，这种幻象实际是萨特所说的"实践—惰性"的人格化，就是说，由于人类对客体投入劳动并使劳动异化，而客体以一种**必需**的机器的敌对形式不知不觉地反馈给人类，所以人类自己造成了反对自己的厄运和反自由。[1]汽车确实是转喻分裂的所在，这种分裂传递到不断扩大的客体范围，最终使生命本身（被屠杀的小公牛，"肌肉的震颤"）受到它的邪恶的支配。

因此，汽车不是一种东西，而是一种辐射能量的中心；在维克多和马尔格的命运旅程中，它似乎依着自己的意志载着他们向前。实际上，在马尔格看来，这机器是一种无法控制的命运，然而它反常地、不可理解地要求我们共谋并指责我们的共谋：

要一口接一口地吞噬英里，吃掉时间，看来必须利用她的器官以及它自己的器官。在她的脚下，她有一个消耗时间和吞食空间的自动装置，而不是一种汽车运输工具，不论其

动力多么强大。这也是她的时间，它在吞吃时间——在巨大
的压力之下，受到剧烈的牵引。

（RL，317）

自相矛盾的是，主体的单独分离被克服了：但仿佛是某种可怕的误解，经过了某种来自外部的盲目异化，这异化无法看见只能感觉，就像在狂风和洪水当中被从没有窗户的居所抛了出去。

然而，这种痛苦的意识错位，由于从外部受到历史风暴的冲击，现在至少提供叙事的素材并可以加以表达。这种表达仍然是一个私人的问题：因为单体仍然只是思考它永远不能直接面对的某种自在之物在它自己墙上的影子。不过，对真实的接近不可能被误解，即使作为说明什么是非常真实的主观效果的不在场的原因：

同时，树木、岩石和电线杆令人眼花缭乱地在她面前竖起，然后在她后面倒下。它们挺直地矗立在她那吃惊的眼睛前面，随后无情地从画面中消失。像一个纸牌世界，通过威力强大的魔术师纤细的手指对它所做的静态变化，宛如电影摄影似的啪嗒、啪嗒作响，所有的纸牌都以一端直立，然后平平地倒下。他向你展示了一棵树——一棵纸板树。盯着这棵树！他说。接着啪嗒一声它就不见了。类似的魔术还有岩石切片，还有电线杆。由于形象的瞬间倒下，她觉着头疼。每当一根电线杆倒下，她在感觉电影院里就觉得它坍塌了似的震惊。

（RL，316）

我认为，路易斯本能的伟大性是他已经明白，甚至在真实性最终

无法达到的地方,我们也不会因此而完全沉默无语。印象主义的方式相信主观性的幻象,热情地力求再现它们显现的所有细节。与此相反,路易斯的表现主义以那些幻象自身的虚假性的印记来标明它们,在纯粹的现象领域,通过扭曲滑稽的替代物保持真实地位的强度。

因此,马尔格直接面对着最难理解的外部现实本身的事实,面对着那种最外部的事实,而这种事实造成了单体本身的分裂,绝不可能被内在化:简言之,他以国民卫队的身份在他们的道路上面对着死亡。死去的卫士为了恋人把谋杀的罪行与判处死刑的决定结合起来,标志着一种极其令人反感、不可能渗透思想的现实,这种现实时不时地突然冲击我们,就像舌尖上的话一时无法说出,或者一种美好的回忆我们无法重新获得:

> 更糟的是,她终于发现自己违背自己的意志,注视着公路在泛光灯照耀下延伸。缕缕灰尘飘扬;但它们的汽车(它已经把她拉在后面)正在迅速消失,从递减的视角看,已经变得很小;而在前景里,她朝下凝视着一个令人不快的压平了的物体。它趴在道路中央,难以置信地只有两维,一句话,不真实。也许它刚刚被画在地上。但它看上去更像一个凌乱的大图案,除了面部的部分,都像是用黑色的纸剪成的。脸也是扁平的——像煎饼似的,但像纸一样苍白,在下巴的地方有一块蓝色的污迹。那是普鲁士蓝的下巴。一个国民卫队扁平的黑色头盔,似乎不比硬纸板厚,躺在离头一英尺的地方。

(RL,329)

85 如此,习惯的方式变了,不可能的、无法想象的画面,以其所有

第四章 感觉的电影院

的不可能性被想象出来！当然，这一令人惊讶的段落并非想再现马尔格对尸体的观察（事实上，她自己很快就消失在汽车里，虽然她想象汽车在向远处隐去），而是重现她试图在它不在场的情况下把它视觉化，把不充分的、不兼容的形象转换到她头脑的墙壁上。实际上，在回归的、前逻辑的意识密室里，我们本能的第一个想法可能是，一个男人被汽车碾过，压得像块煎饼，脸色像纸一样苍白。但是，不像孩童似的马尔格，也不像进行过反思的路易斯，我们会根据常识和科学理性的现实原则压制这种不可能的第一个想法。然而我们因此从第一种毫无收获的天真看法形成一种想象的虚无，我们再不知道对这个无生命的躯体能说些什么：鲜血淋漓，伤痕斑斑，像个多处破损的洋娃娃——所有这些都是黑暗中的一种呼啸声，传递的不是幻象，而是人为地刺激它，激发某种适当的再现，某种对现实"具体的"、并非现成的反映。

不过，路易斯作品不是一种儿童艺术；比如，与福克纳不同，他不想考虑如何正确对待儿童前理性意识中存在的局限。事实上，正在讨论的这个段落部分是彻底批判马尔格不成熟，部分是批判她毫不抵御地获得的文化的力量。这里儿童的幻象仿佛以黑格尔的方式被取消了，并被吸纳到一种批判意识的更高的形式之中，不过它在这种形式里根据自身的情况在被否定的瞬间得到了保留。这种情形仿佛是，这种语言克服了在不可测定的经验面前的沉默（马拉美的贫乏，现代文学和现代音乐以及现代哲学的沉默），以一种"活跃的"、富于活力的姿态得出这样的结论：既然它不能告诉我们看见什么，那么它就会告诉我们，假如它能够告诉我们的话，我们本来会看见什么。由于没有任何适当的语言"表达"客体，所以作者只能告诉我们他本来会如何表达，如果他一开始就拥有这种语言的话。

于是，形成了一种语言之外的语言，它充满了现代工业文明匆匆建构的劣质性，脆弱，不能持久，但富于一种技工的热情。因此，对于所有流行言语的诞生，路易斯的风格是一种暴力和典范的修辞，并把新的发现转变为自己的优势——新的发现是，一切语言都是第二位的，是对从未存在过的原初语言那种不可能实现的丰富性的替代。就此而言，如果要摆脱被可怕地归纳为沉默，一切言语都必须弄清自然语言中的视觉幻象。所以，路易斯的风格，唯一真正的未来主义，一个我们仍然可以了解几乎灭绝的语言生产源泉的所在，并没有在它自己那种机械加工的嘈杂的、震耳欲聋的喧闹声中寻求以一种偶像的方式被保留下来，相反，它满足于自己在时间中消失，进而使我们摆脱对风格本身的偶像似的迷恋。

【注释】

[1] Jean-Paul Sartre, *Critique of Dialectical Reason* (London: New Left Books, 1976), translated by Alan Sheridan-Smith, pp. 161—196.

第五章　从民族寓言到力比多机制

> 我们这个世纪的历史主要不是名人的历史……我们看到的将是大的思想潮流，它们色彩艳丽，汇集、分解、结合或竞争。它们像一幅海洋图表而不是杜莎夫人的蜡像；虽然会有一些面孔（有一个留着牙刷胡子的面孔），像是这种或那种大的思想潮流的标签……所以会有奇异的创造和破坏，不重要的个人因素，思想的体现，希特勒或斯大林巨幅的彩色肖像——不过是一种异常宣传的残余。
>
> ——《自责》

未读路易斯之前，为了方便，他常常与一些伟大的现代主义者混为一谈，因为这些人有时是他的朋友或合作者——庞德、艾略特、乔伊斯和叶芝——后者以那种最常被认为是我们文学史概念的未经审视的先验方式，逐渐构成了一个独特的、过于孤立的伟人祠。然而我认为，这种与名人相联系的荣誉对路易斯并没有好处，它只能遮蔽他的独创性的真正性质。

与上面提到的作家不同，路易斯基本上是一个政治小说家。作为政治小说家，他刻意在气质上按照现代英国已知的最著名和最成功的政治艺术名家——即乔治·萧伯纳[1]塑造自己。实际上，路易斯希望自己成为一个反萧伯纳的艺术家（用绘画代替音乐），同时成为一个记者—理论家，这次他利用尼采来反对进步的观念；他使自己的作品中充满了次要角色，并以这些角色作为自己的代言人，虽然萧伯纳的社会主义司机和技工在这里被年轻好战的黑衫党所代替；他们像一位老者那样，变成了怪癖的、爱争吵的人，总是与时代潮流格格不入。

这种比较比角色本身更深刻一些，它可以通过《塔尔》断定，《塔尔》在这方面实际是对《人与超人》的重写，因为它的絮絮叨叨的过于理性化的主人公也屈服于战无不胜的性的力量；也可以通过《悼婴节》断定，其死后生活的背景与《人与超人》的插曲"地狱里的唐璜"的宇宙论修辞颇为相似；还可以通过《人类时代》断定，它以其颠覆性的革命视角与《千岁人》的核心主题有着密切的关系。若要问路易斯为什么没有完全变成一个法西斯主义的萧伯纳，那就等于使我们自己直接面对他的作品的核心问题。

同时，路易斯还是个国际主义者，在所有伟大的当代英国作家当中，他最具欧洲意识并最少岛国意识。在纪德刚把陀思妥耶夫斯基介绍到法语世界时，他就感觉到后者的影响；这位俄国小说家对个体意识变幻无常的戏剧化，显然为描绘克莱斯勒铺平了道路，一般认为，对克莱斯勒的描绘是路易斯所有作品中最值得注意的心理学研究，包括它的奇怪的自我揭示性的迸发。（例如，在某个时刻，懒散的、被惊醒的克莱斯勒低声对半裸的模特说："你的胳膊像香蕉！"[T, 177]，或者那个高潮的决斗场景，当看见他对手偷偷地吞食镇静剂时，他以获胜孩子的所有的无限高傲大声吼道："给我一个！……我要一颗枣子。问问赫尔·索尔提克！告诉他不能全留给自己！"[T, 250]）就此而言，《塔尔》因其双重情节和孪生人物塔尔和克莱斯勒，确实可以说是一部萧伯纳式的人物对陀思妥耶夫斯基社会世界的丑闻进行思考的作品。此外，路易斯的政治的深刻标志是他所说的"反对革命的圣经"的作品，也就是陀思妥耶夫斯基的《群魔》。

然而，最近在伟大的西方作家当中，他是对德国和地中海的事实做出深刻反应的少有的作家之一。他曾在那个国家学习,并不认为那种反应是一种象征。在克莱斯勒身上,他制造出一个德国人物,远比劳伦斯的普鲁士军官更忧虑和更有人性("塔尔十分同情克莱斯勒……一个具有隔代遗传特点的人,总体上他非常喜欢"[T,267])。实际上,按照路易斯的想象,德国民族作为欧洲政治的遗弃者和凡尔赛的受害者,倾向于相信本我而非压制的超我,因为普鲁士的习惯一般以超人表示外来人。毫无疑问,正是这种德国的因素构成了那种精心设想的犬儒主义,路易斯和布莱希特认为这种犬儒主义就是性的喜剧,是没有意义、令人恼怒的对欲望的束缚:

  无论他们是否愿意,——他们都乐意。
  这是性的顺从。

由此,萧伯纳苍白无力的情境呈现出太阳神那种情欲旺盛和喧闹的愉悦:这是一个难以想象的提示(对于相反的原因),不论在盎格鲁-撒克逊拘谨的氛围里,还是在法国相对好色的烹调传统里;它可以用来有效地修正当代瑞希的性乐观主义。

  路易斯确实非常敏锐地意识到这些不同的民族传统,它们构成了他第一次世界大战之前所写作品的背景和组织框架:《野蛮的身体》的故事和《塔尔》本身,以及大战前在阳光之城的国际波西米亚艺术家的肖像画廊。因此,在那个时期贵族式的波西米亚世界主义和多语言欧洲文化最具特色的不朽作品当中,《塔尔》获得了它的地位,而这一时期最重要的表达则是托马斯·曼的《魔山》(1924)。这样一种并置使我们想到,民族类型的运用投射出一种基本上是寓言的再现模式,其中个体人物象征着更抽象的、被解读为他们内在本质的民族特征。就其最简单的形式而言，即只对单独一个外来民族的本质进行思考的形式，这种寓言常常用作文化批判的工具：司汤达的意大利或西班牙气质的英雄形象，旨在羞辱他那个时代法国商业阶级风行的市侩习气，故而把它与一种已经消失的文艺复兴时期的姿态并置在一起。

然而，正如在《塔尔》或《魔山》里，不同的民族类型发现它们自己聚集在一个共同的舞厅或大酒店里，于是出现了一个更复杂的相互联系和冲突的网络系统，并因此出现了一个辩证地看是新的和更复杂的寓言体系。此时，随着短暂联合的发展和解体，叙事的意义变得相关。迷人的幻象——《塔尔》中的俄罗斯—德国人安娜斯塔西亚，托马斯·曼的疗养院里的波兰人克劳迪娅·肖夏特——在力量领域往返交叉，在它们背后留下一片混乱。最初疏远的人物——克莱斯勒和那个英国人——慢慢地通过相互的意识和不信任逐渐接近。在这种情况下，寓言不再是那种静态的、一对一的对应的译解，但它仍然经常被等同于那种译解，并打开那种具体的、能指和所指之间独特的寓言空间，其中"能指代表另一个所指的主体"（拉康）。[2] 正是在这种意义上，这种叙事的寓言的能指最终总是第一次世界大战，或者"启示录"：在任何对这种冲突的精确预言或反映里，它都不是作为一种时间顺序的事件，而是作为民族类型那种动态的、不断变化的关系最终必然发生冲突的"真理"，作为民族—国家亦即其内容的最终必然发生冲突的"真理"。

于是出现了以克莱斯勒自身为中心的情形，它是多民族聚集中那种免受惩罚的"明显不安定的因素"。克莱斯勒在巴黎——那是在文化阵痛中刚强有力、笨拙地爆发的普鲁士气质，它用力把"一个男人或一个女人抛到九英尺的帆布上，并在上面［连续打击］他们两个小时，直到他们保证留在那里或再不能移动"（T, 75）。甚至恋爱中的克莱斯勒也讲述了一种民族自卑情结的故事:由于向阿纳斯塔西亚求爱的前景不妙,每当感到嫉妒他就发火,看到她与命运坎坷的波兰人索尔提克悄悄说话就怒火中烧。

实际上,正是围绕着索尔提克,克莱斯勒最混乱、最强烈的情感本身才组织起来:索尔提克代替他成了他朋友沃克特的主要借钱者;索尔提克莫名其妙地能与阿纳斯塔西亚没完没了低声闲聊;最重要的是,索尔提克以他"遗传的优雅举止",他的"沉着,他已有的社会成就,使克莱斯勒感到压抑:以他的本性来说,那些品质不是他所钦佩的,然而他觉得自己一向又缺少这些品质"(T,140)。

事实上,索尔提克是克莱斯勒的一种真实的复制,与后者在身体上有点嘲弄似的相似,仿佛他体现了该家族某个更旺盛和更受宠的一支,更成功的第二个版本,因而强化了第一个粗制的初稿版本的嫉妒和愤懑。因此,在文化方面,不只是在更复杂的西方文化面前,甚至面对从属的波兰那种法国化及西方化的文化,克莱斯勒的愤怒都再次表现了德国的耻辱。不幸的是,尽管波兰文化优美,但真正有力量的却是德国人,以及他更"令人惊恐的"俄国人的支持。因此,决斗的场景(比较《情感教育》里与它对等的反高潮)是一个以强对弱的联盟,是两个大国对其文化边缘化的演示,关于这种情形的历史版本是波兰被不断分割,以及中东欧各种战争所造成的自毁性的后果。于是,路易斯关于克莱斯勒的精神病理学可以读作是对德国那种感情情结的比喻,用以为战争进行意识形态的辩护,并作为战争狂热不会枯竭的源泉,与此同时,他的叙事的关系和寓言结构表明(并未将它概念化),那种"对抗原则的结合……是帝国主义的本质",并使1914年的第一次世界大战不可避免。[3]确实,按照列宁的观点,民族—国家的战争是一种意识形态现象("民族和祖国是资产阶级体系的基本形式"[4]），政治实践必须揭开它的面具，把它转化成跨国内战和阶级斗争的现实；因此，列宁的计划恰好符合路易斯作品中的"断裂"，也符合他那种旧的国家体系的解体。

现在我们必须研究的是这种原初结构的客观前提，此后我们将把它称作"民族的寓言"。这种现在已经过时的叙事体系本身的陌生性表明，作为一种可能的形式，它是由一种客观境遇促成的，而对这种境遇的修正再次把它排斥在外。正如现代主义思想家所做的那样，如果把形式历史理解为一种纯属形式创新的自治的力量，每一种创新都受到以新颖性代替既定形式的意志的促动，而新形式最终也依次被替代，那就是以一种虚无的、玩世不恭的、最终是静止的方式来考虑这种修正。但是，从任何一种观点看——不论是形式的可能性本身还是它们的内容——每一种伟大的形式创新都是确定的，并反映一种特定的境遇，这种境遇无法直接归于先于它或后于它的那些境遇。[5]

与此同时，似乎还应该坚持认为，形式的历史并非是唯一可用的协调方法，艺术生产和创新不一定必须在这种协调中理解。人们不应该忘记，生产概念本身——今天广泛流行——需要一种非经常探索的推断，即需要某种具体素材先在的可用性，或者我在其他地方所称的特定的"内容的逻辑"。[6]关于特定形式的客观前提问题具有策略上的优越性，它使我们可以越过虚假的因果关系或"决定论"的问题；它不会把我们安排到一种境遇，在那种境遇里我们发现自己必须肯定无意义的看法，即认为文字制品《塔尔》是由不同层面的政治历史或社会经济组织"造成的"。相反，它把我们的注意力引向探索那些特定的语义和结构的更明显的过程，因为它们在逻辑上先于这个文本，没有它们这个文本的出现便无法想象。当然，正是在这种意义上，一般的民族寓言，特别是《塔尔》，不仅假定民族—国家是世界政治发生作用的基

第五章　从民族寓言到力比多机制

本单位，而且假定一个民族—国家体系的存在，即第一次世界大战之前欧洲的国际外交机制，它始于16世纪，但由于战争和苏联革命，在一些重要的方面被打乱了。

对路易斯小说前提的这种说明俨然是一种与解释性陈述不同的看法，它可能把小说作为欧洲外交体制的"反映"，或者认为它的暴力内容暴露了它与第一次世界大战的某种"同源性"。对形式的语义和结构前提的分析并不是艺术的一种对应理论；我们也不想把民族寓言看作国际外交体系本身投射的余象。相反，像任何形式一样，它必须被解读为对美学困境的一种不稳定的、暂时的解决，而美学困境本身又是一种社会和历史矛盾的体现。

因此，民族寓言应该被理解为一种形式方面的努力，它力图跨越一个特定民族—国家日常生活的现存事实与垄断资本在全球、实质上在跨国范围发展的结构趋势之间日益扩大的鸿沟。19世纪或"经典"现实主义从内部预设了民族经验的相对可理解性和自足性，其社会生活具有某种连贯性，因此关于个体公民命运的叙事有望获取形式的完整性。《塔尔》的泛欧洲寓言现在质疑的正是这种形式的可能性，意思是英国生活越来越不能为可理解的叙事规则提供新的素材。由于塔尔的观察者脱离他的背景，塔尔自己在这方面把英国传统观中自由主义者和反革命阶级的妥协的安全性戏剧化了，使它们脱离了欧洲大陆国家那种充满激情的政治化的历史。然而这种安全是抽象的：就在同一时刻，由于它的工业和海军一时间达到巅峰，大英帝国在结构上深刻地卷入外部世界并依赖于外部世界——于是出现了相当不同的、更适当的殖民寓言小说，例如福斯特的《印度之行》。因此，英国境遇的实际生活经验是国内的，而它的结构的可理解性是国际的：正是从这种困境，《塔尔》力求呈现出一种审美的总体性。[7]

不过，当我们确定了民族寓言作为一种叙事体系出现的条件时，我们并没有实现民族的寓言。一旦条件合适，这种体系便产生一种关于它的客观性，并赢得一种作为文化构成的半自治性（这种文化构成自身可以形成不可预见的历史），或作为脱离其原初境遇、"避免"被大量不同的表意功能和作用所异化的一种客体的半自治性，尽管那种异化的内容急于投入这种客体。因此，正是在这一点上，我们标明民族的寓言转化成利奥塔所说的力比多机制，一种空洞的形式或结构的基质，其中承载的自由流动的、早期的幻想——既是意识形态的又是精神分析的——可以突然明朗，并为其社会实际和心理效能找到基本连接起来的修辞。

就《塔尔》而言，我们将会表明，民族寓言空洞的基质可以直接被迄今尚未阐述的冲动占用，投入它在结构上的位置，并通过把整个叙事体系转变成精神分裂本身的真正寓言，返回到以多种因素决定这种日益多层次文本的回应。弗洛伊德自己著作的历史可以用来证明这种修辞和投入或多种因素决定的过程：不仅弗洛伊德的模式就是寓言，就它们的修辞表达而言，它们还表明依赖于精心制作的、先前已在的对城市地志和国家政治力量的再现。这种城市和公民的"机制"——常常不甚严格地指一种弗洛伊德的"隐喻"——是弗洛伊德对心理再现的客观前提，因此与无意识本身的真正"发现"是一致的，因而现在被认为已经设想了维多利亚晚期城市的客观发展——工业化，社会阶层和阶级的两极分化，复杂的劳动分工。同样，这种真正弗洛伊德的"力比多机制"在战后转变成厄洛斯（爱神）和塔纳托斯（死神）竞争的"能量机制"，与同时代的路易斯作品里的"断裂"惊人地相似。[8]

因此在这个时刻，我们可以根据这种新的、第二层次的心理寓言，重写关于《塔尔》的民族力量所说的一切。在新的体系里，塔尔——进行观察的意识，尽可能脱离生活和性的艺术家，试图把自身限制于纯粹的、非时间的艺术领域的理性精神——在以表示意义的方式反对完全以本能行事的克莱斯勒当中,现在被置于一种过度膨胀的自我的地位,因这种自我而与贝尔塔的分手标志着试图逃离有机体本身的努力:

97

> 上帝是男人:女人是一种低级的生命形式。一切皆始于女性并继续如此:一种水母似的弥漫性自我扩散,并在万物的基床和底层上裂开;在某个层面上,性别消失了,正如在高度组织化的感觉论里性别的消失那样。另一方面,在那条界线之下一切都是女性的……他列举了在那条绝对界线之下明显熟悉的东西:缺乏能量,持久处于睡眠状态,几乎纯属情感,它们全都展现出来,它们是真正的"女人"。阿纳斯塔西亚跨越了那条界线:他不是个性反常者,因为他和她睡过,但此外便显得奇怪。
>
> (T,293—294)

应该注意的是,虽然女人这种有机体和性本身在一种神话的、明显否定的条件内全部得到确定,但并没有任何相应的对男性原则的赞扬。路易斯的性别意识形态的独特性是:虽然公开地厌恶女性,在性别歧视的字面意义上还是个性别歧视者,但它并不因此而是男权中心主义的。逻辑上与女性原则的否定术语相对应的肯定术语并不是男性原则,如在 D. H. 劳伦斯的作品里那样,而是艺术,艺术不是主体的所在,不论男性还是其他,它是非个人的和非人性的,或者如路易斯常说的那样,它是"死的",是空间的而非时间的,是现实存在的:

> 死亡是艺术的第一要素。河马盔甲似的皮,乌龟的壳,

羽毛和机器,你可以将它们放在一个帐篷里;裸体的律动和生命柔软的内部的运动——以及运动和意识的弹性——它们被放在对立的帐篷里。死亡是艺术的第一要素:在人性和情感的意义上,精神的缺失是第二要素。雕像的线条和石块是它的灵魂,不会想象它的内部有什么躁动不安、容易激动的自我;它没有内在思想。好的艺术决不能有内在的思想:这是首要的。

(T,279—280)

98 这是后来成为路易斯自己美学计划——称作讽刺——的真实文字,但在这里仍然只是他的人物之一的看法:作者的价值与塔尔作为小说内部一个人物的结构地位的巧合,标志着他是路易斯作品中第一个也是最后一个充分肯定的人物,同时也标志着实际上把他排除在叙事本身之外。确实,塔尔试图以他的方式实现萧伯纳的那种超人,投射一种几乎是进化的物种变异,艺术家可以通过后者的有机必然性从变异中突显出来。然而,如果他获得成功,他就失败了;因为对于这样一位艺术家,此后再没有故事可以讲述,塔尔的叙事也必须非常迅速地让位于一个相当不同的叙事,即克莱斯勒的叙事。

因此,塔尔这个人物不能用作赞扬神秘的男权中心主义价值观的载体。但这点可以以不同的方式表明,由于观察到这种叙事的男性轴心——塔尔和克莱斯勒之间的冲突——本身在结构上并不完整,因此被谴责摇摆不定,必须排除甚至想象的资产阶级自治个体的综合,而这种综合是男权中心主义的意识形态必然的基础。非常明显,克莱斯勒是本能的所在,是反常的退缩或意识"水平"降低的所在,它接受来自跨越未设防疆界的最疯狂的冲动,从精神分裂反复无常的盲目抽搐一直到直率的侵略和强奸。

然而这种象征编码的条件基本上由塔尔的地位决定，但他从一个寻求宣布独立于有机生活的自我的观点出发。这就是说，不像弗洛伊德的地志学模式，塔尔的心理系统不知道什么超我；二元冲突的系统缺少那种使弗洛伊德假定一种统一精神的第三项。超我实际上是允许弗洛伊德书写一种精神生活史的途径，可以理解并解释那些复杂的、间接的、替代性的欲望的投入，而欲望在于空虚的意识主体和古老的、婴儿的本我之间。然而，路易斯的叙事被封闭到这种静止的二元对立之内，其情形俨然像他的民族寓言因民族—国家等同于历史主体的观念（不是阶级对抗那种更真实的历史动力）而瘫痪了一样，于是历史只能以灾难告终。

现在，我们可以沿着格雷马斯的符号矩形图概略地画出《塔尔》的叙事体系[9]：

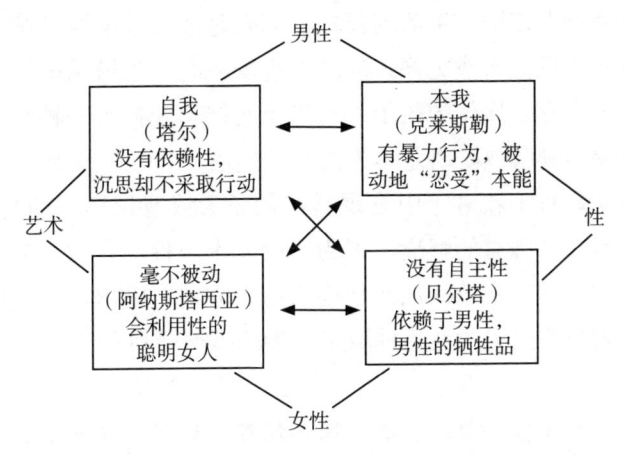

```
                    男性
         自我  ←——→  本我
        （塔尔）      （克莱斯勒）
      没有依赖性，    有暴力行为，被
    沉思却不采取行动   动地"忍受"本能
   艺术        ╳              性
       毫不被动  ←——→ 没有自主性
     （阿纳斯塔西亚）    （贝尔塔）
       会利用性的       依赖于男性，
        聪明女人        男性的牺牲品
                    女性
```

这种模式可能证实一种传统的对小说的结构分析，从这种体系转变为一种交换机制，由此生成某种最后的和谐幻觉，以及对它阐述的矛盾最后的"想象的"解决。从塔尔的观点看，小说的事件主要用于解决迫切的个人困境：如何摆脱讨厌的贝尔塔。于是，在模仿的层面上，他的困难只不过是不愿意伤害他不尊重的人：但我们已经看到，与贝尔塔的分手是对从有机体本身解放的寓言的修辞。

正是在这一点上，克莱斯勒这个人和在结构上的地位介入进来。克莱斯勒的命运实际上使塔尔获得自由：这至少是那种可以通过在叙事内部的象征交换的运作而期待的"解决"。这里首先交换的明显是妇女人物：塔尔接受了克莱斯勒错爱的对象（阿纳斯塔西亚），于是要求后者作为回报接受贝尔塔。克莱斯勒与贝尔塔的私情——如果可以那么说的话——使塔尔摆脱了对她的责任，同时她所具有的暴力象征性地强化了因不幸的联系而形成的那种潜在的敌意。不过，阿纳斯塔西亚与贝尔塔不同，她和塔尔在智力方面旗鼓相当，因此与她的私情已经构成了一种肉体本身的原始解放（"但超出那种情形就显得奇怪"）。与此同时，如果把克莱斯勒看作塔尔生命的替代，那就是能够理解塔尔结论性姿态中奇异的世纪末或纪德式的华丽辞藻：与贝尔塔结婚，因为她怀有死去的克莱斯勒的孩子，这等于对结构置换的一种承认，一种对克莱斯勒解放了塔尔本人的相互偿还。

但是，对于叙事于中发现自身的矛盾或意识形态的封闭性，这并不是一种满意的解决，因为它的基本条件，它的刻板的、类似神话的对立，不承认任何结构的解决方式。塔尔自己通过解释克莱斯勒自我毁灭的命运抽取出故事的道德精神：

> 我相信，他所有的大惊小怪都是试图摆脱艺术、重返生活。他像一条游进错误池塘后四处挣扎的鱼。我认为，重返性生活会表明他想去的地方：他在尽最大努力重返性生活，摆脱他觉得自己正在枯竭的小小的艺术泥潭。你知道，他是个没有任何天才的艺术系学生，所以这个可怜鬼过着一种懒散的无意义的生活，就像成千上万处于同样境遇的人那样。

他也非常拮据。一般性感男人的性本能变成了反常的错误的渠道。反过来说，他的艺术本能已经根除了性，而性在艺术里是有用的，自然地繁荣兴旺，并且自身上升为一种知识范畴，虽然有些粗糙。进入艺术最近的途径是行为：性是它们的艺术形式；争取生存的战斗是它们的画面。在他们思考或梦想的时刻，他们发展一种巨大的、廉价的、停滞的激情。在二流艺术家手里，艺术是一种诅咒，它等同于"自由"——但不会允许我们说二流艺术家是我们——他咧着嘴笑了——在民主当中！特别是像这样一种"有教养的"民主！但如果你被禁止说二流，为什么你必须在身后留下所有美好的感觉——假如你不能说二流那就根本不可能讨论任何东西！

(T，281－282)

实际上，后来的路易斯对二流有许多话要说；但《塔尔》在这种意义上仍然是一部前政治小说，其中这种特点的主题只是提前出现了。我们很快会看到，若要从才华或强烈个性和"大众人"（mass man）的平庸等方面重写塔尔和克莱斯勒之间的对立，那就要全面审查和重构路易斯的叙事机制。当下，政治和意识形态主题在《塔尔》里的预想不到的出现，标志着这种体系还不能凭自身解决问题。我们已经表明，以"艺术"为名的成功立刻置塔尔于叙事之外，并从行为和事件的世界中把他排除。克莱斯勒模糊的结局掩盖了性方面胜利中同样令人不满的后果，那些后果可以说是对有机体的乏味的、循环的重复，或一系列无意义的性行为，它们俨然像艺术领域本身一样超越了历史或叙事。在我看来，这实际上是阅读小说最后一段模糊结局的唯一途径，那段话列出了塔尔的未来情人的陌生名字：

孩子出生两年以后，塔尔夫人（贝尔塔）与他离婚了：然后，她嫁给了一位眼科医生，并在他和她唯一的孩子的陪伴下过着非常严谨的生活。

塔尔和阿纳斯塔西亚并没有结婚。他们没有孩子。不过，塔尔与一位名叫罗丝·福赛特的女士有三个孩子，她为了最终赢得"他的完美女人"的光彩而安慰他。但是，尽管罗丝·福赛特身材结实，另一个人还是出现了。这一位代表着钟摆再次偏向漂亮的一边。罗丝·福赛特那种缺乏欢快的笨重的怪诞，需要普丽丝·德尔克那种涂脂抹粉的、美丽的、好奇的面容来补偿。

(T，299)

这段话的含义是，不仅萧伯纳的那种超人已经失败，重又陷入"生活"和"性"，陷入有机体；而且叙事也已经失败，继续让一些反高潮的小节发出适当的美妙旋律，并提供关于人物后来生活的必要的信息。然而这些人物不是主体，他们后来的"历史"在结构上是不相关的：这种奇特的非功能性的结尾或叙事概括，现在返回来对如此滞留在那里的叙事投射出质疑，仿佛它是一个偏离基调而最终错误的音符。

在 20 年代，温德姆·路易斯放弃了萧伯纳—陀思妥耶夫斯基那种类型的小说，并在他的作品里产生出一种令人惊讶的、预想不到的新的叙事方法——称之为讽刺。路易斯本人认为，这种在艺术界和在他自己的艺术实践里的基本"突破"，始于 1926 年的英国大罢工（在《上帝之猿》的结尾有描写）。然而非常明显的是，这种象征性的精确事件，如同所有革命初期社会两极分化的极端时刻，以明确的政治和意识形态立场有效地连接了久已存在的世界变化的关系。我们已经提出，战争以其对民族—国家旧

第五章　从民族寓言到力比多机制　　75

的外交体系的破坏，结束了民族的寓言，同时也结束了我们在《塔尔》里已经考察过的力比多机制。现在出现的东西并不像新出现的超级大国的重要地位那么明显，也不像跨国资本主义的世界体系那么明显，其时资本主义的危机比它的力量和它的扩张能力更明显：路易斯的作品首先记录的是伟大的、后民族的共产主义和法西斯主义的意识形态的戏剧性现象。现在政党而非民族—国家是历史和政治生活中积极的范畴，它以跨越旧的民族疆界的力量充分实现自己。在这个新的世界上，不是英国和德国，西班牙和波兰，而是共产主义和法西斯主义才是历史的主要力量和历史的"主体"（对这个名单，路易斯在第二次世界大战之后将补充传统的力量——基本上是罗马天主教的——以及体现在贝利夫身上的那种非意识形态的力量或腐败的现实政治）。

　　这种新的"能量模式"现在打破了旧的民族寓言的格局，就像弗洛伊德关于爱神和死神之永恒力量的概念摧毁了旧的局部心理解析一样确定。在路易斯的作品里，这种重大突破最容易理解的征象是主体或自我地位的遮蔽——塔尔本人的地位消失了，这位毫无地位的观察者"离开了生活也离开了性"，现在发现自己不可避免地政治化了，被拉进了意识形态和本能的较力场，变得无法辨认。然而他的对立面克莱斯勒，那种回归古代的地方，也必须因此而消失，现在他的难以控制的冲动和侵略性得到了释放，就像是无拘无束、超越个体的力量客观地存在于新社会世界之中。但是，真正改变的并不是小说家的私下和公开的偏见，而是它们的修辞表达所处的现实的构成自身。

【注释】

　　[1]"告诉你吧，我恰恰是个和萧伯纳先生一样和蔼的人。倘若他是一位艺术家，那我宁可像萧伯纳先生一样——这里我在尽可能广泛的意义上

使用'艺术家'一词——如果他不是一位爱尔兰人,如果世界大战爆发时他还是一位年轻人,如果他曾经学习绘画和哲学而非经济学和易卜生,如果他更有想象力,更有激情,更有悟性,以及其他一些东西……" *Blasting and Bombardiering* (London: Eyre and Spottiswoode, 1937), p. 3.

[2] Jacques Lacan, "Subversion du sujet et dialectique du désir," in *Écrits* (Paris: Seuil, 1966), p. 819. 比较另一句格言:"只有一个能指与另一个能指的关系产生能指与所指的关系"(quoted in A. G. Wilden, *The Language of the Self* [Baltimore, Maryland: The Johns Hopkins Press, 1968], p. 239)。

[3] V. I. Lenin, *Collected Works* (Moscow: Progress Publishers, 1961), Vol. 24, p. 465.

[4] V. I. Lenin, *Collected Works* (Moscow: Progress Publishers, 1964), Vol. 21, p. 38.

[5] 这并不是要排除对这种文化和形式创新的特殊力量的更普遍的分析,因为它与资本主义生产本身的节奏密切相关,巴特把它说成是"以时尚为特征的潜能轮流的纯形式过程……这里差异(*difference*)是动力,不是历史的动力,而是历时的动力;只有这些微观节律被扰乱的时候,历史才会介入……"(Roland Barthes, *Essais critiques* [Paris: Seuil, 1964], p. 262)

[6] Fedric Jameson, *Marxism and Form* (Princeton: Princeton University Press, 1971), pp. 327—331, and also pp. 164—169.

[7] 要查找英国文学中这种"突破"的形式后果的详细目录,请参阅 Terry Eagleton, *Exiles and Emigres* (New York: Schocken, 1970):"将任何文化理解为一个整体的过程,或了解其基本形式和趋势的过程,不用说,总是一项极其困难的任务;但它在现代英国社会里似乎明显地变得更加困难"(p. 221)。

[8] 在早期的《科学心理学计划》(*Project for a Scientific Psychology*)(1895)之后,弗洛伊德的作品中至少有三个明显不同的心理模式共存:地志学模式(潜意识,前意识,意识);经济模式(自我,本我,超我);以及

后期对死亡本能的假设，包括爱神与死神的二元论，这里被称作能量模式。

[9] 这个矩阵是对一种二元对立（两种对立面）的再现，以及对两种情形（所谓的亚对立面）的简单否定（或与之矛盾），包括这些情形各种可能的组合，最显著的是"综合情形"（两种对立面的理想结合）以及"中立"的情形（两种亚对立面的理想结合）。参阅 A. J. Greimas and François Rastier, "The Interaction of Semiotic Constraints"（Yale French Studies, No. 41 [1968], pp. 86—105）；以及 Frédéric Nef, ed., *Structures élémentaires de la signification*（Brussels: Editions Complexe, 1976）；另外，还可参阅我的作品 *Prison-House of Language*（Princeton: Princeton University Press, 1972), pp. 162—168。

第六章 "上帝的怪物之消融的躯体"

在一个翻腾变化的世界上,我们唯一的大地终归就是我们"自己"。这点必须连贯一致,使我们能够以任何方式行事,但不是作为陌生现实的镜像,或者作为最无助、最低级的有机体,如蠕虫或海绵体动物。我对自己说过,我会把注意力集中于那些对我最有意义的事物。所有我觉得与那些事物冲突或威胁那些事物的东西,我会竭尽全力修改它们或战胜它们,无论我看到什么有利于那些事物或赞同那些事物的东西,我都会支持并竭尽全力加强它们。结果,我肯定是犯了不公正罪,那种伟大的"对立面的不公正"。但是,除了变成在现实中什么都不是的某种灰色的混合,我们怎么能回避变成"一个对立面"的命运呢?

——《时间和西方人》

在路易斯的形式发展里,这种"突破"以及伴随它的对主体的质疑,其第一个后果是文本在文字层面上的转换,或者换种方式说,是以人物(读者)投射其"现实"的方式的一种置换。正如我们看到的,在《塔尔》里,行动者忍受他们生活世界中不可预见的失误和矛盾,穿过奇怪的梦游幻境,他们对外部现实的感觉被弱化到最低限度。然而,尽管有表现主义的再现模式,这些情形基本上仍然被看作心理现象:在这种时刻,正是人物失去了与现实和世界的联系,但世界的稳定性本身从未受到怀疑。实际上,我们已经分析过的那种寓言阅读的运作,可能会决定读者对

第六章　"上帝的怪物之消融的躯体"　79

失去的文字层面的重构。但是，在第一次世界大战之后的叙事里，生活本身变得不真实，人类实际上被描写成木偶，喜欢一种容易激动的低级生存，他们的身体愚蠢地服从实证主义生理学的第一原则，而他们的思想像教科书插图似的发生作用，说明行为主义和巴甫洛夫法则的机制。自相矛盾的是，这种文本所要求的新的阅读运作，颠倒了先前的重构过程。现在，在人物的周遭世界或境遇的文字层面上再没有什么稳定性；但尽管如此，也不会要求我们进入主体自身内部某个新的文字层面，而对它的经验将变成纯粹的幻觉投射。毋宁说，虚假的一对被嵌进了这两种选择之间（这有些像是哲学的现实主义和理想主义分别在叙事层面上的情形），因此主体和客体两极处于开放的悬置状态。

于是，在《塔尔》或《野蛮的身体》里仍是次要主题的偏见，在战后的力比多机制中变成了核心主题。通过《悼婴节》，我们记录了从旧的主题内容和严肃哲学问题（艺术对性）到一种明显的"哲学"形式的变化，明确地提出了关于人的本性或个体本性的问题。《悼婴节》（以及整个《人类时代》——《悼婴节》是它的一部分）在某种程度上表现了对自我的追求，对某种自治的核心主体的统一原则的追求，同时也探索各种历史力量所造成的心理一致性的系统传播的影响，但此时我们只注意到路易斯风格的转喻分裂的影响。

然而在早期的作品里，甚至在机器与个人主体的关系被理解为一种去中心的地方，这种个体性的分裂并不总是被否定地呈现出来，作为损失、梦魇，或者即将形成的邪恶的魅力。事实上，有一个短暂的时刻，机械作为代表集体的形象，在路易斯的最初叙事里，一种未实现的选择或倾向带着同情萦绕于"嘎嘎作响的机器人那种迷人的愚笨，一些小餐馆或渔船使用它们"（*SH*，67）。因此，由《野蛮的身体》的故事和素描构成的实验性的

"以新的人类逻辑写的文章",开始从集体工作和群体实践的后个人主义现实中抽象出一种新的叙事体系,至少在那种程度上通过主要的运作机制或机器本身可以把那种现实连接起来并加以描绘:

> 一个男人陶醉于他的小船或餐馆,好像他在玩旋转木马似的:只是它是那种稳定的、通常真实的日常的陶醉,总是不容易找到。我们都会看见"旋转木马"对男人的影响,驱使他们进入一连串近似陶醉的状态。在卡里斯布鲁克,轮子强迫它里面的驴子进行一系列的活动,比如从井里汲水,这很容易理解。但是,举例说,就旅馆或渔船而言,其活动节奏非常复杂,像开放的、自由自在的生活那样运转。对观察者来说,这种微妙而广泛的机制融入了整个自然的多样性。然而在大部分生命里,我们都有一种封闭完整的模式景观,就像欧几里得的定理一样。……这些复杂地运动着的线团全都服从于一系列的客体或一种特定的客体。
>
> (SH,67—68)

那种讽刺的语调——工人是"齿牙"或"线团",是"木偶",纯粹是"能量的影子,而不是活生生的人",他们的"机制是一种符合逻辑的构成"(SH,69)——不应该分散我们对这些素描充满期待的巨大兴趣,即把它们作为探讨群体实践力量的方法,也就是萨特在其《辩证理性批判》(1960)[1]里突出研究的那种方法;把它们作为对集体或后个人主义内容再现的实验——直到现在只有某些电影语言使我们瞥见这种内容(吉加·维尔托夫的《持摄影机的人》是最著名的例子)。

对这种叙事选择的探讨,因自身的内在逻辑和巨大力量,最

第六章 "上帝的怪物之消融的躯体" 81

终比较适当地把路易斯置于左翼一方。因此，他对这种实验的放弃可以根据更基本的意识形态选择来理解，特别是他一生抵制马克思主义。然而，对于"集体机器"再现的可能性的这种探讨，第一次世界大战的经历肯定会产生某些决定性的影响。实际上，对于这种个人与庞大的、非个人的技术机制的关系，那次大战标志着一个可怕的高潮，而那种技术机制再也不可能被轻松地赞美。同时，战壕里的罪恶杀戮，以及各种统治阶级麻木不仁地把他们的人民投入死亡的战火，最后把"大众"从集体机制发生作用的组成部分变成了完全被动的受害者和殉难者。

关于这种转变的残暴性，也许可以通过《悼婴节》里匿名工人群体的重新出现来进行衡量。在那部作品里，他们变成了无实体的"日工"，变成了但丁笔下"两面讨好的人"，变成了"个人大众，上帝创造了他们却无法毁灭他们，而他们又不够独特，只能像你们看到的那个样子。模糊的观念，难道你不知道"（CM，28）：

> 在肮脏的充满雾气的镜子里，萨特尔看见上百个形象聚集在一起，有时少到 20 个，这取决于他的凝视是否坚定不移。这里或那里，随着他的眼睛落到他们上面，他们的外表全都坍塌，整个面貌消失，人也不见了。但是，随着盯着看的压力撤销，影子又汇集在一起，和以前一样，以同样的姿态出现在同样的地方——他能够斜着看见它摇摇晃晃回归原位。有个人比其他任何人都虚弱，他面黄肌瘦，颜色就像平淡的达盖尔银版照相或战前影片的人员之一，把晦暗和透明与旅行和交易分开。他来来去去；有时他在那里，然后一闪就消失了。他个头很高，没有职业，处于前景。他倒下去，像黄色的纸片压在身后一个远比他强健的人身上，或者像生

锈的烂铁对他攻击，但从未遮住那个更强健的人。

(CM，22)

这些断断续续的形象与同样抽象的画家的凝视（这种凝视可能通过分解形象衡量他们的不真实性）的关系，显然是一种构成的辩证，对这种辩证我们会进一步探讨，因为它暴露并戏剧化了讽刺家和他的受害者之间那种侵略性的和可疑的联系。

此刻，必须强调的是，新的观念以什么方式取代了自我危机，并通过怀疑塔尔称之为"二流"的这些大众，产生出一种肯定的、反方面的、尚未在早期机制中出现的幻景，也就是"坚强人格"自身的轨迹和意识形态的维持。现在，人物和读者的注意力都被引向对这种理想的追求，而死者最终根据个体真实性的程度或者他们努力在生活中达成的"个性"来判断。

贝利夫对弱势个体的建议肯定不完全诚实：

那些能联合的人应该这么做——那是惯例：它节省时间。而且，这种联合确保现实产生最大影响——我知道一些实例，一个男人与一个老朋友相遇之后，完全恢复了他真实的本质身份，这是非常有价值的，它是我们经常给新来者的小费，发现老家伙没有类似的东西。但在任何情况下，这种群体不能太大。这些条件得到遵守，我们就会认真地注意你们的不同点，注意你们对个人生存的要求。

(CM，137)

110 否定的限定条件是这种策略的关键：公开超越界限的是那些"太大"的群体，换句话说，是对社会阶级本身现实的表达，因为它们体现于大众政党和意识形态的运动，即贝利夫的敌人希佩里德

第六章 "上帝的怪物之消融的躯体"

斯所创造的那种类型的运动（革命的法西斯主义的代表）之中。事实上，贝利夫在这里提出的——以一种适当的"恶魔的"诱惑的形式——是构成我们已经说过的虚假的一对，两个受伤的主体暂时相互依赖并相互加强。

在"更强的"个性折磨下的失误，并不会破坏现在居支配地位的个体身份的意识形态价值；如果有什么影响，它们可能只是再次确认并保持人物的中心地位：

> 普尔曼抬起头。萨特尔凝视着一个灰黄的、没有表情的面具，上面几缕敌对的怨恨正在消失，直到它变成原初的样子，事实上那就是一个泥娃娃的脸。
> "为什么，你是个日工！"萨特尔尖声叫道，拍拍他的双手。
> 普尔曼听到他的叫声恢复了过来，他的脸因肌肉开始活动而收紧，仿佛打了个大大的喷嚏。拧紧的表皮是个收缩了的水疱，像一件头饰：它放松了，正常的普尔曼—面具出现了，但仍然是灰黄色的，好像连续遭受打击依然坚定。
> (CM，37)

"坚强个性"的理想——太复杂，无法以流行的"精英主义"概括——事实上是路易斯的成熟的意识形态的主要组织范畴，也是首要的"价值"所在，从中产生出所有那些更具挑战性的然而又是通过结构衍生的意识形态主题，产生出种族主义和性别主义的偏见，对青年崇拜的攻击，对代议制民主的反感，对他者性的讽刺美学，对说教作品的激烈争论和道德立场，对纳粹主义的短暂迷恋，以及对马克思主义的无情否定。

不过，正如我们在序言中表明的，意识形态不是一种世界观，不是一种连贯的观念系统，而是对某种矛盾境遇的强烈的反应。因此，在路易斯的作品里，"坚强个性"的概念不应该理解为一种"信念"，一种观念的价值或确信，而应该理解为一种自行成立的象征行为，并呈现为某种"思想"或"看法"的物化现象。因此，我们只能公正地对待意识形态现象奇特的结构——有些像是"神经过敏地否定"理论和实践的统一，从而可以表明虚假的思想具有那种被掩饰但是具体的功能，即它能够表明群体的凝聚，指明恰当的群体实践的所在[2]——通过重构社会和历史境遇，它作为一种行为的象征价值便可以理解。

这种境遇已经非常抽象地说成是主体的危机；然而，甚至这个术语现在也需要进一步具体阐述，以免产生我们在这里与某种纯心理范畴相关的印象。事实上，个人主体的决定是一个客观的历史过程，必须在三个不同的层面上进行探讨：（1）语言层面，其中个人主体由语言结构决定，作为阐发的主体或者转换者，并在叙事层面上作为范畴的效果，类似文学人物，或者观点，或者作为精神分裂"文本"读者的更纯粹的运作程序；（2）心理分析层面，其中意识的"存在的经验"被解构和去中心化，作为一种结构的构成的"效果"，其能量只能根据无意识的假设才能理解；（3）法律或司法层面，其中资产阶级主体的"自治性"通过市场体制中的"平等"——或毋宁说纯粹的等值——而产生，通过出卖你自己的劳动力的"自由"而产生。

于是，我们在路易斯作品里假定的那种"危机"，必须在所有这三个层面上确定，作为对再现范畴的一种干扰，通过干扰释放自由流动的精神冲动，同时表达确定的、历史地受到威胁的一个阶级的小部分的社会和职业焦虑。探讨这种历史危机的第一个主题方式，可以通过对主题和偏见的整体综合进行，它们是写传记的路易斯（或他的各种新闻工作的身份）与战后西欧一代知识分子共有的东西。

第六章 "上帝的怪物之消融的躯体"

　　这里，许多相关的当代讨论和反应，使我们可以根据工业社会的某些情况来确定路易斯对这种主体危机的个人阐述，这些情况包括：关于工业社会平面化效果的广泛流行而相对平庸的观点，我们所说的"大众"的出现，通过媒体的鼓吹而出现的可怕的标准化，技术的不断发展，以及对机械运输和流通线路的设定。这种经验导致了明显的政治和社会"理论"在整个20世纪20年代和30年代的兴盛，下一章将考察这些理论；这里我们关注的是这些令人惊讶的理论观点以叙事阐发的情形，而叙事可以看作是运用它们和消解它们的方式。

　　在这个有时被委婉地称作"现代化"的过程中，有一个早期阶段的形式实例，在我们考察路易斯的作品之前就可以澄清这一特殊的问题。自然主义作为一种形式创新和确定的叙事机制的出现，实际上极具启发性，它表明了美学方法的修改如何产生出一种社会和意识形态的象征价值。自然主义以及它衰落时的产品，例如畅销书，已经变成制度化和"自然化"的东西，在我们看来是对日常现实的"现实主义的"模仿。然而它的再现结构非常复杂，也多有矛盾，投射出两种不同叙事模式的共存和叠加：以意识流或内在的观点描写人物，而人们一般从外部构想人物，作为物化的命运，作为外在的无产阶级或边缘的他者性，或传统的受害者。这种双重聚焦使叙事可以表达但同时也减轻它的资产阶级读者的主要社会焦虑，即害怕降低阶级地位和无产阶级化，担心滑下社会的阶梯，失去他们费力赢得存款、生意和职业地位，唯恐陷入一种你只能从外部知道的痛苦，如无产阶级邻居的那种贫困，醉酒工人的愚钝，或郁闷农民的粗野的沉默。自然主义机制提供这种奇幻想象的内容，使它的读者把自身投射到那种陌生的经验之中，例如工人或妓女的经验，乞丐或罪犯的经验；然而，这种经验的克分子的物化——不是像"我们自己的"一种自由和一种开放的现在，而是一种宿命论和一种事先就完全规划好的命运——确保了读者之间的基本差别，并再次确认了阅读自然主义小说的中产阶级环境的安全。

但是，到了路易斯的时代，在通货膨胀、战争债务和经济危机的影响下，这种仍然相对安全的有利地位也消失了，新的城市技术似乎消除了大众生活与小资产阶级生活之间安全的疆界。实际上，与消除这种对阶级差别的物质阐发相对应，资产阶级主体自身的体验是日益孤立，面对着一种匿名的、表情一致的民众：

114
　　　　虚构的城市，
　　　　在冬日黎明褐色的晨雾之下，
　　　　川流的人群走过伦敦桥，如此多，
　　　　我从未想到死亡还留下这么多的人。

充斥着自然主义的那种阶级焦虑持续存在，但不再以阶级条件之类的东西进行阐发：20世纪20年代的小资产阶级主体并没有经历那种焦虑，也不害怕陷入一个完全是他者的社会空间，但他们经历了一种模糊的感觉，觉得他们周围的社会空间正在缩小，很快他们将失去自己在结构或构成方面的地位，无法对超越这种关键发展的不可知的未来进行具体的表达。这里，就在这里，我们可以找出路易斯反马克思主义的根源，更普遍的说法是，找出他否认社会主义的根源，因为否认社会主义决定了在初期法西斯主义中再次遏制社会主义的冲动：社会主义或共产主义被幻想为那种取消差别过程的完成，甚至这种防御的、不安全的、历史地受到威胁的、小资产阶级拼命坚持的地位也肯定消失。[3]

在路易斯的作品里，这种经验是一个常项，通过那些现已过时的、传统的20年代和30年代对"大众人"谴责的二战后的版

第六章 "上帝的怪物之消融的躯体"

本,这种情况可以得到证明,并且可以在他的作品里找到许多例子。不过,普尔曼对魅力之城初次感到震撼的印象概括了一种新的指涉,即阿特里先生的福利国家,这在《罗廷山》(1952)的故事里以更明确的或现实主义的形式得到了验证:

> "这是天堂吗?"普尔曼终于神情茫然地对天空发问。它使他想到巴塞罗那。这条街像兰姆布拉,是一条林荫大道,人行道很宽,人行道上咖啡馆排放着数以百计的桌子和椅子,一直摆到水槽边上。……就在他们走过最靠近大路的一排桌子时,他们看见了一些面孔。它们是一些无实质的面孔;这种人令人吃惊地不正常,全都长着猪眼,或者像猫头鹰的眼。这是一群白痴吗——穿着惊人地讲究;像当代英国人衣着破旧或"实用"一样惹人注意?然而,这种精选的庸才反常地大笑,声音很高……这些人给人的印象是,他们都有青年人的面孔。他们像那种长期都年轻的青年,直到皮肤变得像羊皮纸才显老。
>
> (MG,14—15,17)

第二次世界大战对英国社会造成的同样重大的变化,并没有对路易斯的叙事体系产生第一次世界大战那样的"突破"影响,因为他据以构想成熟的文化批判的条件发生了变化。他的批判不是对科学、理性和技术的常规谴责,而是被阐发为一种内在的社会诊断,其主题(或困扰)——具体说,青年和年轻人日益增加的压力,女权主义的兴起,以及同性恋的蔓延——可以毫不费力地以想象的方式适应迥然不同的英国社会民主的氛围。

同时,单个主体的观点,无确定地位的、孤立的观察目光,把这些发展作为普遍的社会现象和大量无差别的"劳工"或低能的消费者记录下来,现在却产生出一种通过新的叙事轴心形式的随意的解释：如果这种无心的退化降临到整个社会，那只能是某种邪恶力量的结果。因此，阴谋理论和敌人的地位使它们以贝利夫的身份出现，按照对普尔曼的解释，贝利夫"对充满这座城市的那些退化的侏儒完全负责"(MG, 121)。随着这种否定的、残酷的情形的出现，出现了阴谋和《人类时代》这种书名，以此通过时代精神揭开庞大的宇宙学情节，把坚强的人格（不论是天使的个性还是人类"天才"的个性）降低到平庸愚钝的标准化的水平。

通过这种焦虑，我们可以到达路易斯意识形态体系的真正核心。其公开的观点并不像它们论及的那些困境或矛盾那么重要，这可以通过它们在 T. S. 艾略特的意识形态中的对立又对称的变体加以判断（对艾略特而言，莫拉斯的"法国的行动"代替了庞德的墨索里尼或路易斯的希特勒）。艾略特的美学和政治新古典主义实际上预见了关于个性"问题"的解决，但与路易斯的解决方法非常不同："艺术家的进步是一种持续的自我牺牲，是个性的不断泯灭……诗不是放纵情感，而是逃避情感；它不是表达个性，而是回避个性。不过，当然只有那些具有个性和情感的人才知道想逃避那些东西意味着什么。"[4] 然而，正如两种立场之间密切的政治关系所表明的，维护个人主义和攻击大众的强烈的个性，以及放弃个性以确保精神和世俗权威，这些仍然封闭在个人主体的范畴之内，而由于只是同一潜在体系的意识形态变化，这些仍然是对社会反常状态同样的基本经验的补充反应。

现在仍然要说明这种潜在的体系，通过与《塔尔》中的心理模式的对比，我们已经把这种体系说成是一种"能量"模式，其中力量而非所处的地位和心理"功能"变成了基本的条件。能量模式的逻辑在于它对旧的定性成分的量化；在它试图把种种旧模式不同的本体和冲动归纳为单独一种力量的统一的加/减体系当中，增加决定着世界表面现象的多样性和冲突。因此，在这种模式里，我们期望看到那些相当神秘的二元论的分解，它们在《塔尔》里分解为"性"和"艺术"之间的对立形式，或"男性"和"女性"之间的对立形式。但是，这种转变的可能性已经存在于《塔尔》自身之内，只是处于一种次生或从属而不是支配的地位。实际上，重新审视我们为《塔尔》勾勒的符号矩阵表明，虽然主要的二律背反或二元对立——自我和本我之间，或塔尔和克莱斯勒之间——本身不可能解决或化解，但对于次生的对立，如贝尔塔和阿纳斯塔西亚的地位，情况并不相同，它们根据强和弱的关系进行阐发。换种方式说，塔尔和克莱斯勒之间的对立，决不可能重写为"强个性"和弱个性之间的对立——在这种意义上，克莱斯勒是后来那个修剪工或日工的真正的对立面——但阿纳斯塔西亚和贝尔塔之间的对立，非常明显地是强和弱或依赖性妇女之间的一种并置。

在这种新的"力量"规则里，"弱"不是一个对立项而是一种缺失，因此在后来作品新的能量模式里，这种力量规则变成了支配性的，不相信以前所有的对立，如"男性"和"女性"与"性"和"艺术"完全一样。但是，即使在这种意义上它是一种"解决方法"——旧的二元对立项现在被一种单独的类似可衡量的力量概念所取代——它作为一种意识形态仍然是矛盾的，对于观念以及叙事思想仍然是一种二律背反。因为，新的意识形态明显维护的那种功能的最高价值的地位——智慧——极不清楚：如果智力与力量相同，那么首先就无需维护它。（尼采哲学对力量的辩护，由于受到弱者计谋的破坏，受到它们的博爱和自我牺牲的意识形态的破坏，也包含着类似的悖论。）

确实，在《人类时代》里，预想不到的智力被等同于"对我们软弱的补偿。……我们是无助的、无力的、可怜的智力"（*MG*，140）。由于等同于人类生命本身的脆弱性，智力产生出一种自身丰富的对立面，非常不同于无头脑的、精神茫然的日工或贝利夫的被阉割的主体：这种奇怪的新的对立面是那种超人的对立面，或者天使性质的对立面，它是一种充满生机的"自然的"力量，而从软弱的人类的观点看，这种力量必然被当作无头脑的东西：

> 我觉得你和你的朋友给天使起的绰号"国王"［魅力之城的天使总督］，我觉得他是一个身体健壮、十分天真、完全没有哲学思想的年轻人。他是个大男孩，没有基本的生活知识。……我们的日常生活充满了天使那样的实例。牛仔，贵族，伟大的运动员，一流的飞行员；每个人都以自己的方式完美存在，但非常愚蠢。例如，贵族意味着平均水平的因而不真实的绅士，这种绅士举止优雅得体，被培养得高贵漂亮如天鹅一般。博林布鲁克或切斯特菲尔德那样的人非常聪明：他们能够洞察自己，因此便不再完美……任何一个你在他身上找到自我意识的人——能够客观地认识自己的人——在你的评估中都会缩小……现在，要成为天使，并根据同样的原则成为上帝，你必须极端愚笨。我们被强迫赞扬这种完美。如果人们说他们不想成为上帝，或不想成为天使，这决不是要抹去卓越上帝的辉煌——决不是要减少人们对他的力量的敬畏。
>
> (*MG*，139)

如果我们认识到路易斯的后半生不是一种精神生活而是一种物质生活，认识到"上帝"的首要性与通常的完美和圆满实现毫无关系而是一个纯粹的压倒性力量的问题，那么这种贬低的神学就不再那么自相矛盾。

当下，我们必须理解这种新的表意轴心——软弱/智力对充满活力的、无头脑的力量——如何颠倒并重构旧的模式的两极。塔尔这个人物——潜在的萧伯纳式的超人和纯粹的眼睛——现在

第六章 "上帝的怪物之消融的躯体" 91

占据了普尔曼的位置，成为空洞或抽象的主体，或没有任何形式的有效力量的知识分子。同时，克莱斯勒这个人物完全溃散了：作为纯粹本能的所在，它不可能与天使力量的新条件一致，我们将会看到，这种新的条件以本能的缺失为基础，而最具体的是缺少性的本能，这反而构成对奇怪的、非人的冷漠的体现。事实上，克莱斯勒孪生的两种作用在这种新的体系里完全被区分开了：本能的成分——现在假定是否定天使的冷漠——与他作为贱民或受害者的作用在结构上明显地分离。

对于在这种讨论里出现的另外两个条件，仍然要确定它们的地位：无头脑的日工和贝利夫的邪恶潜力及阴谋意图，它们现在可以分别被看作人类智慧和天使冷漠的亚对立面。于是，形成了一个可以用下面方式展现的体系：

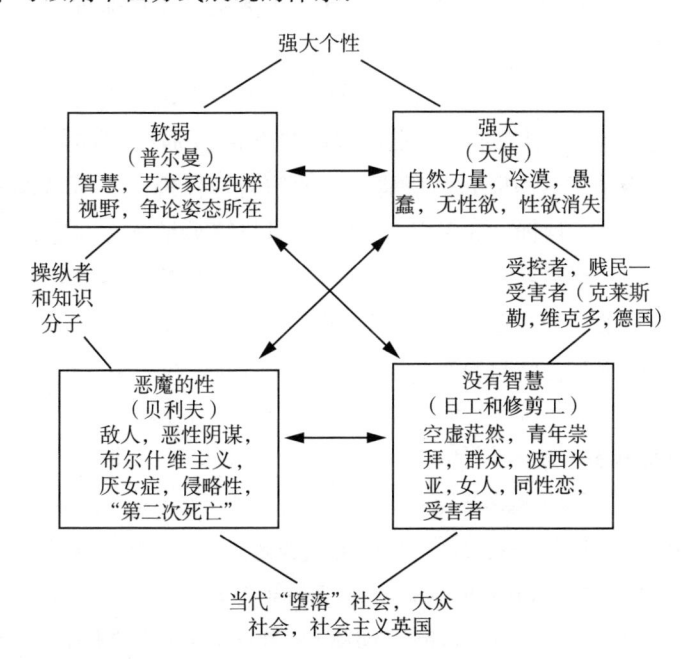

120

```
                    强大个性
                       ↓
    ┌─────────────┐       ┌─────────────┐
    │   软弱       │       │   强大       │
    │  （普尔曼）   │ ←───→ │  （天使）    │
    │ 智慧，艺术家的纯粹│       │ 自然力量，冷漠，愚│
    │ 视野，争论姿态所在│       │ 蠢，无性欲，性欲消失│
    └─────────────┘       └─────────────┘
  操纵者                          受控者，贱民—
  和知识                          受害者（克莱斯
  分子                            勒，维克多，德国）
    ┌─────────────┐       ┌─────────────┐
    │  恶魔的性     │       │  没有智慧    │
    │ （贝利夫）    │ ←───→ │ （日工和修剪工）│
    │ 敌人，恶性阴谋，│       │ 空虚茫然，青年崇│
    │ 布尔什维主义， │       │ 拜，群众，波西米│
    │ 厌女症，侵略性，│       │ 亚，女人，同性恋，│
    │ "第二次死亡"  │       │ 受害者         │
    └─────────────┘       └─────────────┘
                       ↑
              当代"堕落"社会，大众
              社会，社会主义英国
```

按照这种阅读，路易斯作品里的坚强的领导者或"坚强"的个性，确切地说，其理想仍然是———一种死的文字，一种有条件的对立，一种唯心的、不可能实现的对不可兼容的特点的综合，一种纯逻辑的可能性，没有任何叙事——更不用说真实的历史本身——能够具体地产生这种可能性。路易斯的叙事知道这点，不论他自己是否知道：例如，在以希特勒为名的著作里[5]，希特勒决不会被当作纳粹经常宣传的那种超人，而只是一个普通的德国类型的典型代表；毫无疑问，这本身就是希特勒自己修辞筹划的组成部分，然而其态度很容易与庞德对墨索里尼明显的英雄崇拜的赞扬相比。实际上，德国"立场"（回顾中的克莱斯勒，在某种隐喻意义上《爱的复仇》里的维克多）在这里是残废了的受害者或贱民的立场：把自然的力量与智力的基本缺失结合在一起的人，这使他可以接受贝利夫（或布尔什维克主义）那种魔鬼般的力量的剥削和操控。

艺术天才也不再是一个充分的或肯定的术语，而是一种否定的立场，其中纯粹的目光或观察的自我的虚弱性，如像在《塔尔》里那样，不是根据自身被理性地作为一种价值，而是被公开地加以承认。然而，正是从这种把软弱与智力结合在一起的立场观点出发，路易斯发起了反对现代时期的大争论。因此，现在值得对它们做一个简单的回顾，以便观察这种叙事体系的意识形态矛盾如何刻写在将自身呈现为纯概念话语的东西之中。

【注释】

[1] Jean-Paul Sartre, *Critique of Dialectical Reason* (London: New Left Books, 1976), pp. 345－404；相关的概括可参阅我的 *Marxism and Form* (Princeton: Princeton University Press, 1971), pp. 247－257。

[2] Ibid., p. 300, n. 88："实际上，种族主义的本质并不是一种错误或有害的思想体系……它根本就不是一种思想……种族主义是一种殖民

利益，它通过一系列的选择，把殖民地的所有殖民者联系起来……作为语言的物质要求……它把殖民者作为一系列的成员，表明他们在自己和他人眼里是殖民主义者，是聚集在一起的整体。"

［3］按照斯特恩颇有意思的著作《希特勒：元首与人民》（J. P. Stern, *Hitler: The Führer and the People*, Berkeley and Los Angeles: University of California Press, 1975）的看法，这种境遇也决定了希特勒自己的政治转变："使他与社会主义分裂的是那种最顽固地拼命坚持的社会态度，即小资产阶级对阶级地位降低的恐惧"（58页）。

［4］T. S. Eliot, *Selected Essays*（New York: Harcourt, Brace, 1950), pp. 7, 10—11。关于路易斯与当代"新古典主义"政治思想之间的关系，还可参阅 Geoffrey Wagner, *Wyndham Lewis: A Portrait of the Artist as the Enemy*（New Haven: Yale University Press, 1957), pp. 90—101。

［5］参阅本书第十章。

第七章　带有偏见的眼光

> 至于这种形式上固定的"自我"是什么，以及如何对它描述，我已经清楚地表明了我会怎样做。从一开始，我就放弃了我的行动原则，对它的党派甚至专有特点毫不掩饰。所以，我的哲学立场几乎可以称作一种职业立场，只是我的职业不是我偶然接受或机械地继承的，而是我自己的选择，作为对一种特殊的本能或偏见的回应……鉴于那种确定性，在我这方面不论我说什么，都可以追溯到一种器官；但就我而言，那器官就是眼睛。正是在用眼睛观察事物时，我的理念才开始活动。
>
> ——《时间和西方人》

鉴于《塔尔》对民族类型的集合缺少形式基础，因此它的话语是前社会的或前政治的：巴黎，"真实的"巴黎，一个"牺牲"的地方（即战争期间法国异常的英雄主义和极端的痛苦），实际上一开始就被小说的头两个句子括出了。这种社会基础的悬置无疑是可以使《塔尔》自由流动的人物体系被设计成一种寓言的世界；然而它的缺失隐含在体系本身之内，并没有对社会特征进行表述或概括。

正如我们已经看到的，由于新的力比多机制，这种情况同样发生变化；随后出现的"突破"不仅因为全新的叙事秩序，而且因为突然释放出大量应该称之为文化批评的东西。于是，20年代和30年代的路易斯不知疲倦地投入论战的创作，其中有重大价值的主要作品包括《被统治的艺术》（1925）、《狮子和狐狸》（1926）、《时间和西方人》（1927），以及《没有艺术的人》（1934）（更不用说新闻写作了，例如《希特勒》）：政治学，政治理论，形而上学，美学——这些是记录的多样性，以此为基础持续不变地探索单一的主题——现代生活中真实性的丧失，或者，如果你愿意说得更直率一些，那就是对欧洲白人男性意志的系统破坏。[1] 路易斯把政治看作"权力斗争"[2]的观点——非常根深蒂固，正如我们已经看到的，它甚至延伸到来世和天堂的权力——决定了一种尼采式的哲学分析，在这种分析中，对"力量"的腐蚀和破坏被含蓄地归因于邪恶的代理（在这种意义上，路易斯的所有反面人物都是尼采式的牧师，或者被怨恨驱使的知识分子），但被公开地等同于不同形式的阶级斗争（马克思主义）、性斗争（女权主义）、对不成熟的战略支持（青年崇拜），以及对第三性的支持。

但是，在这种广泛的文化分析里，核心的哲学展现是在一本重要的预言性著作（《时间和西方人》）里对时间崇拜的攻击，该书与海德格尔的《存在与时间》同年出版，事实上后者可能提供了它的主要依据。其主要论点，即从柏格森到怀特海及后来的当代意识，也包括现代艺术，以及它的所有现象中的现代敏感性，虽然渗透着某种原创的、新的对时间性的历史感，但现在已经变成现代主义批评中常见东西。今天，如果现象学对时间性的赞扬似乎是过去的事情——现已成为经典的现代主义的构成特征，而不是以语言为中心的后现代主义的特征——那么路易斯对时间—冲动的充满敌意的剖析也许是一种有益的纠正，因为它大规模地汲取了几乎当时文化中的一切——从乔伊斯和庞德到斯宾格勒、威廉·詹姆斯和华生的行为主义。

这里，在一种不同的文化语境中，路易斯的文本也可以解读为尼采的"历史的运用与滥用"的某种预想不到的分析和文献。根据他的分析,赞同时间性作为一种经验,即支持关于实际经历现时的永恒客观的历史性和时间性,处于20世纪人类最不真实的中心(原文如此),它消解人的经验,把人的自我或精神统一体归纳为许多不同的时刻,以纯粹心理学和现象学的感觉为名怀疑抽象,在这个过程中促进关于各种虚假神仙、民族主义以及集体的歇斯底里的补偿机制,通过这种机制个体的人徒劳地试图重新获得某种程度的实在性。

并非这种精心设想的攻击的内容——作为对现代意识原创性的中性描写,它显然无可指摘——而是它的形式基本上令人质疑。时间主题在这里是一种分析和描述性解释的工具,因此它被召唤以一种偶然的前提发生作用。它非常适合采用一种主题的透镜,通过这种透镜记录(否则不可能看到)一种新的世界观的出现:奥特加对"大众人"的指责,阿多诺和霍克海默对"工具理性思维"的分析,麦克卢汉对印刷文化和电子文化的解释,德勒兹和瓜塔里对家庭主义和心理学归纳的揭露,阿尔都塞对"人文主义"(个人主义)的否定,这些提供了范围广阔的透镜主题,并且它们都以这种或那种方式力图与现时"疏离",从而我们可以把握被其意识形态倾向和认识范畴设定的情形。

但是,这种分析判断注定倾向于把自身重新组织成"历史理论"[3]:就是说,它们迷恋于自己的再现框架,因而误读组织的方法,以为通过组织方法它们能够叙述客观力量的历史变化,或者引发对这种变化的责任感。文化征象现在被指责是为了自己的自我实现和自我永存:对时间的"信念"实际上改变了我们对时间和空间本身的经验,影响到潜在的、被假定是一种错误再现的现实。不过,此处意识形态可能是真实的:于是,对于被时间崇拜腐蚀和重构的经验,时间的现象学提供一种正确的、充分的分析。在这种情况下,恰恰是分析判断者被置于防守地位,并且必定对他提出质问,他以什么名义和从什么样的阿基米德支点能够"否定"他的批判对象,既然现在这对象不再仅仅是一种意识形态时尚,而是一种社会存在的现实?这种新的困境可能产生一种第二层次的、补偿性的历史观,其中堕落的现在根据这种或那种过去维持的形象进行判断和否定。

我们已经知道路易斯对这一问题独特的、消除敌意的"解决办法",它标志着对怀旧的编史工作具有一定的促进。他主动承认自己批判中的意识形态攻击:不存在没有任何定位的历史主义,它公开认同对某种实践的辩护,以及对某种具体斗争境遇的争论规划。然而,那种实践和境遇本身是根据纯个体的和几乎是唯名论的条件限定的:"就我而言,不论我说什么,都可以追溯到……眼睛";"我的哲学立场可以……称之为一种职业立场"(*TWM*,138,137)。绝对的文化批判自身是以画家那种完全相对的立场为基础的,他自己的既定兴趣在于拼命确立一种更有利的意识形态和文化空间,在这种空间里他可以做自己的工作。然而,并不能说他极力坚持相信这种令人不快地诚实的且不确定的立场。画家异常的境遇发现自身违背自己的意志逐渐被绝对化,并不知不觉地转而肯定一般的知识分子生活("智性"),特别是艺术创造。于是,针对新出现的野蛮主义,一种独特风格和个体主义的姿态最终变得无法区别于那种对(西方)文化——更具体地说,西方知识分子特权——的最平庸的辩护。我们很快将会看到,这种颠倒是一种不充分反思的立场的后果,是路易斯对境遇的自我意识未能变成真正的辩证的后果。

此刻,更有意思的是观察现实主义框架造成的概念悖论[4],文化批判本身就是在这种框架里构想的:

在《时间和西方人》里，路易斯反对行为主义者，他说，他们侮辱人类种族，因为他们把人们归纳为一套机械的行为举止。在他这一时期的小说里，路易斯运用了同样的归纳，最初为了讽刺的目的。但是，随着路易斯开始逐渐相信人类实际上就是行为主义者所说的那样，讽刺转而针对它自己：一种复杂的可以预言的扭曲的体系。以讽刺战略开始，最后却说服了战略家，就像斯威夫特变成了食人者似的。[5]

于是，现象学家因自己的理念被转变成时间公寓中无实质的、空虚的人；在《作家和绝对主义者》（1952）里，路易斯写了一篇反对政治介入的文章，它本身就是一本政治小册子；而在《人类时代》里，贝利夫和魔鬼的人文主义受到谴责，被指责最终贬低了人类生活，使人类失去了尊严，即使上帝——可能是一个反人文主义者和专制的支持者——后来"尊重人的价值"。

然而，这种二律背反最明显的版本仍然是《时间和西方人》的理论与实践的脱节。这部作品断然否认历史理论本身，把它们明确视为对时代精神的崇拜，认为它们是流行的对现时本身的文饰，是对迷恋和崇拜时间敏感性的虚伪的赞扬。他告诉我们，所有这种理论

都受到某种计时的支配，真实的年月顺序，超级的历史性，精神，类似某个高大的戏剧人物象征时尚，欣悦地向它的顾客保证，虽然时尚是周期性的，因为它们必须是并应该是周期性的，然而，通过某种神秘的规则，每一次都比上一次更好，并且应该（像广告常说的那样）比上一次支付的更多，不论金钱还是血汗。

(*TWM*，218)

第七章 带有偏见的眼光

不过，路易斯的理论也是一种历史理论；如果根据它对时代精神的崇拜来说明现代精神的特点，那无疑等于通过观念范畴同时谴责这种特定的时代精神，因为观念范畴一开始就受到怀疑。

当然，这种二律背反并非路易斯的理论所特有，但它们最终可以归之于作为一种形式的文化批评本身。很明显，路易斯论战的小册子，必须被置于两次战争之间那个时期所写的这类作品的文集之内，文集包括名副其实的话语文类——我们将称之为"文化批判"——并列举了一些有影响的文本，例如奥特加的《大众的反叛》，邦达的《文人的背叛》，席勒对文化再生的召唤，海德格尔对现代工业城市中那种匿名的、失去个性的主体的非实在性的嘲弄，但并不排除更"正面的"对权威的呼唤，如巴比特或查尔斯·莫拉斯之类的呼唤，他们的理念以及前面提到的许多理念，在 T. S. 艾略特整个这一时期的时事讽刺剧《标准》里找到了一个相宜的论坛。并非这些主张任何一个都可以声称具有知识分子的独创性：大体上说，他们都倾向于以不同程度的独创性运用几代以前由泰纳和尼采发展的（当时埃德蒙·伯克自己尚未提出）反对革命的理论和论点。然而，在两次战争之间的机械化的城市里，这些理念找到了一个丰富的、新的活动领域，一种更广泛的社会和意识形态的回响。

他们现在可以表达的是那种关于西方文明终结的启示性的想象，斯宾格勒描述过西方文明的终结，而瓦莱里的呐喊则把它意味深长地戏剧化了："我们这些文明，我们现在知道，我们终将灭亡！"然而，正如我们已经看到的，对这种文明衰落的令人兴奋的哀婉，掩盖了缺乏诗意的阶级危机的现实，也掩盖了灾难性的通货膨胀的现实，通货膨胀不仅使整个工薪阶层边缘化，而且使中产阶级和下中产阶级的储蓄大大减少。这样一种令人郁闷的、无情的经济扼杀的经历，斯宾格勒对它很难有瓦格纳的那种

129 陶醉。不过，通货膨胀明显是一个艰苦学校，在这个学校里，中产阶级，从巴尔扎克到路易斯本人，再到他们之外的20世纪70年代的美国人，都认识到历史的存在；第一次世界大战之后，它所打开的那种令人眩晕的无产阶级化的观点，促使两种欧洲小资产阶级进入机构法西斯主义的庇护之下。

知识分子文化批判的权威依靠对这种具体社会境遇的压制，依靠把它的焦虑投射到某种更无时间性的道德判断领域；对没有确定地位的感觉，对由此而产生的绝对价值的幻觉，揭开了这种文类构成性的唯心主义，它在形式上倾向于表达一种古典的保守主义，甚至在它的内容与形式相矛盾的地方亦是如此。在这种意义上，路易斯常常只是一个保守主义者。他的论战在形式和意识形态上变得具有启示意义的地方，也是文化批判的理想主义框架暂时地、颇为浮躁地被揭示的时刻。实际上，在这种时刻，保守思想的修辞不再相信它自己对文化的明显担心，因而让位于初期法西斯主义那种令人不快的、尴尬的犬儒主义，后者知道它的思想实践不同于不偏不倚地维护所谓的普世价值。在这些时刻，对主体自己受威胁的地位和个体既得利益所做的防御性的、达尔文主义的辩护，打破了哲学话语中普遍化的借口；针对关于人类社会某种真正普遍的看法对自我的威胁，种种特殊的权利公开地得到了肯定。在我看来，这是路易斯哲学的实质精神，否则他的"职业"哲学那种"以眼睛确证"在概念上是行不通的：具体的个体境遇的回归有效地消除了文化批判的神秘，把它作为一种与古典保守主义修辞相联系的形式。同时，初期法西斯主义的姿态
130 具有两极分化的效能，通过两极分化，即使非常短暂，它也不可避免地使我们面对最终的政治选择。

左翼/自由主义的文化批判的问题，不亚于这里讨论的保守主义的文化批判的问题；因为它们同样坚持这种框架中的理想主

义，提出文化变革和社会革新可以通过思想的变化实现，或者通过提升意识的水平实现。查尔斯·雷奇颇有代表性的著作《美国的绿化》(Greening of America)，提供了一个特别粗俗而又有启示意义的关于这种策略的实例，它断言反文化的精神力量改变美国的资本主义，因此不必进行政治活动。在类似这样的作品里，更普遍地反对政治的自由主义的改良主义的意识形态，被知识分子特有的更专业或"职业"的意识形态加以复制和强化，他们对观念和文化现象的自治性有一种客观的和体制上的既定兴趣：在迷恋于良知的审查里，在相信理论先于实践里，在相信只有这种纯理论调整和意识的"革命"产生直接的实际影响里，这种感觉既定兴趣找到了特权化的表达方式。

但是，我们必须注意，在这些自由主义或左翼的文化批判与前面提到的保守主义的文化批判（包括路易斯自己的文化批判）之间，存在着非常重要的差别。自由主义或左翼的理想主义，从葛德文和席勒到查尔斯·雷奇，其基本目的都是要改变自我，从根本上改变我们自己的意识（然后对不必要的制度进行一次外部的革命）；但是，右翼的文化批判则把他人的意识作为它分析的基本对象。因此，它的运作范畴必然是他者的那些范畴，并介入一种奇特的镜像的辩证，最终使进行判断的主体不可能不受影响。尼采的怨愤概念也许是这种辩证的原型体现：怨愤表明他者的反应，并把弱者对强者的报复归因于前者的嫉妒。于是这种分析判断被推延到社会革命本身（社会革命也许总是它暗中沉思的对象），并根据穷人对富人的怨愤来解释革命。然而，在一个由弱者以及他们的各种奴隶——伦理支配的世界上，尼采自己的立场必然是反应性的；实际上，不可避免地引发怨愤现象——在整个19世纪和20世纪初期反对革命的文学里，怨愤是基本的概念范畴[6]——的痛苦表明，作为一种解释范畴，怨愤本身经常是怨愤的产物。

同时，如果他者作为群体被认为是没有生气的、单纯反应的集体，自己迫使自己被动地发生作用，那么就必须对怨愤进行第二级的说明。困难也许是一种叙事的困难：一个完全根据他者构想的客体肯定不能靠自身变成一种力量，因为那时尼采的奴隶会发现自己被转换到强者的范畴之内，因而他们的反应变成了一种真正的行动和自治的自我生成能量的形式。于是，这种无名的集体他者的明显的行动，转而需要通过假设一种对它们负责的代理来完成，而在这种假设里，关于怨愤的辩证在一个更高层面上被扼要地加以重述。而且，既然文化批判被认为是对敌视态度和有害观念的分析判断，那么文化衰败的代理就提前得到了具体说明，他们只能是文化的真正卫士，即知识分子本身（他们肯定不满和痛苦）、失败的艺术家和不会成功的政治家——简言之，最纯粹的怨愤的真正原型。

因此，就所有的文化批判而言，真正成为替罪羊—敌人的是知识分子，不论他们的外貌是邦达的"牧师"，尼采的禁欲主义教士，路易斯的布鲁姆斯伯里系列和他的布尔什维克百万富翁，或者所有欧洲国家来自世界各地的知识分子，真正富于精神而非只是肉体的犹太人——关于犹太人，据说戈培尔曾说，只要他看见他就会掏出手枪。然而，这种认为知识分子是文化和社会腐败根源的极端判断，其本身就是一种由知识分子发明的"理论"。

正是根据这种精神，路易斯和他的历史学家—主人公（在《自责》里）把西方衰落的最终责任归之于马克思主义：

> 这种［勒内·哈丁的］观点是，19世纪自由主义的理想主义自行其是，结果在20世纪获得新生，得到突然出现的创新天才的巨大帮助，与这个世纪第二个十年的自由主义高

潮正好一致［指劳埃德·乔治的"健康保险法案"］——在这样的支持之下，如果不是马克思主义意识形态介入［它的］鼓动仇恨和内战以及［它的］必然发生灾难的学说，这种理想主义可能已经产生出一个新的社会公正的时代。

(SC，91)

这种观点可以有效地与历史唯物主义本身的观点并置，对于历史唯物主义，理论（包括马克思主义本身），意识形态，观点和态度，甚至路易斯在对后来的"反文化"的各种攻击中所谴责的那种类型的文化实践，这些单凭自身都不是历史的力量，也不完全是经济或基础发展的反映，而是必须被看作一个更复杂的、具体的社会进程的成分和不可分割的部分。

这个进程可以通过多种方式"定型"和阐发：显然这里核心的阐发是物化的概念，正如卢卡奇所精确阐述的，物化把马克思对商品拜物教的分析与韦伯的合理化概念联系了起来（两种概念以不同的方式汲取了对分裂的经典分析，以及对德国唯心主义至关重要的精神"劳动分工"的分析）。[7] 物化表示一种结构，这种结构同时是一个过程，因此它从一开始就坚持一种真正的历史观。

同时，物化是一个中介的概念，它表示一种基础的力量——由工厂生产形成的新的社会节奏，市场体系，普遍化的金融经济，劳动力的商品化，以及无处不在的商品形式本身——根据这些方面它可以被直接挪用于对文化和意识形态现象的形式分析。于是，这样一种"代码"或术语系统的调解能力，一方面使我们可以洞穿更机械的马克思主义的伪问题（特别是基础和上层建筑之间不平衡的关系问题），另一方面它又在它们自身封闭自治的领域排除了人为的文化和思想的分离，甚至在最好的观念历史或艺术形式历史里似乎也倾向于如此。

因此，从这种观点出发，当代的时间哲学，以及它们所表达的新的实际经历的时间性的经验，应该被理解为一种更普遍的分裂过程的特征。现在半自治的时间分离成两种不能比较的领域，一种是劳动世界里量化的、工具化的钟表时间[8]，另一种是现在已经变成个人或主体经验的那种边缘化的"实际经历"的时间。

但是，倘若如此，那么柏格森对这两种时间形式的描述就不能说是错误的；相反，它对生活在晚期资本主义的主体的生活经验构成一种现象学的描述，并为我们提供了有用的素材，使我们可以以历史境遇、生活困境或特定矛盾的形式重构这种经验。路易斯的无情批判表明柏格森主义也是一种意识形态：即，对于它非常有用地描述和主题化的那种困境，它也提出了一种私人化的反应，以一种真实的、个人时间的有效性和神秘性反对工厂空间里的不真实的时间。因此，单凭自身只能设想一种政治和革命解决的社会矛盾，被转变和"简化"为一种个人的——道德的、心理的或美学的——选择问题：如此设想，"问题"就变成了它自己的解决方式。柏格森的思想实质上仍然封闭在一种唯心主义的框架里，其中时间的分离只能从精神或"存在的"经验方面进行观察（和处理）。

对于一般的时间哲学特别是柏格森的时间哲学的意识形态作用，路易斯的敏锐的感觉现在可以得到解释：它们的概念困境是他自己的镜像，通过《时间和西方人》，以矛盾但具挑战性的对它们自己立场的颠倒进行了复制：于是，柏格森所坚持的——内心经历的存在的经验——路易斯则予以否定。然而，在他们二人看来一样，这种本质上是征象的经验，并不是社会生活中结构改变的结果，而是力求说明并限定它的概念的结果。柏格森对两种时间形式的哲学区分，很可能会使他的读者确定时间经验更真实的区域，以便围绕他们深化的观察重新组织他们的个体生活；然而对路易斯而言，尽管肯定更多社会性，但他所坚持的概念本身将使整个社会生活时间化。

确实，路易斯反复告诉我们，他只想停留在事物的表面：其结果是，他对意识形态生产的戏剧性描述，由于不能以意识形态也是其组成部分的整个社会进程的景象作为基础来完成，最后发现自身竟成为同谋理论。同时，由于"现实"被这些过程如此有效地括除并归纳为它自己的表面，"现实"便进行报复，除了变化的形态和讽刺作品素材的纯外表之外，它不再对文化批评家过度膨胀的自我提供任何东西，因此，文化批评家力求抓住这些表面时，他自己被无情地转变成讽刺家—敌人的那种纯粹的画家的眼睛。

【注释】

［1］See Wyndham Lewis，*Hitler* (London：Chatto & Windus，1931)，pp. 119—124.

［2］Wyndham Lewis，*Rude Assignment* (London：Hutchinson，1950)，p. 162.

［3］关于这种"历史理论"的进一步讨论，参阅我的 *Marxism and Form* (Princeton：Princeton University Press，1971)，pp. 319—326。

［4］严格说，唯心主义者假定理念是历史事件的最终原因：在这方面，路易斯在《时间和西方人》中对他的过程所做的说明颇有启示性："假如你提出如下这样一种陈述。'（1）在什么情况下，萨科和范泽蒂被处决了。(2) 那是由于黑格尔作品中过度情绪化的格调，使他的思想成为一个不完整的哲学工具。(3) 那种哲学工具产生影响的原因，是因为说明了法国大革命之后盛行的浪漫主义。(4) 因为它服务于这个和那个人的目的'，等等。"(p. ix)

［5］Robert C. Elliott，*The Power of Satire* (Princeton：Princeton University Press，1968)，pp. 236—237.

［6］参阅我的 The Political Unconscious（Ithaca，N. K.：Cornell University Press，1981）中关于吉辛和康拉德的章节。

［7］基本的文本当然是"Reification and the Consciousness of the Proletariat"，in Georg Lukacs，History and Class Consciousness，translated by Rodney Livingstone（Cambridge：MIT Press，1971），pp. 83－222。关于这种概念在文学解释中的作用的更充分的讨论，请参阅我的 Political Unconscious。

［8］E. P. Thompson，"Time，Work Discipline，and Industrial Capitalism"，Past and Present，No. 38，（December，1967），pp. 56－97。对现代意识"工具化"的分析是法兰克福学派的基本成就之一，例如：T. W. Adorno and Max Horkheimer，Dialectic of Enlightenment，translated by John Cumming（New York：Herder and Herder，1972），and Marx Horkheimer，Eclipse of Reason（New York：Seabury，1974）。

第八章　天使的性别

> 怎么会从来没有人在公共镜子里——在正式的小说里看过他自己？那是我与李辩论的基本要点。每个人都凝视着公共镜子。却没人会看到他自己！如果一面镜子反映世界，但总是没有主要人物——我，那它的作用是什么呢？
> 　　　　　　　　　　　　——《上帝之猿》

在路易斯的成熟美学中，讽刺并不是一种话语方式，而是艺术本身特有的本质，是以风格为名从内部颠覆的漩涡主义或表现主义，一种现在事实上是一种完整世界观的风格。[1]讽刺的概念概括了塔尔的艺术观："河马的装甲兽皮，乌龟的外壳，羽毛和机器"，这些被延伸到世界真正的结构，而世界再也没有"生命柔软内部的律动和运动"的地方。如此绝对，讽刺恢复了一些它的原始力量和它最古老的使命：它不再是世界内部的一种选择或风格的选择，而是后者对法则和内在力量的践踏。因此，笑声和侵略性不再是个人主体的功能，而是一种令人恐惧的、席卷二维行星表面的非个人的力量。

正如罗伯特·C·埃利奥特在《讽刺的力量》中所指出的，文学范式的史前期的根源在于魔法咒语和驱逐替罪羊的仪式。因此，讽刺从一开始就是对神圣的否定表达，神圣作为超自然的力量和禁忌同时赋予生命和死亡，它的破坏性的净化是对生殖器生育崇拜仪式的补充。

因此，最早的"讽刺家"是强大的魔术师，他们在低俗文化里以仪式方式使用的话语非常迷人：在这种社会语境里，"讽刺的"活动被制度化了，不需要独立地证实。然而，在城邦中，随着悲剧和讽刺戏剧的世俗化并脱离它们的仪式根源，它们的实践开始要求在理论上合法化，并引发了社会功能性的问题，就悲剧而言，亚里士多德的《政治学》最系统地说明了这种情形。但是，对于讽刺作品的发泄功能，这种情形需要一种历史的框架而非心理学的框架：对城邦仪式的净化必然隐含着某种从先前更简朴、更健康的社群美德的社会道德的堕落，因此从阿里斯多芬和尤维纳利斯到《旧约》的预言家等讽刺家都要求回到先前的状况。因此，伟大讽刺家都明显地保守，他们的黄金时代是意识形态小说。

对本国语言讽刺作品（"对缺陷的修正"）的伦理确证，似乎只是将现在积淀下来的这种倒退的社会观念形式化。无论如何，埃利奥特的作品表明古老的讽刺冲动是非常不道德的，而路易斯本人也反复强调，他觉得自己真正再创的语言方式具有仪式和暴力的特征。然而，这种古老特征的重现，以及对这种方式的社会或伦理确证的弱化——一切有力讽刺的一种倾向（只要想想斯威夫特作品中这种冲动的含混性！）——现在造成了一种新的形式困境，它以一种预想不到的方式反击讽刺，质疑讽刺。确实，以什么名义，讽刺家现在自己能为集体说话——为了某个想象的社群，纠正本质上是深刻社会性的错误和罪恶？在这种境遇里，讽刺的内容逐渐地改变了：在一直继续谴责他的传统的对象的同时，讽刺家对他自己的行为变得自觉起来。由于对他自己作为判断和观察主体的地位的质疑，他开始把自己也列为普遍谴责的对象，只等他自己的出现来完成。最终，在《雅典的泰门》或《恨世者》里，愤怒和厌世被列入应该纠正的罪恶之中，而讽刺也以埃利奥特所称的"被讽刺的讽刺家"的形象调整自己的范围。但是，由于这种情况，在一种内在矛盾的驱动下，一种辩证地新的形式产生了，而那种内在矛盾在永远不可思议的文学史里留下了这样的作品。

在路易斯后期自传体小说《自责》里，他自己为这种奇怪的形式提供了一个鲜明的实例；那部小说无疑是他最沉闷的作品，其中历史教授雷内·哈丁从他认为是英国大学生活中激进主义的体制自择流放，进入加拿大乡间冰冷的空旷区，最后经历了一种真正的生不如死。这种命运的含混性本质上是一种结构的含混性：在这部好战的、固执己见的作品里，一直没有完全明白最终要谴责的是什么。哈丁无疑是受伤者和受害者，先是英国权力结构的，然后是战争事故的，接下来是凄凉的殖民生活的，最后是他自己妻子的敌视和终于自杀。然而与此同时，他明显是个势利的人，也是个自命不凡的人，是个专制的丈夫，情感压制的真实缩影，还是个恶毒的反讽者和厌世者，正如标题所表明的，他对发生在他身上的一切承担全部责任。不过，正如我们在前面语境里所看到的，在这种解释的含混性里，没有任何亨利·詹姆斯或福特的《好兵》那种稳定的道德反讽。与早期自我那种最彻底的伦理评价和谴责相比，《自责》的效果更可怕也更异化。在《自责》里，叙事的声音在两种情况之间交替出现，一种是与主人公完全认同的情感，另一种是最敌对的、非个人判断的冰冷的客观性；一种是对自我（ego）本能地自我防御，另一种是从外部对它进行无情的、非个人化的审查，仿佛它属于另外某个人。

这种叙事距离的变化在存在的主体经验和对它的道德判断不可能实现之间排除了观点的妥协统一，而这种变化取决于对哈丁毁灭发生作用的那种力量的某种本能的解释。对路易斯来说，这个过程中至关重要的是否定、批判和"讽刺"本身的命运：

> 基本的评价过程,对他作品中的革命人物负责的过程,那种分析,转向内部(例如,转向家庭生活的亲密构成),这种狂怒的分析开始瓦解许多关系和态度,只有在非常有利的条件下,某种特别富于创造性的精神才能使它们豁免。
>
> (SC,401)

这段话表明,对路易斯而言,讽刺的冲动远远不是一种单纯的形式或话语选择。它不是一种中性的再现体系,而是一种危险的力量,这种力量无法安全地加以运用,在类似哈丁那样的境遇里,它可能以破坏的方式转而针对讽刺家本人,毁灭它在那里发现的一切,在它背后留下"一个人的冰冷的外壳"。因此,对情感的压制必须读作一种防御机制,它试图掌握那种可怕的力量,在超我的文明化常规之下对它进行遏制。非常典型的是,紧接着对他朋友的愤怒和敌意的猛烈爆发,最后把哈丁的个性"封闭"在非个性化和精神死亡当中。哈丁的命运确实是一种防卫性的自杀,一种通过自我强加的情感孤立使死亡本能的力量中性化的方式,而他自己则是这种本能力量的承载者。

《自责》表明,讽刺不可思议的或古老的起源问题,现在必须以新的方式重新审视。经常提出的是,当代生活——远不是完全理性化的——充满了前逻辑的和迷信的思想模式,其中很多是残存下来的旧的社会行为方式。倘若如此,这种模式不应该被作为一种原型集体意识的证据,而应该作为一种认识方式的证据,按照这种方式,甚至在最先进的生产方式里,也存在着更古老的模式所特有的那些异化类型的分层积淀和持续;因此,资本主义的商品物化不是取代,而是叠加在前资本主义社会的权力体系之上并与之共存——例如,在男子汉气概和性别主义里——就像最古老的部落社会本身的劳动分工,男女之间不平等,青年与老年之间也不平等。

然而，与怪异的诅咒和讽刺的攻击相关的所有恐惧的前逻辑的力量，也许最好根据侵略者而不是目标来理解。不是受害者，而是讽刺家自己仍然模糊地相信他的咒语的毁灭力量。实际上，他是唯一能够充分衡量他自身内部所具有的那种破坏性冲动的范围和潜力的人；他独自在他承载的那种不知足的、未被激发的侵略性的力量面前退缩了。在这种意义上，讽刺家是他自己的第一个受害者；他的愤世嫉俗伴随着一种难以消除的罪恶感，尽管他的举止纯粹都是象征或想象的性质，那种罪恶感也非常强烈。事实上，也许有真实的临床记载可以说明，那种侵略性的幻想和冲动无准备的喷射可以麻痹精神，并使它变成一种更深刻、更反常的失望，而不是以行动表现出侵略性，但对失望的强烈表达必然会带来某种宽慰。不过，在这种意义上，讽刺作为一种纯象征行为的审美距离，一定会留下许多未触动的、相对地未满足的冲动。

我们已经表明，《塔尔》的叙事模式如何有效地再次遏制这种破坏性的冲动，它们与克莱斯勒都是在一个封闭体系内再现的客体。虚假的一对在这方面是一种坚持活动，其中冲动同时受到严厉的阻碍，然而被一种摇摆不定的运动激怒了，但它们又找不到满意的象征性的发泄方式。伟大的意识形态跨越个体的力量，文化腐败的力量，时间崇拜，堕落的知识分子，女权主义或同性恋战斗精神的本质的集体力量，对于这些新的力比多机制倾向于成为一种格栅，在这种格栅里，精神力量可以了解类似的修辞，自由地捕捉和运用叙事体系，而此前它们只是叙事体系中受约束的构成因素。

在对路易斯作品中丰富的传记征象进行精神分析研究的同时，还存在着描述其文本功能结构的空间，这种描述具有一种自身的可理解性，完全不同于分析判断或因果前提的描述。例如，非常清楚，路易斯对女性的讨厌可以恰当地读作病态的征象，亦即男人自己身上某种深层的性格错乱。按照这种看法，甚至侵略性也不会被读作一种需要做进一步基本解释的次生现象（如在关于施虐—受虐狂的假设里，侵略的本能，专制的个性，等等），而是被理解为从本能方面表达讽刺作为象征行为的纯形式的发展和后果。

据此，后来的作品可以看作构成一种本能的联合或变异的体系，对隐含于讽刺中的侵略攻击的基本结构，投射出各种可能合乎逻辑的变化。因此，叙事记录这种系统的改变，其中受害者和侵略者想象的，并通过在各种结构组合中可以达到的不同的精神满足来决定。于是，《上帝之猿》为最排他的同性恋世界提供了一片天地，在那里，讽刺的冲动也许可以泰然地得到充分控制。就人物认同于女人而言，他们表明是受害者和第一次重大的讽刺对象；但他们在生物学上是男性的事实，则把讽刺家—侵略者从他通常的罪恶情感中解放出来。于是，一场真正的大屠杀可以得到庆祝；然而自相矛盾的是，除了最后一场不认真的拳斗之外，叙事中并没有记录什么明显的身体暴力。讽刺的冲动发现了纯粹的象征性载体，它可以承载它的人物并投入它的能动力，但并不要求最终对"真正"死亡进行那种自我毁灭的象征性再现。

另一方面，在《自责》里，这种暗中受叙事的现实主义常规驱使、同样也受它的主人公的精神压制驱使的冲动，知道某种类似"被压制者的回归"的东西，它奇怪地以无缘无故的暴力强调叙事的主线，最多的是采取一系列妇女人物非自然死亡的形式。哈丁离开英格兰，他的母亲死了：这也许是建构那种系列的最早的事件。然后，那个做清洁的女士哈拉森夫人摔下地下室的台阶，扭断了脖子：这种插曲完全不是因为情节的需要，它只是暗

第八章 天使的性别　113

示文本的字面内容故意对我们隐蔽着一种更深层的理解。同样令人惊讶和引人注目、同样没有动机的是，随后看见了对哈丁的妹妹发生的一个小的事件，当时她迟迟不肯离开哈丁流放搭乘的海陆联运列车：

> 他走进一节车厢，奔向一扇开着的窗户，在那里，他刚好看见她从行驶的列车上跳下，跌倒在站台上。人的身体不是像衣箱那样的方形物体，它倒下时一般会滚动。她的情形是身体滚向列车。但一位搬运工抓住了她的肩膀，止住了滚动。这样做时，他明显失去了平衡，向后倒下，双腿向上翘起。就在同一瞬间，身体不再滚动的海伦又能支配她的四肢，一下子站了起来，而雷内在那一瞬间得到的印象却是她正好撞倒了铁路搬运工。
>
> （SC，139）

不仅哈丁的投射机制把这次救援变成了一种攻击；而且在形式和非个人的层面上，事件本身还可以读作讽刺冲动本身试图把最难管束的有机客体——人的身体——转变成纯粹是外在的、缺少变化的更有利的素材。

与此同时，在作品的加拿大次生情节里，可爱的麦克亚菲夫人的躯体在酒店大火的灰烬中被找到，而事实上证明她是被用木棍打死的。这一插曲使我们可以观察路易斯的力比多机制的多重投入，特别是它通过政治和精神冲动决定的种种因素。因为麦克亚菲——在一个层面上，只是我们列举的一系列妇女受害者中的又一个——还被描绘成一个"衰败的女绅士"，因此在一个迥异的再现层面上，她被作为因通货膨胀而贫困化的社会阶层的一种寓言的再现。谋杀她的人马丁，最后证明竟是酒店这个社会小天

143

地的秘密主人：由于他的独特行为方式，一种对令人窒息的英国"高尚"的拙劣模仿，路易斯（和哈丁）觉得他再次体现了腐败保守的统治阶级的背叛和放弃。

然而在本能层面上，他只是哈丁本人的双重自我或另类自我。因此，人物马丁为哈丁基本的（和含混的）"多元素"提供了一种弗洛伊德式的"分裂"。本能的"元素"断定这两个人物可以彼此置换，从而揭示出主情节否定的"真实性"：马丁—哈丁是妇女受害者的侵略者和谋杀者。同时，政治的"元素"具有使这两个人物彼此再次分开和拉开距离的作用：在这个层面上，马丁现在必须被看作哈丁的对立面，看作哈丁本人反抗的腐败机构的化身，而对他的侵略罪行他可以因此（从这种新的视角看）不再承担责任。于是，"克分子"或政治层面有助于再次遏制短暂的本能的暴露，有助于通过合谋理论决定并理性地使它不复生存。

然而这种遏制至多是断断续续的、不稳定的。最终，侵略的冲动要求得到实现；而在作品的高潮时刻，哈丁的妻子海斯特自己跑到卡车下面，被轧掉了脑袋。哈丁开始觉得，这是，

> 一种日本式的自杀，一种报复的形式。假设你是个日本人，一天晚上刚到家里，你发现门前台阶上有一具尸体。你认出那是一个心怀不满的男子。你知道此人自杀是为了伤害你。

(SC，395)

于是，在这种最后的结构变换里，受害者她自己成为了攻击者，解脱了讽刺家—主体，把他释放到这种对自我怜悯的令人震惊的表达。实际上，这并不是一种令人满意的解决。哈丁与海斯特的

亲密关系，在路易斯那种白色或绿色最具原型特征的房间内部的沉寂中发展起来：

> 于是他们攀谈起来，两个同住在这个致命房间的人。它的深处很黑。从外边往里看——按照一只善于思考的鸟在枫树树枝上确定的离开中间窗户大约一英尺的距离——哈丁一家似乎（随着他们离开受限制的工作，或者懒洋洋地坐在地上休息）有一种水似的环境，哪儿黑了就用乳白色灯泡照亮哪儿……弥漫在哈丁一家床上日落时的绿色是由夏天墙一般的枫树叶子染成的，还衬以蚊帐陈旧的绿色纱布。使用的绿色百叶窗进一步增强了水似的效果，使充满生气的住处显得厚重。冬天，一种灰暗苍白或积雪的蓝色闪光代替了绿色。
>
> （SC，174）

通过这个房间增加的亲密性（"你和我已经变成一体，"哈丁对海斯特说，"三年来我们的促膝谈心使我们似乎成了一个人"[SC，239]），处于塔尔与贝尔塔麻烦的、难以忍受的私通和纯男性的虚假一对的中性感情之间的某个地方。但是《自责》的叙事机制再不能提供《塔尔》那样的象征交换和解脱，它发现自身必须通过在过程中湮没主体本身的暴力来打发那个充满占有欲的伙伴。因此，在这部小说里，无意识的素材危险地上升到接近表面。由于他特有的那种充满不安的诚实，路易斯在这里似乎总是想对他自己和我们说出真相；《自责》无疑最接近他对自己的认识。

同时，同样的性结合也可以解释《爱的复仇》在路易斯正式作品中的特殊地位。这部更公开的政治小说一般认为是他最好、最动人的作品，它从路易斯作品独特的结构变化描绘它反常的情感反响：现在，第一次也是最后一次，我们可以真正从妇女、从

146 受害者的观点证明侵略性冲动的致命攻击。诚然，被动的、受害的马尔格并不表示成熟的叙事体系的超验性，它没有《塔尔》中阿纳斯塔西亚之类反常人物的任何地位。实际上，马尔格内心生活非常低下，与《上帝之猿》中的木偶毫无二致，由于"维多利亚时期的华而不实"，由于从拉斯金到弗吉尼亚·伍尔夫最雅致的假水彩，她的智力受到毒害而变弱。此外，她被继续以外在的"讽刺"方式描写，而这是后来小说的方式（但在《塔尔》之后，正如我们已经看到的，甚至像哈丁或普尔曼这种自传性的人物也不享有作者毫无保留的认同）。

不过，对马尔格的描绘是路易斯的一种精心的杰作：拼贴组合仍然是这些素描构成的基本原则，然而它把它们雅致脆弱的客体以飞鸟运动般最快的抽象拼凑在一起：

> 她的脑袋像一只若有所思的小海鸟，优雅地设计成在风眼里航行，滑行在宛如大理石花纹的波浪表面——它的柔软的羽毛似的头发，结成一缕一缕长长的小辫儿——脑袋向下低垂，观察维克多老板。在他郁闷假装睡眠中，他喘息的节奏明显接近于海洋的起伏。她在狂热的相思病里围绕他盘旋，她的眼睛晕眩地爱慕凝视，随着她胸部不断起伏而移动。在她想定居的强烈欲望中，她的眼睛几乎要跳出眼眶——她想尽快定居下来：停在那里，静止不动。
>
> (RL，62)

现在熟悉的表示存在的陈词滥调——拼贴出来的鸟的运动并非真的看得见，而是对鸟儿"定居"的公认观念的注释——并不一定要突破而进入丰富的人为的史诗；然而，它可以看作一种辩证的"否定之否定"，其中路易斯主要的讽刺描写的外在性在这里受到系统的破坏。在这里马尔格站了起来：

> 她非常苍白，真的，毫无生气，但轻飘飘的——整个身体好像没有根基，仿佛离地大约一英尺似的上飘。像一种植物，当它上升到空中时，在风力强大的地方会消失，同样，她在躺着休息的老板面前也消失了——眼睛忍不住向下，手放在她身后的椅子背上。
>
> （RL，64）

显然这是试图产生一种陈旧的思想，它会在姿态上与"定居"相反，一种实际上升的"消失"：正如在更一般的情形里，马尔格这个人物是试图使讽刺的外在性技巧重新适应一个在结构上倒置的人物，即颠倒了习惯性的低级和机械的内容。

对路易斯而言，维克多也不能真的被认为是一个新的、肯定的人物。在路易斯第一次世界大战之后的叙事体系里，如果哈丁标志着塔尔—自我的最后命运，那么维克多同样必须被看作老克莱斯勒—本我的出乎意料的化身，维克多是坏的艺术家的真正原型；像克莱斯勒一样，他是个外来者，作为一个澳大利亚人，他发出的信号是有力而突出的身体的存在。"如果他是一个强大国家的人，"其中一个人物对我们说，"他对世界的态度就是那种被称作典型的穷人的态度……我用当前流行的新闻术语……维克多，我认为，忍受着一种自卑——情结……啊，是的，维克多很像德国人！"（RL，224）然而，维克多没有任何暴力的和自我毁灭的特点，而正是那种特点使克莱斯勒成为一个突出的人物：维克多作为贱民在结构上的地位——力量和非理性的结合——标明他适合祭献受害者的角色。

使这些人物没有完全变成讽刺再现木偶的——在《上帝之

猿》的框架中，布鲁姆斯伯里的低级趣味与劣质绘画的特殊结合确实是一种不祥之兆——是一种巧合，他们以其敌人的名义，符合路易斯想象中性的—本能的和政治的层面。因此，反面人物同时是马克思主义者、波西米亚人旅伴、虚伪的知识分子、充满怨愤和讨厌女性的人，他们共同合谋进行一种惩戒性的"爱的复仇"：

> 这是他们的现实，维克多和她自己的现实，它被记下来以便阻止和废除，而正是他们其他人才尽力将其变成幽灵并因此进行压制。这是一种疯狂的想法，但它就像他们已经介入一场意志的较量，决定谁应该占有大部分现实——宛如人们为金钱而斗争，或者为食物而斗争。
>
> （RL，158）

政治的奇幻—结构（马克思主义者力求消除"个体性"）使路易斯摆脱了侵略的冲动，现在它被归之于敌人（我们前面确定为"恶魔"的一方）。由于这种罪恶的转移——路易斯作品里唯一成功的这种运作——第一次也是最后一次，真正的情感，一种对受害者的真正同情和感情，出人意料地被释放出来。

维克多和马尔格 20 世纪 30 年代初在西班牙的悲惨结局似乎是一种历史的异变，当时，在西班牙内战初期，小说最终问世了。事实上，这在路易斯的创作中是一种反常的情况：在路易斯后来的作品里，从中保留下来的并不是它对受害者的同情，而恰恰是共谋的主题本身，这种主题呼吁一种明显的文类扩展——我们已经称之为神学科幻小说——证实它的合理性并从形式上使其合法化。

实际上，贝利夫这个人物自身包含和概括了路易斯的政治和社会论争中各种可以想象的特征和变化：激进主义，怨愤，同性恋，女权主义的同情，时间崇拜，青年崇拜，甚至艺术的现代主义（在贝利夫的鸡尾酒会上，背景音乐竟是阿尔班·贝尔格的《抒情组曲》）。正如人们猜想的，他因此变成了路易斯的最生动的人物。然而，反面人物的作用非常传统且完全是意识形态的，根本摆脱不了伦理的原型，摆脱不了善与恶二元轴心，尼采很久以前就建议拆除这种二元轴心，而若无有意义的、不被怀疑的结构修正他很难恢复。从格林厄姆·格林到勒卡里，随着神学恐怖小说充分展现自身，它提出了一种简单但却有效的颠倒，其中正是反面角色（格林厄姆·格林有罪的、深感愧疚的天主教徒，勒卡里的东德人）最终体现了肯定的一面，而模式化的英雄（身体健壮的抗议者或修剪整洁的美国冷战分子）被揭露是邪恶和人类痛苦的代理。

在《人类时代》里，反面角色仍然存在，但肯定的对立面却发现自己出人意料地取消了它的伦理内容。例如，路易斯的白色天使不是人类的代理，而完全是力量的支持者和承载者：因此，他们不再作为通常的意义上的人物发生作用，尽管他们拟人的外貌允许把本来无法再现的超个体力量的素材叙事化。路易斯觉得对种族范畴而非社会阶级范畴更得心应手，他在这里把他对政治权力斗争的想象投射到那种关于超自然的独特物种的叙事机制之中：白色的天使，堕落的天使，以及天使与"人的女儿"交媾所生的小魔鬼。这种想象有效地愈合了政治与本能原则之间的裂痕：这些不同物种在生物方面的既得利益可以以中性的方式读作本能的，也可以读作政治的。具体说，在这种奇特的来世里，路易斯的性政治支配着实现政治斗争的条件，而他把政治作为一种基本上无关道德的完全是权力算计的看法，排除了这种"神学"中任何可以想象的伦理内容。

我们可以换一种方式，以此拉开路易斯的神学科幻小说与当代这种形式的作品的距离，有时它曾与后者比较（如切斯特顿、大卫·林赛、C. S. 刘易斯和查尔斯·威廉斯等人的作品），但发现他的作品完全是一种缺少超验性的来世。实际上，正如我们已经注意到的，这肯定是一种唯物主义的作品："根本不存在什么超自然的东西"，魔鬼居高临下地对普尔曼说（MF，62）；而后者也逐渐开始明白，在宇宙里，"恶"和"善"只是可衡量的物质力量的数量，整个虔诚与不虔诚的问题化解为对权力平衡的评估。

于是，上帝只是许多天使中的一个强大的天使，而这种来世的冲突并不比冷战的冲突更有道德（但同样是意识形态的）。因此普尔曼的哲学问题，即"人"的问题，很快把自身变成了一种困境，就是说，在这些巨大力量之间那种超人的冲突里，很难为人类主体找到某种适当的庇护或隐蔽之处。

因此他最终加入到上帝一边是政治的，而不是道德的转化，并不表明普尔曼看穿了萨梅尔的计划——其中很大部分是他自己想出来的——而是表明在两种对立的力量当中，最后证明上帝是更强大的一方。然而，《人类时代》中的政治阴谋呈现出一种附加的长处，它使路易斯可以通过现已熟悉的那种新闻主义论战的伦理—历史策略解析魔鬼一方的策略。因此，现在不再有什么善；但魔鬼的计划仍然是邪恶的。正如那个贝利夫，他以相对更局部的方式，试图系统地破坏最后残存的任何自治的人类个体性，同样现在魔鬼的改革——促进新的"人类时代"的发展，把天使缩小到人类的身材和人类的寿命，最坏的是，把他们引入更适当的人类的时间性——所有这些计划现在都被理解为源自魔鬼的怨愤，源自某种无边的"对神圣的报复"，而其目的完全是为了颠覆天使的本性。

因此，在这部奇特的作品里，不可能有任何真正宗教经验的问题，这也是通常对它的理解。《人类时代》里的上帝与传统的

第八章 天使的性别

宗教无关，它不像传统宗教那样投射其神性或神圣的幻象。实际上，按照路易斯在《时间和西方人》的一页令人惊讶的描述，他自己的宗教立场给人的印象是一种否定的神学，通过路易斯讽刺外在性概念的狭隘透镜折射出来：

> 我们是表面一生物，表面下面的"真相"与我们自己的价值观矛盾。正是在鲜花和叶子当中安排了我们的命运，而根不论多么"有意义"，我们也不觉得是根本的……在我们看来，根本的东西是表面，它最后出现，承担存在的多样性……我们认为这是最真实的，最好说根本不存在上帝。对我们而言，实际需要似乎表明康德的实用主义解决方法的矛盾——需要一种许多的概念而不是单一的概念。另一方面，如果有这种概念，我们也会觉得思辨的理性指向一种单一的概念。但我们必须转而反对这种单一性才能生在……如果有人不得不自称是真实的，而不是自称上帝是真实的，那么这样做的恰恰是我们。
>
> （TWM，387－388）

上帝的概念——传统神学的逻辑，对完美、无限和上帝等观念沉思的所在——并没有为路易斯提供任何慰藉，消除他对自我（ego）稳定性和对个体生活现实的焦虑，相反，如果说提供了什么，那就是加剧了这种焦虑。

这种"神学"也不可能等同于神圣的经验，这种经验在不可思议的形式之下，对政治权力和制度化的牧师出现之前的部落社会构成意识形态的表达：因为，正如我们看到的，在一般化的讽刺侵略性里，不可思议的冲动已经找到了一种更纯粹的世俗的体现。

然而，在《人类时代》里，宗教传统的某种东西被奇怪地加以重写，好像弄错了时代似的，它延续早期教会和中世纪那种对天使本性的思考，而这种性质备受启蒙运动理性主义的嘲笑和质疑。但在宗教一词的任何传统意义上，这种表面无意义的思考并不一定就是宗教的，即使像在奥古斯丁或托马斯·阿奎那的作品里，它们可能被编织到神学论文的系统描述之中。确切说，对天使本性的反思实质上是试图想象堕落之前人类生活的经验，或者预想天堂的状况。根据对从傅里叶到马尔库塞和恩斯特·布洛赫的现代乌托邦传统的事后认识，我们可以说这种思想是试图扩展宗教统治的原则，以便包括本质上是一种乌托邦主体的幻象，或者人类生活在某种非异化状态中的力比多的理想化。

因此，路易斯的天使保留了他们的本能内容，但把乌托邦想象本身的形式困境戏剧化了，它必须为自己在这个偶然堕落的世界之外打开一个空间，但它的范畴在肉体上仍然受这个空间的约束。实际上，乌托邦想象的真实性可以说并不在于它达到的再现，而在于它最终未能想象出它的客体；最伟大的乌托邦会把我们对乌托邦想象的局限和贫乏戏剧化，谴责把阅读的思想囚禁在此时此地令人窒息的内在性里。[2] 这种关于想象的辩证以批判的方式反过来批判它自己和它自己的局限，但它在路易斯的作品里还采取其他的形式，对此我们会在最后一章看到。

但是，按照一种力比多的乌托邦观点，毫不奇怪路易斯对天使本性"反思"的关键应该是天使性特征的问题。正如这样一个"问题"对理性主义或科学的观点毫无意义，在统治原则或意识形态语言都是宗教的时期它一向具有政治的意义，其中世俗思想认同社会或政治思想的问题，从那些转义或象征的方面表达它们自己，而这些方面构成唯一可以利用的符号系统。事实上，克里斯托弗·希尔已经注意到，关于天使是否具有性特征的立场转换，对确定前资本主义时期知识分子的政治和意识形态取向提供了一种可靠的检验标准。[3]

路易斯的天使适合那种本质上保守或反动的思想家,因此毫不奇怪他们没有性特征,而且还表现出努力想象一种没有性和欲望的生活。因此魔鬼告诉我们,他自己"从天堂的堕落"——不幸的是在人类的新闻报道中被歪曲了——实际上是他自己主动做的,等于在上帝决定自己创造妇女时他厌恶地砰的一声关上了大门。因此,萨梅尔对神圣的颠覆作为其基本策略具有使女人和性进入天使生活的引介作用。"必须证明的是,"作为这种恶魔企业顾问的普尔曼评论说,"天使的生殖器虽然消失了几千年,但是否它们就永远消失了"(MF,163)。

因此,在这里想象天使等于徒劳地想象一个超越性的世界。路易斯的天使——除了在天上的激烈争吵之外——是静止的力量,集中的力量,然而不可想象地放慢了速度,遵从比人类生存时间更长的节奏或周期。正如我们已经注意到的,使这种天上的官僚具有君王或第三城市天使统治者的特征的,是那种毫不费力和令人惊讶的富足,因为这种富足他们实现了古代伊壁鸠鲁那种真正宁静淡然的梦想:

> [普尔曼]试图穿透这位不朽者的面纱,他在孤独中度日,因为没有非常好的或非常超自然的人可以与之交流。他夜里会做什么梦呢?也许他展开巨大的翅膀,飞越天堂金色的天空;或者想象一位天使来访,他可以对天使吐露心声。那种不断掠过他的情绪明显源自深不可测的厌烦,它可以在其存在的中心发现,并产生出那种仍然主要保留在普尔曼记忆中的面部表情……很明显,一切与人类相关的事物都使他感到非常疲劳,非常缺乏兴趣。
>
> (MG,129—130)

因此，性只是对一切事物最集中的表达，它抵制天使关于人类本性的思想：极度个人的，充满激情的，紧紧抓住人类欲望和渴望本性，以及人类参与的本性。最明显地把这种厌恶戏剧化的是天上信使的古怪行为，他警告普尔曼反对上帝的行为上帝非常清楚：

> 在运动中心呆了几个小时之后，普尔曼返回到豪斯·欧罗巴公寓，他打开自己单元的门，发现一个又高又白的人正在往他的墙上固定什么东西。那是一位可怕的天使。他走进屋里，那位天堂的信使从墙壁后退，并开始向窗户滑去。这个生物移动得不是很快；实际上，这位白色天使像一个奇怪的梦游者，无精打采地把自己移向可能的出口。普尔曼的力量之大就像天使的力量之小；确实非常小，好像他浑身无力，只能拖着步走路。现在，两者中更有力的一方冲向窗户，先于入侵者到达那里，锁上窗户，拿下钥匙。尽管他意志坚强，他还是从那个苍白的、非人类的人退缩了，他一脸茫然，也不知道害怕什么。那个神秘肉体的生物没有表现出一点惊恐的迹象。它不是一只受惊的小鸟，企图逃出它慌乱飞进的房间，而是一个带着可怕信息的信使，他不想与这个恶人有任何联系。这决不是迷惑了的来访者，他开始像以前一样有力地向门口移动……
>
> （MF，203—204）

以否定的态度"想象"的天使的本性，只能根据人类欲望和力量的丧失才能再现的天使的本性，为同样是意识形态和本能矛盾的叙事困境提供了一种预想不到的解决办法：因为它同时既是对人的否定，也是对魔鬼的否定；既是对被过度膨胀的自我造成的性压抑的否定，也是对它可能以侵略和怨愤的形式释放的否定。根据弗洛伊德的局部解剖学观点，这是一种严格意义上的"乌托邦的"空间：既不是自我也不是本我，既不是性也不是对它的压抑。

在一个消费者的商品已经被无情地性征化的社会里，在性本身已经变成一种商品的社会里，这种在路易斯作品里曾是反动的主题——它把自身刻写在他那个时期所有反对清教主义和性伪善的解放斗争的顽固的矛盾之中——现在不再引起同样的反响。马尔库塞向我们表明，在维多利亚时期社会里那些具有强烈否定和批判力量的性和本能满足的旧形象，在不再需要加强性禁忌的"后工业"消费社会里，如何以我们所称的"压抑的去崇高化"被用来服务于社会现状和消费主义。[4] 实际上，他自己的乌托邦预见了一种明显的性偏见的减少，其减少程度与该作品和乌托邦社群的客体—世界不断增加的色情化成正比。

路易斯对天使的淡然的想象，可以使我们获得一种奇怪的宁静，从而感受这种异己的、不可思议的现实，在这种令人不安的寂静里，我们似乎可以看见自己理想化了的现实：

> 沿着天使城那一边，在留给他们行动的庞大空旷的边界地区，一片寂静，高大的公民站在那里，仅次于最高的山峦，轻飘飘的云彩落在他们肩上，他们的面孔毫无表情，宛如地球上最坚硬的物质，他们小小的房屋聚集在他们的脚下。
>
> （MF，215）

这是一种不能持久的寂静：现实再次顽固地嵌入这种乌托邦幻想的中心，强加它的不可改变的力量。

《人类时代》可能被认为是一种想象的努力，它试图括除或中断堕落的历史和物质的现时的偶然性。因此它要讲述的故事必然使最初被再现机制压制的一切事物回归。于是，我们看到一个没有女人或性的世界，而后者重新被系统地引入这个世界；我们看到一个没有经济学的世界，一种福利无边的国家，它的政府发行各种票证，结果最邪恶的黑市开始繁荣；我们看到一个超出人类行动和人类权力的世界，然而在这个世界里，人间四种主要的政治力量——共产主义，法西斯主义，教会，现实政治——像在地球上一样继续它们永恒的斗争。

最后，在无始无终的永恒里，历史本身再次命定地出现了。在《人类时代》里，最引人注目的是此处所用的方式，路易斯的再现体系探讨某种像是真正关于它自己的辩证意识。它预设了基督教传统中那种熟悉的宇宙论，包括它的天堂和地狱，它的上帝和魔鬼，它的天使和等待裁判的人类的灵魂。但这种宇宙论本身就是一种历史的再现，与早已消失的中世纪文化的特征密切相关。因此，当普尔曼力图改变第三城市那种奇怪的当代现实，以便适应这种古老的宇宙体系时，他得到一种令人震惊的解释：

> 在现代时期之前，是的，回到"宗教信仰时代"，那时有一个天堂和一个地狱。有一个令人眩晕的白色天堂和一个漆黑的地狱。现在，在空间的某个地方，为这些机构安排一个适当的场所在当时并非易事……天堂和地狱在地理位置上太近，第三城市也一样——它太靠近地狱……地狱就在那里。事情已有进展，就像在地球上那样。对现代条件而言，把这些对立的东西放在一起实在太近……天堂不再纯洁——对吧？……地狱也不再是我们的老朋友但丁那个时候的样子……你也许看了今天下午在第五广场的表演［一个外交使团从地狱到第三城市访问］？他们是可怕的一帮，不是吗？但那是撒旦保留的一个漂亮的合唱队，用以在这种场合恐吓资产阶级。这是一个或两个真正旧时魔鬼的家庭，他们生活

在哈德斯的荒野,就像麋鹿生活在灌木丛里,尽可能远离人类。如果需要,这些魔鬼就汇聚起来……正如我们都知道的,我们也可以自己看见,在现代时期,善恶好坏模糊了,难道不是么?我们对事物不再黑白分明。我们知道所有的人基本一样。一种非道德论者……这就是现代人。在这些超自然的区域,情况也一样。到处都是可怕的堕落。以前的魔鬼(对他人们"出卖自己的灵魂",等等)现在变好了,他是一个非常不可信的魔鬼,而我们的君主,我们这样称他,他是一个非常不可信的天使。

(MG,112—113)

对但丁宇宙论的修正,把第三城市的官僚福利政治嵌入更古老的天堂和地狱的传统所在之间,标志着这种再现体系所做的探讨,它探讨对自己历史性的某种内在意识,探讨从当代生活的观点出发如何把自身可能的条件主题化,把在历史和文化上恢复和想象中世纪宇宙的不可能性主题化。然而,这种可能破坏再现框架(它首先使我们意识到)的不可能性,本身被吸收到再现体系内部,在那里,正如在来世生活中对变化和"进步"的假设,它变成被再现客体的又一个特征。

在这一点上,地狱和天堂被假定具有自己的历史,乐园开始被看作一种文明,但正在进入一个历史性堕落和混乱的阶段,颇像欧洲18世纪期间伟大的莫卧儿或满洲帝国。普尔曼听说,第三城市"是一种一度更明智的体系的腐败……在被地狱的代理毁灭前夕,他们设法找到了进入腐败的亚天国的途径"(MG,24,26)。因此,路易斯的想象,使自身摆脱"历史梦魇"的意图,遵循自己的严格逻辑和素材的逻辑,发现它只能重新发现它们,它到达天堂时,正好看见一种同样郁闷的文化腐败过程在重复,而它曾谴责地球上的这种腐败。

【注释】

[1] 参阅第二章的注解 10。

[2] 关于这种乌托邦想象的运动，参阅我的 "World Reduction in Le Guin: The Emergence of Utopian Narrative", in *Science-Fiction Studies* 7, Vol. II, No. 3 (November, 1975), pp. 221—230; 以及 "Of Islands and Trenches: Neutralization and the Production of Utopian Discourse", in *Diacritics* (June, 1977), pp. 2—21。

[3] "相信事物的美好，就弥尔顿否认二元论而言，其后果就是他坚持天使的肉体存在，而这使《失乐园》的某些读者深感不安。他们不只是'像天使那样哭泣流泪'; 他们也流血，吃饭，消化，排泄，脸红，发生性关系，虽然以适当的天使的方式。(我们回想起在《人类死亡》里理查德·奥弗顿对'疏散的灵魂'开的玩笑，他的目的与弥尔顿的是一样的——否认精神和肉体的分离。克拉克森和马格尔顿表达了同样的观点：灵魂也吃喝。) 弥尔顿关于天使吃饭和消化的异端邪说 (不是'在薄雾里，神学家的/共同虚饰'——*P. L.* V, 434—8) 似乎只在弗拉德那里完全匹配; 虽然希尔维斯特/杜·巴塔斯和伯梅的作品也都有暗示。后来，激进的约翰·韦伯斯特反对亨利·莫尔，他宣称天使具有肉体。教条是古老的，但到了 17 世纪，它与赫耳墨斯特/帕拉塞尔苏斯的神秘主义传统联系在一起; 亨利·劳伦斯牧师、罗伯特·盖尔、霍布斯、黑尔和吉尔伯特·伯内特都接受这点。保守主义者，例如多恩和威廉·达文南特爵士，都明确否认天使有性。弥尔顿想把他的天使与男人和女人密切地联系起来，因而他公开宣扬性的尊严。"——Christopher Hill, *Milton and the English Revolution* (New York: Viking, 1978), pp. 331—332.

[4] Herber Marcuse, *One-Dimensional Man* (Boston: Beacon Press, 1964), pp. 72—79。

第九章　如何死两次

> 对人类来说，死亡就在表面下很近的地方。
> ——《邪恶的狂欢节》

在这种顽固地反复出现的事实当中，最主要的是死亡本身这一事实：在《人类时代》的意识形态和本能的核心，就是努力想象死亡问题。但是，除非我们从一开始就假定"真正的"死亡对我们所有的人都绝对无法想象，否则我们不可能充分探讨这种看法，更不用说对它评价了：关于死亡的本质，我们根据意象和表征似乎已经可以明确地肯定，但从那个角度来看，意象和表征必须先验地被假定是非常多的扭曲。然而，如果真的如此，那么在严格的审视之下，对死亡的再现总会证明是对一种间接的、象征的、关于其他某种事物沉思的复杂的转移。

在这种意义上，《人类时代》里的死亡可以被看作是对一种相当不同的、基本的意识形态困境的"最终解决"，这种困扰了路易斯一生的困境，就是"个性"问题以及这种最高价值与讽刺机制之间的矛盾，路易斯为了维护讽刺机制而不断对它发展。这种矛盾（或者更确切地说，这种二律背反）可以经常根据问题重新安排，对此叙事似乎提供了回答：对它的理解是，问题事实上无法回答，而叙事的回答实际上是一种花招。

这确实像是路易斯在对自己提问：那些不是真正活着的人——大量生产的现代文明的仿真，他的讽刺中虚假的木偶——受害者——怎么可能死呢？如果生命本身不真实，那么在什么意义上死亡能是真实的？这个问题不仅是抽象的、形而上学的思辨，而且充斥着路易斯的形式实践的罪行，作为一位讽刺家，正如我们见到的，他在结构上形成一种侵略性的作用，而这种侵略性是根据现在可疑的现实的真正客体造就的。换句话说，如果可以证明死亡本身是不真实的，如果在逻辑上根据上面所提问题的前提条件推断，一开始就不是真正活着的人也不可能真死，那么讽刺家就被免去了他对受害者的所有罪过，这些受害者只是经历了一种死亡的现象，并非不可更改的死亡的现实。因此，从1928年神学科幻小说的第一部作品开始，这种小说的形式就很受欢迎，它使路易斯确信他塑造的受害者从未真正死过，实际上永远不可能死（"上帝创造的众生不可能毁灭"）。同样，在后来的作品里，一些明显令人不安的场景，例如那些在意外事故中严重伤残的"灵魂"的景象，全都是无论如何也无法毁灭的植物，以及永远把专门制造的东西保存在抽屉里——事实上，这种场景的作用是确保叙事证明最初已经展现的东西，即路易斯的讽刺从来没有杀死任何人，而且永远也不可能杀死任何人。

然而，在这个时刻，开始出现某种无法说明的事情：随着《人类时代》的进展，再清楚不过的是，这种来生复活了的死者可以最终真正死去，而且这次是永远死去，在路易斯的奥斯维辛地狱的恐怖中死去。这种预想不到的死亡也不仅是地方性的人类事件，而且还不可避免地遍布整个物质的宇宙。因此，以自身方式具有与人类同样肉体的天使，完全可以被有效地毁灭，就像对更加脆弱的人类"罪人"一样；于是最后形成了一种观点，由此看到了一种终极的可能——魔鬼，甚至上帝自己，最终死亡和消失。

这种出乎意料的逆转证实了路易斯最初思考的客体的矛盾结构：一种其倒转使叙事想象倾斜的转动机制，现在必然向下倾斜。按照奇幻—思想的逻辑，死亡的经验必定与生活的"现实"问题相关，或者换句话说，与强大"个人"的存在和实质相关。否定的回答使讽刺家摆脱了罪过：他的客体并非这种意义上的"个人"，所以决不可能假定他已经毁灭了他们。但是，肯定"个人"本身的意识形态价值，要求以各方面都与否定回答矛盾的肯定的回答再次重复否定的回答：因此，从这个角度出发，只有真正死亡的前景可以确认个体存在的现实。归根到底，只有死亡是真实的，才能牢固地、不容置疑地确立"强大个人"的存在。

对于想象死亡的永远不可改变性，实际上《爱的复仇》的高潮一幕提供了第一轮尝试。我们已经考察过路易斯的复杂策略，凭着这种策略，他利用马尔格那种有限的、不充分的对死亡的再现，投射出自在之物的地位，而自在之物显然无法在单子内部得到再现。马尔格的形象既被保留又被取消，以海德格尔或德里达那种"擦掉"的方式消除，然而这种"擦掉"又确认和保留了那些贫乏的形象的地位，因为它们是唯一可以用来表达本来既看不见又不能说的那些东西的方式。

现在，《人类时代》辩证地加强了这种奇特的运作方式，并在运作过程中将它转换成一种新性质的更好的叙事解决方法。回想起来，它的元素似乎已经隐含在《自责》里的本能内容之中：

> 事实是，当雷内·哈丁辞去他在英国的教授职务时，他已经站起来面对上帝。上帝曾把他打倒。他们羞辱他，让他成为笑柄，使他无法恢复；他们把他驱逐到荒野里。酒店的大火使他有机会获得第二次生命。他极其敏锐地抓住了这次机会；他没有被杀死，也不曾被杀死——他从第一次报复性打击（驱逐、流放）中幸存下来……当上帝第二次打击时，从打击的那个时刻，以及在医院的白色寂静中度过的日子里，他没

有任何机会毫无伤害地幸存下来。你不可能把一个人杀死两次,上帝也不可能打击一个人两次而此人还能幸存。

(SC,406)

实际上,在这一语境里,《自责》表明它有些像"想学害怕的男孩"之类的童话。当对死亡的想象在最初层面上使你失败时,似乎它的普通或陈旧的再现需要通过叙事来进行重复、加工和深入探究,这种叙事未能成功地带你通过第一次死亡,现在可以通过中断阅读的思想对抗那种毫无预谋的第二次死亡的打击来恢复这种失败。在《鹰河桥事件》里,可以最清楚有效地看到这个过程,其中幸存者的闪回倒叙,使被谴责的人的"第二次"坠落展现出所有可怕的"真正"致人死亡的危险力量。《人类时代》的神学框架现在可以理解为提供了一种体系,在这种体系里,这种叙事的重复可以以一种非线性的方式加以利用,它使讽刺的"真实世界"的木偶——受害者得以幸存下来,只是在那种复制它的物质来世,最好确保他们第二次死亡肯定是最后的终结。

由于这种叙事框架奇特地由多种因素决定,我们对《人类时代》的分析似乎达到了某种极限,一种无法理解的特定限制,一种随意的出发点,分析不可能超越。然而,"第二次死亡"的现象在拉康的心理分析中所发现的共鸣,提出了一条新的思索和解释的路线,只是必须暂时经过心理分析这种迂回。拉康本人发现了萨德作品的主题;而且非常恰当的是,他根据后期弗洛伊德的"死亡愿望"对主题的解释,应该提供一个最后的场合,使路易斯的能量模式直接对弗洛伊德的能量模式,而我们经常只是偶尔比较它们。

拉康对想象"第二次死亡"的现象的解读,对两种不同的领域产生了影响,而两种领域都与路易斯相关:"第二次死亡"使主体与他自己欲望的可疑关系戏剧化，然而在我们与其他主体那种本质上冲突的关系里，它也发挥一种启示作用（拉康的"镜像阶段"，以及它背后黑格尔那种争取承认的主人/奴隶的斗争）。

欲望问题与基本的死亡观（或者萨德作品中对痛苦的追求）明显无关，这点通过晚期弗洛伊德的死亡愿望的概念可以得到说明，弗洛伊德认为死亡愿望是一种本能，是"欲望"的一种形式，完全像性爱一样有力量、有目标。我们还必须明白，对拉康和对弗洛伊德自己一样，欲望或"愿望"是一种永远不可能满足的动力，只能使它短暂地停止。在我们自己的叙事分析框架里，对这种本来像是形而上命题的确证极有意义：对于弗洛伊德和拉康，欲望必然出现于某种"受束缚的"状态，也就是不可避免地被投入一种明确的再现，或者幻想—结构，或者本能的"叙事"或"文本"（所谓的观念客体的再现）。在这种意义上，不存在纯粹的本能或冲动，它们四处寻找合适的真实对象或想象的对象。就人们在心理方面尽可能往前回溯来看，欲望总是把自己呈现为已经具体化的欲望，或者以一种特殊的修辞表达出来。这就是为什么对欲望的操演从未成功：不论真实生活的重放多么真实，在欲望的"文本"和对它操演的主体的"现实"之间，必然总是坚持一种构成的不可比性，甚至有人说是一种本体论的不可比性：不论主体的"现实"是什么，也不论实际上多么满意，它永远不可能与幻想—文本或脚本一样，尽管它希望那些是确切的操演。

于是，类似萨德的作品的独特之处便可以理解：萨德的作品——水平较低，一般都是色情的——等于承认欲望的文本和它的再操演之间那种构成的鸿沟，而反过来它又试图通过把对欲望的操演转变为写出的文本克服那种鸿沟。然而，与普通或低水平的色情作品相反，萨德的典型价值在于其所用的方式，即文本出人意料地突出那种克服鸿沟的过程，虽然它承认那是不可能的。

"第二次死亡"主题的出现恰恰是萨德作品里的这种特殊时刻,并伴随着对其主要人物,即施虐者—刽子手圣冯德的行为中一种奇特矛盾的发现。后者的女性同谋坚持要找出为什么他总是先"把自己关闭一个小时,与[注定遭受折磨和死亡的个体]呆在一起;似乎在这种时刻,这位放荡的人正在向他的受害者传递某种费解的秘密,指示他带着这个秘密进入另一个世界"[1]。使他的倾听者——所有无神论者和唯物主义者,具有各种不同的启蒙思想——感到震惊的是,它表明圣冯德实际上相信来世;在那种关闭期间,他竭力向他的受害者保证有永恒的诅咒和肉体的死亡,从而获得"延长[受害者痛苦]的奇妙的愉悦,超越永恒的真正局限,如果有任何永恒的话"[2]。

拉康对这种插曲的评论如下:

> 地狱的概念一再被[萨德]驳斥,并被污蔑为宗教暴政的合法工具,但现在它奇怪地反过来成了他的那个主人公的动机,此人满怀激情地赞成在哲学或启蒙思想形式方面的放荡颠覆。……对他的受害者实施最后惩罚的方法基于这样的信念:他可以使他们的痛苦在来世也变成永恒的。这种行为的真实性通过他努力对其同谋者隐瞒以及对他们解释的尴尬而得到加强……萨德作品中的这种不一致性……可以通过他正式宣称的"第二次死亡"的方式来说明。针对可怕的自然常规,他期望[这种双重谋杀]为他提供安全(按照他的看法,中断犯罪本身的实际功能),而这需要延长死亡的过程,直到极度兴奋的主体的神魂颠倒本身得到复制:于是,[在萨德的最后遗愿和遗言以及他的人物对其受害者尸体实施的恐怖当中所表达的]意愿里,这种复制获得了象征的形式,为了防止身体已经腐败分裂的部分重新聚合,它们被完

全毁灭了。[3]

因此,"第二次死亡"在这里被看作一种方式的标志,按照这种方式,此时此刻因其有名无实的实现中的直接不满而加剧的欲望,持久不断地寻求超越自己,对其视域投射一种更充分的、想象的、满足的幻象和"超越"那种幻象的幻象,因而超越了对它完全是身体操演的"现实"。

但是,我们还没有具体说明这种欲望内超验的力量与不可思议的弗洛伊德的死亡愿望之间的联系。按照已有的理解,无论如何解释这个概念,如果把它直接归纳为渴望"真正的"死亡,或者匆匆把它等同于病态的失望或自杀的压抑之类的情感,都将是严重的误解。一开始最好把死亡本能理解为与它相对的性本能以另外更极端的方式对其目的的延长。进一步说,如果我们理解性本能基本上也是一种否定而非肯定的驱动力,享乐原则的目的不在于肯定的满足而在于消除张力,那么我们必然以另外的方式来看死亡本能:"不愉快对应于兴奋程度的增加,而快乐对应于减少。"[4]这仿佛是,因性本能的折中方法而激化的死亡本能(性本能的短暂满足只会导致它想缓解的那些紧张和兴奋不可避免地返回),现在决定与性本能相向而行,并决定把它运用到极致,从而有机生命的兴奋将彻底结束:"这似乎是,"弗洛伊德在其著名的一段里告诉我们,

> 本能是有机生命固有的一种驱动力,它恢复事物先前的状态,而迫于外部干扰的压力,生命体曾经不得已地放弃了那些事物;也就是说,它是一种机体的灵活性,或者换一种说法,有机生命中固有的惰性的表现……因此,本能必然产生一种欺骗的表象,好像是倾向变化和进步的力量,而事实

上它们只是寻求通过像是既旧又新的途径达到一种古老的目标。另外，也有可能具体说明有机体这种努力的最后目标……它一定是事物的古老状态，一种最初的状态，生命体曾在某个时刻离开这种状态，现在正努力沿着它发展的道路以迂回的方式重返那种状态。如果我们认为，一切活的东西无一例外地都会由于内在原因而死亡——再次变成无机物——是一种真理，那么我们不得不说"一切生命的目标都是死亡"，回首往事，只能说"无生命的东西在有生命的东西之前存在"。也许很长一段时间，生命体不断再生而又很容易死去，直到决定性的外部影响发生改变，迫使仍然活着的生物更加偏离其最初的生命历程，在到达死亡目的之前采取更复杂的迂回道路。[5]

如果我们想正确地解读这段话，我们一定会匆忙以一种更明确的对其明显隐含的性内容的具体说明来取代弗洛伊德那种生物的语言。与性本能一样，死亡本能也有其作为终极目的的高潮。只是在性本能表明一种现实主义妥协的地方，在承诺时间并适应欲望的必然再生和有机重复的地方，死亡本能投射出另外一种更是最后的解决和意愿，仿佛它如此彻底，以至于欲望和性完全不再存在，它们那难以容忍的重复也永远销声匿迹。"死亡"是死亡意愿的目的，因此死亡本能的理想迥异于肉体的死亡：它的最高目标就是没有任何性行为，性欲望本身彻底消失，路易斯的天使非常生动地体现了那种平静安详无生物的淡然情形。

当然，生命只有通过一种致命的错误解释才能实现这种愿望，这种解释以主体本身的消亡代替其欲望的消亡。死亡本能的力量在想象及其文本中可以更好地看到，它是另一种完全不同空间的永恒的投射，在这个空间里，死亡意愿那种对最终完全满足的固执的要求可以最终实现，而这在性本能的日常"真实"世界里显然是不可能的。因此，萨德为了记录他对普通的、常规化的、真实生命的堕落的实践的不满，他打开了一种文本和想象的空间，在这种空间里，圣冯德的人物和行为可以更完整地实现它们。然而，在这里，萨德的文本仍然无法与标准型的色情描写分开[6]，于是发生了预想不到的事情：萨德一开始的超验姿态，本身在他自己的文本再现内部得到复制，而圣冯德——在他自己的现实里复制了萨德的不满（现在成了萨德的再现）——重复萨德的超验姿态，打开文本自身之外的一个文本，一种文本的"来世"或来生，在这种文本里想象出最终的、超验的满足。因此，圣冯德"第二次死亡"的理想表明萨德的插曲是一种自我指涉，在再现自身内部复制萨德自己与它的关系。

对于"第二次死亡"的其他特征，它在这个主体与其他主体关系中的作用，这也必须被理解为迥异于传统"性虐待狂"或侵略性的概念，它们一般被作为某种原始的本能：

> 如果人们像拉康那样，把想象的关系解释为黑格尔那种争取承认的斗争，那么人们就会明白，在想象中"为纯粹的名誉而斗争"不可能依赖任何一种真正的死亡。实际上，它依赖于参与者之间某种隐含的或无意识的契约：他们两个都要活着，因为一个人不可能单独得到承认。因此，这种辩证必须依赖**想象的**死亡……[7]

然而，在美学再现领域，一切在这种意义上都是想象的，这种类似萨德或路易斯作品的范例性文本表明，这个过程几乎有一种无穷的力量：你杀死的人物已经是想象的，因此对于这第一层次的再现必须用一个第二层次的再现代替——一种对想象本身的想象——而对于第二层次的再现，还要另一层次的再现代替，如此不断，处于永无止境的复归。路易斯的讽刺旨在消除生物的现实，使它获得栩栩如生的空间静态；但是，在这种黑格尔式的与生存现实或讽刺对象的斗争中，胜利必定仍然是想象的胜利。因此，最初的现实把自身投射到一种幻象的、超验的领域，超越它自己的物质残存，以此更加确定会有第二次死亡。

不过，我们不可能离开这种描写而不注意精神分析的框架，它本质上是一种非历史的框架，因为它假定"第二次死亡"或死亡意愿的力量是人类从一开始就有的一种永恒的特征。无论如何，非常清楚的是，这种力量被那种异化过程奇怪地强化了，在人类历史中，异化把我们的社会生活与所有其他社会构成的生活区分开来，它是资本主义特有的一种生产方式。物化加剧欲望与其客体的关系，使前面讨论的再现的辩证经历质的飞跃，从而死亡意愿第一序的超验空间被迫进入自反性，产生出历史上那些新的形式结构和第二序的文本解决方式，也就是各种不同的现代主义。因此巴特评论说，

> 最伟大的现代主义作品，以一种神秘的静态，在文学本身的门槛上尽可能长久地徘徊，在这种预期的境遇里，生活获得了丰富和发展，并没有因其作为一种[制度化的]符号系统的奉献而受到破坏。[8]

由于这种徘徊不定，再现破坏自身，所以现代主义希望保留并打开某种超越物化的真正经验的空间，即那种力比多和乌托邦满足的空间，对此法兰克福学派说，一种想象失败的空间，由形式本身取消想象的空间，可以把想象释放到某种更强烈的第二级的实现和叙事修辞。实际上，巴特继续援引普鲁斯特，"他的全部作

品构成一种共时运动，既走近文学又退离文学"。普鲁斯特的解决方法因其对直接经验同时召唤和取消非常典型，但它仍然只是纸上谈兵，只有在第二次即书写和表达时，它才最后"实际上"发生，仿佛是"第一次"发生似的。然而在另一种意义上，巴特认为，没有任何一种现代主义的"解决方法"是范式的，因为每一种都是一种独特的、不稳定的、特定的即兴创作，它极力否认它在形式上的前提条件，以便规划某种超越它们的更真实的空间。但是在物化的世界上，这种最终乌托邦式的实现发现只有死亡本能的空间在它周围开放，因而必须在第二次死亡的地方寻求它的欢乐。

《人类时代》是另一个这种独特的、不稳定的形式策划，也许是最独特的，因为它把这种辩证本身主题化，并确定了它的解决方法的死亡特征。然而，如果认为这种解决方法——神学科幻小说的物质来世退回到人类的历史之中——结束生成它的矛盾，那将是错误的。相反，在路易斯叙事体系的最后危机里，这种解决方法更新了那些矛盾。因为，如果第二次死亡是一种想象的可能性，而死亡终究可以变成真实的，那么讽刺家就要对现在什么是真正的受害者承担最后的责任，他的侵略性固有的罪行也必须毫无掩饰地直接面对。

在这种意义上，路易斯的所有作品既是对暴力的表达，又是对其根源和后果含蓄的沉思。从《塔尔》里的决斗和《傲慢的准男爵》里的谋杀，到《爱的复仇》中的罪犯毫不负责，《悼婴节》里贝利夫的随意处决，萨梅尔的刑罚系统的残酷折磨，甚至到尚未完成的《人类时代》的第一版广播稿结尾那个踩扁普尔曼的巨大天使的脚，这些作品都通过致命的攻击加以强调，下面这一插曲可以作为这种攻击的一个典型：

大路上，萨特尔双手抓着有趣的人形玩物［一个苦力］，疯狂地向下盯着它，但它以一个巨大健壮耗子的凶猛和力量进行搏斗，猛然弓起背，在他的大腿上把自己对折起来。萨特尔发出一声尖锐的嚎叫，这个倔强的单细胞生命用牙齿刺伤了他的手，他摔掉它，痛苦地跺着脚，双手紧紧地夹在两条腿之间……反抗的小精灵敏捷地滚下去，现在站了起来，开始在路上奔跑，摆脱它的不幸场景。"我会抓住你的！"萨特尔大叫，他巨大的身躯充满了愤怒，他急速转过身，猛地追了起来。"萨特尔！萨特尔！"普尔曼跟在他后面喊叫。但几步之后，萨特尔就追上了那个逃亡者，飞起一脚踢到它的脸上，然后，在普尔曼追上他之前，踢足球的鞋子在一种充满残忍的狂喜中踩踏它，它在鞋子下面变成了一堆扁平不动的东西。"你这个猪猡！"普尔曼在他面前停下，气喘吁吁地叫道，而当他看见那个被踩踏得血肉模糊使人无法辨认的生命时，他转身离开了。

(CM, 107—108)

然而，正如埃利奥特对我们说明的，这是一切讽刺的真正目的，以诅咒的魔力摧毁它的受害者：

普洛塞耳皮娜·西尔维亚，我给你普洛提乌斯的脑袋。……他的眉头、眉毛、眼睑和眼球，我给你他的耳朵、鼻子、鼻孔、舌头、嘴唇和牙齿，这样他就不会说他的疼痛了；给你他的脖子、肩膀、胳膊和手指，这样他就不会帮助自己；给你他的胸膛、肝脏、心脏和双肺，这样他就无法确定他的疼处；给你他的肠子、肚子、肚脐和胁腹，这样他就不会健康地睡眠……但愿他会极其痛苦地消失和死去！[9]

第九章 如何死两次　141

我们已经特别指出路易斯作品中这种插曲自我指涉的维度，其中正式再现的明显封闭性，从侧面证明是为了表明再现用以构成自身的过程。那些辩论的作品也没有被排斥在这个过程之外：我们已经考察过这些文化批判奇怪的反转，它们自己是文化的产品，但发现自己在攻击文化本身；它们自己是知识分子的作品，但却攻击知识分子；通过这种反转，那些在其客体中谴责怨愤的怨愤理论，其自身就是怨愤的产物。

　　在某种意义上，路易斯自己也意识到这种矛盾，这在他最复杂和内省性的讽刺构成即《上帝之猿》里被充分记录下来。在一种意义上，这部作品只不过是一个插曲，逐一展现了各种不同的布鲁姆斯伯里的"猿人"，然而它明确提出了优越地位的构成问题，从那种优势地位，它们可以被清晰地看到并被描写出来：一种特权意识可能本身不被嘲笑，但按照现已熟悉的"讽刺家被讽刺"的模式，它会被致命地拉回到自己展现自己之中（"如果一面镜子反映出一个世界，而总是没有主要人物——我，那么这镜子的作用是什么呢？"）。于是，我们能够看到"教育"，看到猿人开始进入社会，看到低能的年轻人通过他的神秘庇护者贺拉斯·扎格鲁爵士将成为诗人丹·博林。我们相信丹所看见的东西，因为他非常天真，可以如实记录这些不可能的、假的人物的恶毒攻击，而这无论如何都不可能凭他自己发明出来；我们也相信贺拉斯爵士对这种景象的连续评论，因为那是丹做的；由于贺拉斯爵士自己敌视猿人，他必然不同于它们，因此作为一个非猿人和反猿人的他可能是个正面人物；最后，由于贺拉斯爵士自己只是那位更神秘的理论家皮埃布瓦的喉舌和代言人，而后者从未在作品中露面，于是有效地避免了尖刻的讽刺运作。

　　但是最后，他的一圈访问完成了，丹自己被驱赶到外面田野的黑暗之中，因为贺拉斯爵士认为，他与猿人没什么区别。由于这种逆转,贺拉斯爵士的真实性也突然受到怀疑,现在他在我们面前是渺小的布鲁姆斯伯里·查勒斯,像他曾严厉谴责的每个人一样腐败和虚伪。此外,我们开始怀疑,是否整个场景并没有被扎格鲁事先安排,也没有通过他被不在场但各方面都强大的皮埃布瓦事先安排;是否这些明显不真实的敌人,事实上他们并不是为了只有自己才知道的目的而秘密激发和鼓励这种不真实性,就像贝利夫——来世的官方判官以及以"品格"为基础的灵魂法官——证明是那种他被要求进行判断的不成熟性的真正代理和煽动者。

因此,作品拆散自己,破坏它自己最初的原则,它采取一种现象学括除的叙事方式,认为只要它的种种不幸需要,这种再现的世界就对我们开放,并据此消除它自己,将自己的有观点的人物丢弃到为他人准备的地狱。然而处死讽刺家本人也未能使他们的受害者复活。

同样,也不能说路易斯已经意识到这些辩论层面上的悖论,他的侵略性似乎终将针对他自己和他自己的实践:

> 关于教条主义滥觞的这卷更多的是针对"知识分子"的……就事物的本质而言,它是充满尖刻文字的一卷,这些文字来自"知识分子"的笔端和打字机——但这些"知识分子"也怨恨智力,因为智力没有像它应该做的那样很好地为他们服务,既没有带来名誉,也没有带来金钱。——但大量的这种滥用也是值得的——如果你使"艺术家"或"知识分子"这个术语得到一种相当广泛和流行的解释。事实上,这些绅士靠的是他们广博的个人知识,只是他们在滥用自己。没有任何目标比人们内心的目标更好。[10]

第九章　如何死两次

路易斯似乎徘徊在一个重大发现的边缘，他认真思考一个充满非真实木偶的虚假世界，而这些木偶又可以被杀死。然而实施这种死亡的人本身也不真实，甚或比他们的受害者更不真实。这是《爱的复仇》传递的热烈争论的政治信息：从幽灵的领域，从虚假面孔和空洞肖像的文字世界，从活的漫画、分裂的人、稻草人和自动机，从布鲁姆斯伯里当中，从哈德卡斯特和安博绍斯当中，从千百万赤色分子和空想的布尔什维克知识分子的伪造世界，终于出现了一种杀死生命的力量。不存在的东西伸出它幽灵的手臂，击倒了真实的血肉之躯，而由于自己不是实体，只把真正的尸体留在了后面。文字武器杀死真实的肉体：对于政治知识分子自己的有害的影响，还有什么更好的描写吗？但这是一种自画像，因为，难道路易斯自己不正是这样一种知识分子吗？他的无休止的、热情的文字，就像布拉西拉齐或罗伊·坎贝尔的那种文字，或者赛莱纳或德里欧·拉罗歇尔的那种文字，可以用来把最无知的野蛮形式和制度化的私刑合法化。所以最终"被讽刺的讽刺家"采取其明确的、不知不觉同时又奇怪地具有自我意识的形式，正如路易斯以马克思主义敌人的身份进行自我谴责，使他（在《爱的复仇》里）得到了他自己放弃了的绰号（珀西）。

实际上，这里谴责的并不是犯罪本身：不是无头脑地行刑，不单单是杀人，这些任何普通的歹徒或施虐者都可以做到，不需要以路易斯的才华进行谴责。不，这里真正令人怀疑的是知识分子本质上的"天真"：这种理论"信服"和反对观念上想象的对手及神秘的对立观点的内心游戏，它自己模糊的符号系统中那种对活人历史斗争的单一投射的内心游戏，充满激情的个人语言和个人宗教的内心游戏，这些一旦进入真实社会世界的力量领域，它们便呈现为一种充满杀气的、完全预想不到的力量。同样，还有20世纪20年代和30年代的法西斯主义理论家，他们许多人真正非常惊讶地发现词语所代表的事物；还有战后一代美国自由主义理论家，他们煞费苦心地热情为"自由世界"辩解，对自己的文字策略和应急计划的独创性感到极其高兴，而这些最终在东南亚那种硝烟弥漫和流血的种族屠杀中实现了自己。确切地说，那并不是他们的意思，因为，真正争论的恰恰是这种现实脱离了知识界的力量，恰恰是知识分子盲目地把自己囚禁于自己的文字世界。那不是我们的错误；那根本不是我们心里想的！实际上，它是在"悔恨"这种可怕的天真，在《爱的复仇》的最后几页，在我们惊讶的眼睛面前，那种天真永远挂着并闪烁着所有文学里的最真实的泪花。

【注释】

[1] D. A. F. de Sade, *L'Histoire de Juliette*, in *Oeuvres complètes* (Paris: Cercle du livre précieux, 1966), Vol. VIII, p. 354.

[2] Ibid., p. 357.

[3] Jacques Lacan, "Kant avec Sade," in *Écrits* (Paris: Seuil, 1966), p. 776.

[4] Sigmund Freud, *Beyond the Pleasure Principle*, in the Standard Edition (London: Hogarth Press, 1955), Volume XVIII, p. 8. 很快就会明白，按照我的解读，性爱本能和死亡本能的区分对应于当前法语里对快乐和享受的区分。弗洛伊德自己的犹豫（"接下来是推测，往往是牵强附会的推测，对此读者会根据他个人的偏好加以考虑或不予考虑"[24 页]）或许会使我们可以说，他自己根据一种固有的侵略本能对死亡本能的重新解释完全是意识形态的，与他后来的评论者毫无二致。

[5] Ibid., pp. 36, 38—39.

[6] 但是，在第一层面或再现的色情里有一种超验的原则，通常被误解为"侵越"，它将自己刻写在一种性规则的等级上面，而这种规则通过强奸、轮奸、乱伦、纳博科夫的少女恋、同性恋、施虐受虐狂，等等，从正常的性

行为"产生"。读者的文本总是被"标明"差异或作为一种文本，根据他自己的性行为把等级阶梯上的另一个规则戏剧化；同时，在消费社会里，这一系列的规则历时地得到发展，与一连串的禁忌被系统地利用和"穷尽"一样。

［7］A. G. Wilden, *System and Structure* (London: Tavistock, 1972), pp. 468—469.

［8］Roland Barthes, *Writing Degree Zero*, translated by Annette Lavers and Colin Smith (London: Jonathan Cape, 1967), p. 39.

［9］Robert C. Elliott, *The Power of Satire* (Princeton: Princeton University Press, 1960), p. 288.

［10］Wyndham Lewis, *Men Without Art* (London: Cassell, 1934), pp. 279—280.

第十章　作为受害者的希特勒

在一系列草率的报刊文章里，路易斯表达了他对1930年9月纳粹在德意志共和国国民议会里第一次大胜之后的柏林的印象，这些文章以书名《希特勒》(London：Chatto & Windus, 1931)出版，臭名昭著，不堪卒读：后面对这部作品的简短评述，无论其普遍作用如何，确实会把我们引向某些预想不到的结论。

由于他对城市的讽刺家的感受，路易斯很难忽视柏林最初的场面（"芝加哥，只能说更甚，但没有私下收买，由于那种巨大的差别——那种政治说明了大部分街头暴力"［18］）。这里表达的政治观点是，纳粹的街头暴力本质上是对共产主义的暴力和刺激的一种回应；然而不可回避的叙事观点却非常不同："但是，文雅的、通常戴着眼镜的年轻女子会接待［游客］，她们彬彬有礼，而他会给她们当中的一位买一杯酒，如此就像在家里一样……然后，这些温柔的、误入歧途的华丽美女，袒露双肩，带着镯子（像舞女的女性保镖一样优美），饮过一两杯之后，便悄悄地对外来的观光者耳语，说她们是男人……"（24）由于这种典型的迷人主题偏离出格，我们便开始真正的政治分析，我将把它恢复为一系列的论点。

1. "阿道夫·希特勒只是一位非常典型的德国'平民出身者'……甚至他的外貌本身也表明，他没有任何奇怪的地方。他不仅对他的典型性感到满意，而且热情地拥抱它。所以你在他身上发现，仿佛他以农民艺术那种粗犷简朴的线条雕刻而成，体现了条顿人的核心特征。他的'信条'本质上是一套相当原始的法则，并以那种特定的世系或类型传播，以便满足它的特殊需要和雄心，保证它充满活力的生存，决不改变它的纯粹的种族传统"（31—32）。这与庞德向墨索里尼的"才华"致敬所用的那种崇拜英雄的语调非常不同，它也表明了路易斯文章的立场。他的意思是向英国公众传递一种文化上与之不同的现象的精神；他想把纳粹运动译介和解释为具有历史意义的事态，但不一定赞成它。"我站出来是作为德意志国家社会主义或希特勒主义的一个阐发者——不是作为批判者，也不是作为支持者"（4）。在我看来，这种说教姿态对理解希特勒（和德意志）对路易斯的象征价值至关重要：他们不仅受到双重压制——马克思主义的挑战和凡尔赛条约——而且这种压制被正式写入他的文本，作为英国读者的误会和误解，因此路易斯必然要针对这种情形写出文章。

2. 纳粹的种族概念对马克思主义的阶级概念是一种值得欢迎的矫正方法："阶级学说——反对种族学说——要求历史清白。一切都必须清除得干干净净。真正疯狂的马克思主义专制者需要的是一种没有色彩、没有特征、自动的——时间上二维的东西。只有一种没有背景的思想，没有任何精神的深度，一种宣传的平面镜子，一种返回流行语言的模仿的灵魂，一种毫无反思的自我，一言以蔽之，一种彼得·潘的机器——成年孩子——将得到宽容"（84）。

3. 希特勒的计划是欧洲防护的一个范例，当时欧洲的知识分子正忙于通过他们的"异国感悟"（一种对非白人世界的伤感[121]）破坏其合法性。实际上，希特勒主义者对欧洲其他国家的统治阶级发出这样的信息："尊敬的先生和仁慈的女士，当你们年轻时——啊，目光短浅，非常放纵，你们是具有逆反情绪的人！——何时我们可以期望你们改变，转向更实际的利益？试试你们的白人意识如何——它真的不是像你们认为的那么迟钝！一个'澳大利亚白人'——那可能很难对付。对一个'欧洲白人',至少没有难以对付的东西。今天的欧洲没有以前那么大。它是'在亚洲最西部的一个小小的半岛'。它非常小。为什么我们不聚合起来,使我们的白人文明处于守势?让我们以相互取消所有这些可怕的债务开始,它们正在从经济上毁灭我们的生命"(121)。

4. 纳粹的计划包含许多路易斯感受最深的论辩的主题:"一种'性战争',一种'年龄战争',一种'以肤色为界的战争',它们全都受到大商业的鼓励,以便使劳动力越来越便宜,从而越来越奴役他们。我不喜欢现在的资本主义制度"(97)。希特勒主义不仅拒绝号召仇恨和分裂马克思主义的阶级斗争,拒绝那种有害的"异国意义"的"教士的背叛",而且它还为西方的"青年崇拜"转变成一种真正的政治运动提供了可喜的范例(97)。

5. "种族"本质上代表对民族境遇独特性的肯定:正是在这种意义上,路易斯论述纳粹的反犹太主义。按照他的看法,后者是德意志的一种民族特征,不论它多么令人厌恶,也必须这样来理解。但这里路易斯对德国人自己有一种相反的说教,因为他们试图对其他民族解释他们自己:"希特勒主义者必须明白,当他对一个英国人或美国人谈论'犹太人'时(他容易这么做),他很容易谈论那个绅士的妻子!或者,无论如何,各人有各人的犹太人!是一个很古老的英语说法。所以,如果希特勒主义者想赢得英国的听众,他必须降低自己的声音,轻声说(而不是喊叫)该死的犹大,假如他一定要把这种激烈的、难以容忍的看法表达出来。因此——肯定有些恶意,但为了麦克的爱并没有'反犹太主义'!"(42)

6. 希特勒的经济学是德国农民的那种经济学,本质上反对资本主义,攻击银行、信贷资本以及战争债券。希特勒是一个"狂热的信贷者"。纳粹反对共产主义("它把大都会的机械方式转移到农村"），"攻击共产主义者以数量的概念代替质量的概念……当然，在某些观点上，共产主义者和国家社会主义者相当一致。最后，他们的两种不同学说为什么不能融合的原因是：马克思主义或共产主义的学说是一种狂热地非人性化的学说。它建立了严格的禁律，反对'个人'的延续。在'个人'的地方，共产主义者以事物取而代之——如前所述，以数量代替质量……因此，即使在其纯粹'德意志精神'意义上的希特勒主义，可能也保留了太多的个性或者某种第二级的秩序，然而希特勒似乎更适合共产主义，尽管按照其方式根本不可能有任何共产主义。……个人品格是世界上唯一重要的东西"（182—183）。因此，"与他的反对者即共产主义者的世界观相比，希特勒主义者的世界观或与他相近的关系（臭名昭彰的'狂热的信贷者'）是欢乐愉快的……按照原则——因为他的哲学是一种蓄意而为的'灾难的'哲学（马克思的话）——共产主义者从最黑暗的方面看待一切事物……希特勒主义者的梦想充满了一种即将来临的古典的平静——安逸和富裕。由于这些，它成了悲惨的地点对黄金的时代！"（183—184）

大部分关于这部作品的讨论（一般都不好意思地以沉默表示忽视）集中于一个伪问题：根据这种"误导的"对掌权之前的希特勒的评价，是否应该认为路易斯是个法西斯主义者或者同情法西斯主义者？读者一般都会想到，路易斯改变了他的思想，在第二次世界大战前夕，写出了反纳粹的爆炸性的作品《希特勒崇拜及其结局》（1939）。但路易斯对希特勒的看法决不是他早期作品的最重要的特征。

从我们的观点看，非常重要的是《希特勒》充满了各种意识形态立场，这种情况一直保持到路易斯的生命的最后：那些基本的主题没有改变，即使他对希特勒的看法发生了变化。在这些主题当中，远比他对希特勒作为一个历史人物的态度更重要的，是他对法西斯主义作为一种历史力量的态度。直到他写作生涯的最后，路易斯仍然认为法西斯主义是革命者反对现状的伟大的政治表达。这种关于法西斯主义的基本的历史观——这种在路易斯的力比多机制里"法西斯主义"的构成性地位——并没有因他后来（不错）反纳粹的信念而改变，事实上，这种历史观还在他去世前两年于1957年发表的《快乐的魔鬼》得到了重申：

184　　　希佩里德斯代表最近的政治现象——人人都表示痛恨或厌恶。这里是法西斯主义者，当代社会的主要批评家。地球上的这位新来者提出取代已经衰败的传统，无论有什么变化，它都不能再维护自己。因此，这种衰败了的传统力量，与它的死敌马克思主义的力量，为了毁灭这个凶暴的中间人（既借用旧的也借用新的）把它们的力量联合了起来。

(MG，220)

到了冷战时期，纳粹在世界政治舞台上作为一种存在被彻底消灭之后，这种对第二次世界大战回顾性的评价似乎不合时宜，读者很可能认为它是一种陈旧思想的残存，虽然那种思想在20世纪20年代和30年代对路易斯适宜。然而，长期以来，在体制化的法西斯主义本身被击败以后，法西斯主义仍然被作为一种政治（和力比多）的体现，它体现了路易斯强烈的否定性，他的反抗论，他作为敌人的姿态，这是事实，而且我认为这种事实从某种不同的视角可以更好地得到理解。法西斯主义作为一种反应的象征价值是通过更核心的共产主义立场决定的，据此初期法西斯主义的反资本主义态度（路易斯赞同）才经常得到理解。关于为什么路易斯认为共产主义不可能是一种满意的解决方法，我们已经

第十章 作为受害者的希特勒

谈到了许多原因。最后一个原因现在证明是他觉得——在一切说过之后自相矛盾——共产主义是一种历史的必然性,因此,在某种意义上,是时代精神最后的、最不可改变的形式,针对这种情况,对抗的思想必然总要采取一种立场。

在这种意义上,本着当前研究的精神,即已经成为一种对路易斯作品的内在分析的研究,或摆脱了总是在结构上隐含其中的自我批判的研究,我们可以以他自己那种戏谑中的真理作为最后的结语:

> 我知道,未来某个时候,在布尔什维克主义的神龛里会有我的适当的位置,作为中产阶级思想的伟大敌人……我说:"我将处于反叛的预言者当中!"《塔尔》里我的"资产阶级豪放不羁的艺术家"——啊,还有在我的《上帝之猿》里——将为未来共产主义国家的小学生提供"节选的段落",——对此我深信不疑——说明不加约束的个人主义可以变得多么令人厌恶。[1]

【注释】

[1] Wyndham Lewis, *Men Without Art* (London: Cassell, 1934), pp. 267—268.

索 引

Adorno, T. W., 阿多诺, T. W., 13, 19, 124, 134 n8, 171
Aldiss, Brian, 奥尔迪斯, 布赖恩, 42 n4
Althusser, Louis, 阿尔都塞, 路, 12, 21—22, 125
Aquinas, Thomas, 阿奎那, 托马斯, 152
Aristotle, 亚里士多德 29, 41, 68, 137
Augustine, Saint, 奥古斯丁, 圣, 152

Babbitt, Irvine, 巴比特, 欧文, 128
Bachelard, Gaston, 巴什拉, 加斯东, 42
Bakhtin, Mikhail, 巴赫金, 米哈伊尔, 38 n1
Balzac, Honore de, 巴尔扎克, 奥诺雷·德, 21, 129
Barthes, Roland, 巴特, 罗兰, 17, 27 n2, 38, 45—46, 80, 93 n5, 124, 171—172
Beauvoir, Simone de, 波伏娃, 西蒙·德, 40
Beckett, Samuel, 萨缪尔·贝克特, 35, 52—53, 58, 60
Benda, Julien, 朱利恩, 邦达, 128, 132
Bennett, Arnold, 贝内特, 阿诺德, 31
Berg, Alban, 贝尔格, 阿尔班, 149
Bergson, Henri, 柏格森, 亨利, 3—4, 123, 134—135
Bierce, Ambrose, 比尔斯, 安布罗斯, 164
Bloch, Ernst, 布洛赫, 恩斯特, 152
Boccaccio, Giovanni, 薄伽丘, 乔万尼, 68
Borie, Jean, 鲍里, 让, 59
Brasillach, Robert, 布拉西拉齐, 罗伯特, 14, 176

索 引

Brecht, Bertolt, 布莱希特, 贝尔托, 89
Burke, Edmund, 伯克, 埃德蒙, 18, 128

Campbell, Roy, 坎贝尔, 罗伊, 176
Celine, Louis-Ferdinand, 赛莱纳, 路易-费迪南, 176
Chesterton, G. K., 切斯特顿, G. K., 150
Coleridge, Samuel Taylor, 柯勒律治, 萨缪尔·泰勒, 68—69
Culture critique, 文化批判, 128—132

Dante Alighieri, 但丁, 阿利盖里, 68, 77, 108
Deleuze, Gilles, 德勒兹, 吉尔, 7, 9 n7, 36, 51—52, 124
Derrida, Jacques, 德里达, 雅克, 163
Dostoyevsky, Fyodor, 陀思妥耶夫斯基, 费奥多, 40, 88—89, 102
Drieu la Rochelle, Pierre, 德里欧·拉罗歇尔, 皮埃尔, 14, 176
Duras, Marguerite, 杜拉斯, 玛格丽特, 40

Eagleton, Terry, 伊格尔顿, 特里, 19, 95 n7
Eliot, T. S., 艾略特, T. S., 1, 87, 114, 116, 128
Elliott, Robert C., 埃利奥特, 罗伯特·C., 126—127, 137—138, 173
Empson, William, 燕卜孙, 22 n18
Engels, Friedrich, 恩格斯, 弗里德里希, 80
Erikson, Erik, 埃里克森, 埃里克, 11 n10

Fascism, See protofascism, 法西斯主义, 参见初期法西斯主义
Faulkner, William, 福克纳, 威廉, 21, 25, 63, 85
Flaubert, Gustave, 福楼拜, 古斯塔夫, 7, 25, 58, 59—60, 72, 79—80, 92
Ford, Ford Maddox, 福特, 福特·马多克斯, 139
Forster, E. M., 福斯特, E. M., 95

Fourier, Charles, 傅里叶, 查尔斯, 152
Freud, Sigmund, 弗洛伊德, 西格蒙德, 9, 10, 49, 50
    Eros and Thanatos, 性爱本能和死亡本能, 103, 164—165, 167—169
    models of the psyche, 精神模式, 96, 98
    "the uncanny", "神秘之物", 57—58
Frye, Northrop, 弗莱, 诺斯罗普, 10

Genette, Gerard, 热奈特, 热拉尔, 27 n2
Germany, 德国, 18, 89, 120—121, 147, 179—184
Gide, Andre, 纪德, 安德烈, 77, 88, 100
Giotto, 乔托, 100
Godwin, Charles, 葛德文, 查尔斯, 130
Greene, Graham, 格林, 格林厄姆, 6, 149
Greimas, A. J., 格雷马斯, A. J., 49—50, 99
Guattari, Felix, 瓜塔里, 菲利克斯, 7, 9 n7, 36, 51—52

Hegel, G. W. F., 黑格尔, G. W. F., 60—61, 164, 170
Heidegger, Martin, 海德格尔, 马丁, 123, 128, 163
Hemingway, Ernest, 海明威, 欧内斯特, 4
Hill, Christopher, 希尔, 克里斯托弗, 153
Horkheimer, Max, 霍克海默, 马克斯, 19, 134 n8, 171
Hugo, Victor, 雨果, 维克多, 78

ideology, 意识形态, 12—13, 15—18, 19—20, 21—23, 110—115, 161—162
irony, 反讽, 54—56, 139

Jakobson, Roman, 雅克布森, 罗曼, 28—29
James, Henry, 詹姆斯, 亨利, 26, 55—56, 63, 139

索引

James, William, 詹姆斯, 威廉, 124
Joyce, James, 乔伊斯, 詹姆斯, 1, 4, 16, 25, 32, 34, 57—58, 72, 79, 87, 124

Kenner, Hugh, 肯纳, 休, 2, 71, 76

Lacan, Jacques, 拉康, 雅克, 50, 91, 164, 166—167, 170
Lawrence, D. H., 劳伦斯, D. H., 1, 40, 51—52, 89, 97
LeCarre, John, 勒卡里, 约翰, 149
Lenin, V. I., 列宁, V. I., 16, 92
Levin, Harry, 莱文, 哈里, 39 n2
Levi-Strauss, Claude, 列维-施特劳斯, 克劳德, 49, 69 n1
Lewis, C. S., 路易斯, C. S., 150
Lewis, Wyndham, works by: 路易斯, 温德姆, 写的作品:
 The Apes of God, 《上帝之猿》, 5, 32, 102, 136, 142, 146, 148, 174—175
 The Art of Being Ruled, 《被统治的艺术》, 123
 "Cantleman's Spring Mate", 《坎特尔曼的春伴》, 26—29, 55
 The Childermass, 《悼婴节》, 6, 16, 32, 36, 37, 42 n4, 52—55, 57, 68—75, 88, 106, 108—110, 172—173
 Hitler, 《希特勒》, 5, 120, 123, 179—185
 The Hitler Cult and How It Will End, 《希特勒崇拜及其结局》, 183
 The Human Age, 《人类时代》, 6, 54, 76, 88, 106, 116, 118—121, 127, 148—159, 160—164, 172—173
 The Lion and the Fox, 《狮子和狐狸》, 123
 Malign Fiesta, 《有害的假日》, 150, 154, 155, 156—157, 160
 Men Without Art, 《没有艺术的人》, 52n10, 123
 Monster Gai, 《快乐的魔鬼》, 42 n4, 114—115, 118—119, 154—155, 157—159, 183—184

The Revenge for Love,《爱的复仇》,6,26,31,37,44,63,74,82—86,120,145—148,162—163,172,176—177

Rotting Hill,《堕落的希尔》,114

Self Condemned,《自责》,6,132,138—145,163

Snooty Baronet,《傲慢的准男爵》,172

Tarr,《塔尔》,2,4,5,11,25,36,37—38,42—49,52,64—67,80,88—89,90—104,105,106,117,122,136,141,145,146—147,172

Time and Western Man,《时间和西方人》,3,55,105,122,123,127—128,134—135,151

The Wild Body,《野蛮的身体》,35,36,81,90,106—108

The Writer and the Absolute,《作家和绝对主义者》,5,127

Libidinal apparatus,力比多机制,9—11,48,95—96

Lindsay, David,林赛,大卫,150

Lubbock, Percy,卢伯克,珀西,27 n2

Lukacs, Georg,卢卡奇,格奥尔格,13,17 n15,133

Lyotard, Jean-Francois,利奥塔,让-弗朗索瓦,10,52 n9,95

Macherey, Pierre,马舍雷,彼埃尔,22

Machine and the mechanical,机器及机械的,16,25—26,28,31—32,80,81—83,106—108

Macluhan, Marshall,麦克卢汉,马歇尔,124

Magritte, Rene,马格利特,雷内,49

Mallarme, Stephane,马拉美,斯蒂凡,85

Mann, Thomas,曼,托马斯,90

Marcuse, Herbert,马尔库塞,赫伯特,64,152,156

Marinetti, Filippo,马里奈蒂,费立波,25—26,51

Martinet, Andre,马蒂内,安德烈,69

Marx, Karl,马克思,卡尔,17 n15,52 n9,80,133

Mauron, Charles, 毛伦, 查尔斯, 10
Maurras, Charles, 莫拉斯, 查尔斯, 116, 128
Mickiewicz, Adam, 密茨凯维支, 亚当, 76
Milton, John, 弥尔顿, 约翰, 22 n18, 76, 78, 153 n3
Modernism, 现代主义, 2—4, 13—14, 19—20, 38—40, 45, 64—69, 72, 75—76, 123, 171—172

Naturalism, 自然主义, 112—113
Nietzsche, Friedrich, 尼采, 弗里德里希, 56, 77, 118, 123, 124, 128, 130—131, 132, 149

Olesha, Yurii, 奥廖列沙, 尤里, 40
Ortegay Gasset, Jose, 奥特加·伊·加塞特, 何塞, 124, 128

Picasso, Pablo, 毕加索, 巴布罗, 4
Pornography, 色情描写, 165, 169
Poststructuralist aesthetic, 后结构主义美学, 7 n6, 19—20, 30, 35, 51—52
Poulantzas, Nicos, 布朗扎, 尼克斯, 15 n4
Pound, Ezra, 庞德, 埃兹拉, 1, 2, 4, 5, 16, 87, 116, 120, 124, 180
Proairetic code, 行为语码, 38, 45—46, 64, 80
Propp, Vladimir, 普洛普, 弗拉迪米尔, 49—50
Protofascism, 初期法西斯主义, 5, 14—18, 23, 30, 114, 129—130, 179—184
Proust, Marcel, 普鲁斯特, 马塞尔, 4, 29, 47, 63, 70, 172

Reich, Charles, 雷奇, 查尔斯, 130
Reich, Wilhelm, 雷奇, 威尔赫姆, 90
Reification, 物化, 13—14, 39, 67, 81, 132—134, 171
Ressentiment, 怨愤, 123, 130—132, 151
Ruskin, John, 拉斯金, 约翰, 146

Sade, D. A. F. de, 萨德, D. A. F., 164—167, 169—170

Said, Edward W., 萨义德, 爱德华·W., 50 n12

Sapir, Edward, 萨皮尔, 爱德华, 50

Sarraute, Nathalie, 萨洛特, 娜塔莉, 40, 60—61, 63—64

Sartre, Jean-Paul, 萨特, 让-保罗, 11 n10, 40, 82, 107, 111 n2

Satire, 讽刺, 52, 72—73, 79—80, 97—98, 102, 109, 135, 136—138, 140—142, 161—162, 170, 172

Saussure, Ferdinand de, 索绪尔, 费迪南·德, 41

Scheler, Max, 舍勒, 马克斯, 128

Schiller, Friedrich, 席勒, 弗里德里希, 130

sexism and misogyny, 性别主义和厌女症, 4, 20—21, 97, 141—146

Shaw, George Bernard, 萧伯纳, 5, 87—88, 89, 98, 102, 119

Solzhenitsyn, Alexander, 索尔仁尼琴, 亚历山大, 21

Spengler, Oswald, 斯宾格勒, 奥斯瓦尔德, 124, 128

Stein, Gertrude, 斯泰因, 格特露德, 4, 32

Stendhal, 司汤达, 90

Stern, J. P., 斯特恩, J. P., 114 n3

Sterne, Laurence, 斯特纳, 劳伦斯, 31

Stravinsky, Igor, 斯特拉文斯基, 伊格尔, 4

"subject", the psychoanalytic, "主体", 精神分析, 18, 30, 50—52, 55—59, 103, 105—106, 111—112

Swift, Jonathan, 斯威夫特, 乔纳森, 76, 127, 138

Taine, Hippolyte, 希波吕忒, 泰纳, 128

Tel Quel group, 泰凯尔小组, 13

theology, 神学, 37, 118—119, 150—154, 162

Trilling, Lionel, 特里林, 莱昂内尔, 3

Tropes, 转义

   allegory, 寓言, 30, 65—67, 90—91, 93—97

apposition，同位语，54，69—71

heroic simile，夸张的明喻，76—78

hypallage，换置，27

metaphor，隐喻，28—31

metonymy，转喻，27—32，35—36，82，106

Valéry, Paul，瓦莱里，保罗，128

Vergil，维吉尔，75，78

Verne, Jules，凡尔纳，儒勒，22

Vertov, Dziga，维尔托夫，吉加，108

Watson, John B.，华生，约翰，124

Waugh, Evelyn，沃，伊芙琳，2

Weber, Max，韦伯，马克斯，133

Wells, H. G.，威尔斯，H. G.，31

Whitehead, Alfred, North，怀特海，奥尔弗雷德·诺思，4，123.

Whorf, Benjamin Lee，沃尔夫，本杰明·李，50

Wilden, A. G.，威尔顿，A. G.，170

Williams, Charles，威廉斯，查尔斯，150

Woolf, Virginia，伍尔夫，弗吉尼亚，146

Yeats, W. B.，叶芝，W. B.，1，5，87

附录　论电影中的魔幻现实主义[*]

魔幻现实主义这个概念引发了很多问题,既有理论方面的问题,也有历史方面的问题。我第一次接触这个概念是在 20 世纪 50 年代中期的一次北美画展上;差不多同时,安吉尔·弗劳里斯(Angel Flores)(用英语)发表了一篇很有影响的文章,其中在谈论博尔赫斯的作品时用到了该词[1];但是,阿莱霍·卡彭铁尔(Alejo Carpentier)的神奇现实(real maravilloso)概念似乎提供了一个相关的或替换性概念,而他自己的作品和米尔·安基·阿斯杜里亚斯(Miguel Angel Asturias)的作品似乎都要求这一概念在应用时有所扩展。[2]最终,20 世纪 60 年代,加布里尔·加西亚·马尔克斯(Gabriel García Márquez)的小说开启了一个新的"魔幻现实主义"王国,它与先前提出的理论及创作实践究竟是什么关系尚待确定。如果你把"魔幻现实主义"的概念和与其相互冲突或重叠的术语并置,这些概念性问题就会清楚地显现出来。例如,最初它如何与通常被简单地称为奇幻文学的那个更广大范畴区分开来,这个问题并没有清楚的答案。在这一点上,可能产生争议的是要将一种特殊的叙事或表现形式与"现实主义"区分开来。然而,卡彭铁尔以更真实的拉丁美洲形式在舞台上清晰地诠释了自己的作品,那种形式在欧洲更加物化的语境中表现为超现实主义:在此,重点似乎已经是某种客观世界本身的诗意

---

[*] 此文选自 Signatures of the Visible (New York: Routledge, 1990), pp. 128—152。该文最初载于 Critical Inquiry, Vol. 12, No. 2, Winter, 1986, pp. 301—325。

变形——不是非常典型的奇幻叙事，而是在感悟和被感悟之事等方面的一种转变（下面我的讨论将与这一理解保持密切联系）。在加西亚·马尔克斯的作品中，这两个趋势似乎形成了一种新的联合——在一个变形的客观世界里，奇幻的事情也被叙述。但是在这一点上，"魔幻现实主义"的焦点好像要转移到一种肯定可以被称做考古学的视角：魔幻现实主义现在被理解为一种叙事素材，这些素材主要取自农业社会，用精微的方式描写村落世界甚或部落神话〔在这一点上，这种模式与尼日利亚的图图欧拉（Tutuola）的作品或巴西作家马里奥·安德拉德（mario de Andrade）创作于1928年的《马古乃马》（*Macunaima*）等文本之间存在着更强有力的联系〕。同时，近期的争论由于引入另一个不同的问题而将这一切复杂化了：即这类作品分别具有什么样的政治价值或令人吃惊的价值这一难题，我们将其中的很多作品归于旗帜鲜明的左翼或革命作家（阿斯杜里亚斯、卡彭铁尔、加西亚·马尔克斯）。[3]尽管其在术语上显得纷繁杂乱——可能导致对这一概念的放弃——但这一概念依然保持了一种奇怪的诱惑力，我将对此做进一步的探究，为这一困惑引入取自拉康和弗洛伊德的"诡异"（uncanny）概念作为参考点，并且将它与"魔幻现实主义"（现在已经被借鉴到电影当中）可能作为当代后现代主义叙事逻辑一种可能的替代物这一论点结合起来。[4]

的确，一部重要的、新拍摄的波兰电影——《狂热》（*Fever*），1981年由阿格纽斯卡·霍兰德执导——让我开始了这项工作，尽管它本身不是一部"魔幻现实主义"电影，但至少我必须说明，这是我私下或个人赋予这个术语的含义。[5]一般意义上的波兰，尤其是1905年的波兰革命运动（这部影片的主题）似乎是一个意想不到又足够特别的参考点，直到它与某种拉美电影之间的相似性在我面前变得逐渐清晰：我特别想到最近一部委内瑞拉出品的电影《水房》（*La Casa De Agua*），讲的是一位历史人物，他就是19世纪的委内瑞拉诗人克鲁兹·伊利亚斯·利昂（Cruz Elias Leon），他患上了麻风病；我还想到一部哥伦比亚电影，片名是《不是每天都埋葬神鹰》（*Condores no entierran todos los dias*）（以下简称为《鹰》）[6]，讲的是世纪之交的一个暴徒和一场政治谋杀。[7]这两部电影表现的都是政治暴力——监禁、虐待、处决和谋杀——但是在格调上却极为不同：第一部展示的是一个奇怪但富有诗意的视觉现实；第二部则相当冗长，包含一连串难以平息的、不间断的暴力行动，用华美同时又传统的彩色胶片拍摄。同时，《狂热》痴迷于暴力，尤其强调暗杀是一种政治武器：具有"恐怖主义"的无政府主义传统或**以行动进行宣传鼓动**的传统，带有那种企图暗杀沙皇、黑社会或暴乱的情绪，康拉德的小说《特务》所描写的暴力，以及我们这个时代爱尔兰共和军的那种精神。这部影片其实是一个关于炸弹的故事，我们目睹了其复杂的行进路线和最终的目的地，从一名化学家开始制造这枚炸弹，一直到由一名沙皇派爆破专家在湖中将其最后引爆。否则，这第三部影片所表现的内容就与其他两部没有多少共同点了，它既不同于《水房》的抒情风格，又与《鹰》中虐待成瘾、残酷无情的野蛮兽性格格不入。

  不过，尽管有这些风格上的差异，我仍然坚持认为它们有某些共同特点，对此我将分别予以阐述：它们都是**历史题材**影片；每部影片所采用的大相径庭的**色彩**形成了一种独特的补充，每部影片带给我们的特殊愉悦、幻想或享受都有据可依；最后，在每部影片中，**叙事**动力都在某种程度上被减弱、压缩或简化了，而将注意力集中于暴力（还有性，但程度较弱）。我想解释一下之所以这样的原因——与上面简要说过的更加传统的拉美概念形成对照——这三个特点作为某种魔幻现实主义的要素吸引了我的注意力。事实上，它们全都以不同的方式在宣扬一种视觉魔咒，是对当下时间里形象的一种迷醉，它既不同于其他叙事系统中对凝视的次一等或辅助性运用，也不同于巴赞（Bazin）将镜头作为揭示**存在**（deconcealment）的本体论概念（我认为这一点在黑白影片中表现得更到位）。

I

我已经说过，作为历史题材影片这一体裁的作品，可以同后现代主义风格的同类影片，即我们称之为怀旧电影的体裁严格区分开来，这是我们就怀旧影片已经达成的共识，如同完全可以将这类作品与美学和历史概念区分开来一样，按照卢卡奇的典型说法，美学与历史概念构成了以往历史表现方式的特点，这种表现方式总是与旧时的历史小说连在一起。我在他处将怀旧电影描述为老式历史再现系统的替代物，它的确是一种虚拟的症状生成，是对我们这个时代历史弱化现象在形式上的一种补偿，与以往它作为浮华的偶像来慰藉那些未得到满足的渴望没什么两样。[8] 在怀旧影片中，形象——其表面总是反映出具有时代感的现实光辉——被消费，被转化为一种视觉商品。尽管它能够产生强烈的视觉愉悦，我现在将其称为魔幻现实主义电影，但我认为，它还并不完全是观看主体介入的方式。

真正介入其中的当然是**历史**，但在那种情形中，历史是有漏洞的历史，是有疏漏的历史，包括那些我们一时还看不到的漏洞，我们的目光与要理解的目标非常近。这些漏洞可能首先就表现为信息上的缺口，然而，它们处于一连串的空间环境中，这些环境对心灵而言显得过于强烈，所以便没有闲情去问关于它的其他问题了。

的确，不管由于什么原因，我们现在讨论的这三部影片似乎都对它们的历史框架预设了广泛的先在知识，但又避免完全暴露出来，因而它们也提前表现出传统的**开始方式**："1812 年 11 月的一天，曙光微现，由两匹骡子拉着的两轮马车沿着凯姆坡斯特拉街向城北驶去，一个穿黑衣的赶车人骑在其中一匹骡子上，这在当时很平常。"我要特别指出，这些新电影都预先假设对眼前闪过的人和地方已经存在某种**熟悉性**（familiarity），我不希望保留这个已经包含某种意义的词语来指称某些截然不同的事物。它也根本不适合**从中间开始**的史诗，这种史诗比古典小说的开篇更清晰地打上了一套既定规则的印记，而这些规则的起源和意义可能有望在大家都认为合适的时间被说穿。

一般来说，我觉得我们必须让自己敏锐地意识到**进入**叙事所受到的震撼，这个很像是身体试着浸没在某种陌生的元素中，了解此时此刻潜意识里感觉到的全部焦虑，对于液体表面可能隐藏着的东西有种想说又说不清楚的恐惧，我们自身的脆弱感伴随着与不洁之物进行不良接触时的那种古老恐慌一同而来；还能感到一种疲劳，对未知人物在缓慢的学徒期间需付出的智力上的努力感到疲劳，对他们的复杂环境感到疲劳，就好像在一定会惊心动魄的冒险表象下面，关于即将来临的牺牲自我以成全叙事文本这一点一直都存在某种深层的模糊性。我们需要一门历史现象学，它研究切入点的问题，它是一个各种遮蔽物的清单，这些遮蔽物将演出分成不同的部分，或者研究各种褶叶和缝隙，我们需要通过这些褶叶和缝隙来介绍我们头脑中的思想；它探究各种角度，我们顺着这些角度窥视，它还包括我们将置身其中的叙事空间可视度的高低界限。例如，在左拉的自然主义诗学中，即使是最不起眼的特征也不会出现在他最伟大的作品开篇那种可怕的、昏暗的、邪恶的、至今仍说不清道不明的空间里：在《巴黎的肚子》

(*Le Ventre de Paris*)中,拉蔬菜的车在明暗不定的拂晓逐渐靠近巴黎;或者再举个巴黎的例子,在《衣冠禽兽》(*La Bête Humaine*)中,圣雷札火车站(Gate Saint-Lazare)那间看得见风景的房间,清爽洁净而且通风透气,高高地耸立着,即将被一种说不出来的绝望景象所感染。然而,左拉作品中的邪恶仍然是一种叙事角度的功能,也是一种预期的反射,由此小说家事先便明确了如何使即将展开的事件链条形成关键的统一体。

魔幻现实主义电影的切入点与此不同,即,使它们特意纳入对后来事件甚至是高潮性事件的预叙(flash-forwards):所以,在《狂热》中,炸弹最后爆炸所激起的一股垂直向上的水柱被插进化学家制造炸弹这个影片开始时的连续镜头中。同时,在《水房》中,诗人被囚禁在一口深井里,这一情景因为一连串表现盐碱地的镜头而变得苍白失色,变得不真实,在那片盐碱地上,在干活的农民的眼皮底下,几个逃亡的革命者被独裁者的民兵枪杀,这些革命者非常具有英雄气概;在后面关于渔村的场景中也插入了短暂的在雨天的泥水中举行葬礼的镜头——正是诗人的最终结局。但是,这些预想在一种没有叙事统一性保证的环境下作为叙事信号没有多少价值。当然,这些镜头与表现人物形象的连续镜头产生了奇特的化学组合,在这一组合中,它们被篡改,仿佛提供了一个令人难以忍受的样品,那是一系列的视觉探索:化学家那间明暗交织的实验室与决堤的湖水那灰色的液体同时出现,朽塌的、泛着浑浊绿色的石井与令人目眩的白花花的盐渍同时出现。然而,由于后面会提到的原因,这样的画面组合令画面显得躁动不安,充满了紧张感,但并不因此像在后现代和怀旧影片中那样将影片的目标转化为更强烈意义上的形象。[9]

但是,影片开始时的这种断裂和不连贯也使其与早期现代主义所表现的各种神秘截然区分开来,对早期现代主义而言,神秘事物与错综复杂的主题之间的关系，并不像它与典型的现代主义的创造者那种不容分辩的、极端武断的决定之间的关系。《圣殿》（*Sanctuary*）的开头在这个意义上是规范的：它的人物带着奇怪的"总是已经"（always-already）的熟悉性出现在我们面前，仿佛认为我们已经知道谭普（Temple）、泊培叶（Popeye）和那个弗吉尼亚绅士是谁了——但是，这里的熟悉性只属于福克纳本人，尚未被读者所拥有。正是他自己选择隐瞒事情的真实情况，而且（也不是特别复杂）对他的两个叙事线条的过早交汇也刻意不做解释，这个交汇形成了一个高潮，也带有巧合的性质。神秘感在这里强化了该片**导演**的重要性，而且迫使观众个人为消解某种他心里或许应该存在（或**打算有**）的令人困惑的先入之见付出更多的努力。它是在风格的微观层面被众所周知的"指代后项"（cataphoric）代词视角叙事复制的一种结构，在这种叙事中，开始的第三人称或虚指的"他"或"她"在强迫我们等待其确切的名字和生活状况时，也保证了我们的阅读认同。

虽然这类范畴已经被用于电影理论，尤其适用于分析传统的或好莱坞风格的叙事，艺术表现方法的深层结构却将它们排斥在外，当代电影的发展（以及我们在此讨论的这类影片的出现）已经将原因解释得很清楚了。随时可以从文字文本中激发出来的统一主题现在可以被看做是这类影片中有争议的事物，尽管它最终在伟大的典型的现代主义导演的作品风格统一中得到蓬勃发展：照相机、器具、机器取代了对主题的阐述，如同即时的视觉替代了要接受的主题。我们最初对可能出现统一叙事的安全感和信心，被横插进来的实验电影驱散得无影无踪：我们不再必然地处于可靠的把握之中，事物可能从来就不是连贯一致的。而且，即使它们是，在叙事进程中也会遇到不同的另外一种势头。例如，在《狂热》中，只有到了第二个小时，我们才突然抓住了我在上文中已经直截了当地、随意地陈述过的形式——炸弹是一个"达到统一的手段",事件是政治暗杀的一种《轮舞》(La Ronde),在这种暗杀中,不是拉康意义上的阴茎,而是死亡作为一种工具穿梭其间,并因此将一系列没有关联的命运联系在一起(在下面那种特殊的间断性上更是如此)。然而,以推延和追溯的方式发现叙事线索——叙事线索在形式上的独出心裁可能在柯勒律治式的幻想层面上得到推崇——仍然与这部电影本身的生活经验相脱离,而且永远在结构上与它保持距离。《狂热》中这样两种截然不同的视域被保留在我们心灵之眼的视网膜上。

我们要了解的另外一个目标的确就是炸弹本身,而且毫无疑问,这部电影正是以这枚炸弹开始:一个令人眼花缭乱的特写镜头,这个竖立着的金属上有很多手指,在放大的镜头里显得肥大、笨拙,但是可能是因为恐惧才一直都不很灵活,而且微微有些颤抖,因为它们接触的这个东西变化无常、特别精密、特别危险。这个东西本身尚未被辨认出来,它确实很特别:一个圆柱体,但上面有互相交叉的阴影,就好像箭的倒钩,或者像某种奇怪的横躺着的树的枝杈:这些枝条相互交叉成为两组,然后它们好像变成了斧子的形状,四对四,彼此支撑着旋转起来,目的是封禁或打开这个装置,它被一根管状的螺钉锁住了,类似于插在鱼雷上的管子。但是真正吸引人的——成为画面中**动人**(punctum)的细节,按照巴特的理解[10]——不是它对感觉的吸引力,甚至也不是色彩(后面我会有更详细的评论),而是这个闪闪发光的金属制品的崭新程度;甚至这一点本身或与其有关的细节也算不上什么,而是涂在这个新的金属制品上的洁净的油与电影中的故事发生于其间的这个古老的历史世界之间的反差。在某种意义上,在革命爆发前中欧那个摇摇欲坠的世界里,你好像根本不可能发现什么新东西!而且当然不会有当代科学—工业意义上的"技术"！这种难以理清的思想——想要**思考**一种感觉的努力，确实——引发并强化了一般历史小说在结构上的矛盾：在现在的时间里阅读过去，在打着过去和历史印迹的现在时间里生活。所以，这部电影制造出一种不可能有的新奇感，它缠绕着我们，让我们在困惑中与一个不可思议的组合不期而遇，这个组合就是我们当下的时代与这段古代历史的结合体：它是一个点，在这个点上，不知为什么，大滴的鲜血缓慢地滴在这个圆柱体上，摄影机缓慢地向上移动揭开了谜底，是发明者在舔一个割破的手指——不是可以导致自我毁灭的大危险，而只是一个小过失，它仅仅因为自己是真实的因而具有本体论意义上的优先权。一滴滴的鲜血在这个巨大的平面影像中虚构出一个超越了感觉的整体，把圆鼓鼓的、纹路清晰的脏手指变成了眼前这个新的视觉王国。从中产生的结果不是某个形象，在非现实化（derealization）的技巧意义上，它是另外某种东西，它还有待于进一步的描述，而且它偏离了传统上按照某种新奇的垂直方向展开故事的叙事逻辑，而是让故事自身的元素发挥作用，以身体本身为中介展开叙事。

《水房》这个标题的意义也在开始的镜头中被确定下来，但是，水房的关闭却将它转变成了一个独立的寓言式象征：一个年轻人，赤身裸体，在一个黑乎乎的用石墙围成的浅水池里挣扎着，好像是在一口老井的井底，他竭尽全力想找到一个舒服的姿势（站着、躺着、浮着、斜靠着），最后的结果却仅仅是一个愤怒的头颅在默默的悲泣中向后倾倒。影片后面的情景将证明这本来就是另一个预述：因为单独拘禁在水中这场戏就发生在接下来的叙事中，当时诗人因为政治原因被拘押，在此过程中他患上了麻风病。因此，开始的那个寓言式形象被证明是一个重要的过渡场景，它当然的确是一个关键性的交错或是这部作品内部的核心矛盾，它的神秘和恐怖在于叠加在无辜的主人公身上这种不公正的、难以忍受的双重命运：来自警察［猪—人（pig-people）的变形种类，住在盐矿工人和渔民聚居的村子里，很像某种怪异的外星统治者］的政治迫害和折磨——在这种命运上无缘无故地又加上了另外一种，好像要将这种历史性的苦难延长为自然本身那种形而上的残酷，即自然疾病这一厄运，它渐渐地按照自己的逻辑在这个身体上发挥作用，把这个身体上那些正常的特征压缩成一幅伤痕累累、满是疖瘤的头像，就像从外层空间来的妖怪。

在当代资产阶级文学的某个特殊边缘，最引人注目的就是存在主义，**自然**和**历史**之间发生的意识形态融合浮出意识的表面，其表现形式尚未成为在自反性层面上进行叙述的矛盾，这一矛盾存在于政治与形而上学之间，存在于"历史的噩梦"之间——它仍然可归因于他人的残忍——和未被驯服的**自然**某种更具本体性的视域之间，在这个自然中，"上帝是第一个罪犯，因为他把我们造成会死的人"。[11] 加缪的《瘟疫》（*Plague*）是摇摆于两者之间这一状态的最集中表现，它作为一种成熟的意识形态出现在我们面前，纳粹的历史计划通过一件完全不同的事情的内容被表现出来：张牙舞爪的传染病菌侵入个人命运之网，用不公正的、十分荒谬的灭绝方式终止个体生命。的确，这种在两个不同观点——一个提出一种政治和历史的分析，能够鼓动观众甚至在最绝望的历史环境中发生变化或投入行动；另一个则使得人们永远满足于某种形而上的幻觉，即有机生命是无意义的，对此所能做出的最好反应就是"西西弗斯神话"这种个人伦理意义上的斯多葛主义——之间的摇摆、两种互不相容的语言之间的交感在我们自己的时代里越来越被看做是非政治化的一个危险来源。

然而，在《水房》中，正是这种不相容性被突出为作品本身的主题——该作品将意识形态干预以及古老认同所产生的共鸣阻隔在外，以这样的方式生动地将这种不相容性展示、表述为一个无法解决的矛盾。我们在后面还会再回到这个出人意料的结构和叙事功能；就如同我们还要就意识形态主题和这部魔幻现实主义影片令人难以忘怀的视觉表象之间的关系再提出一些基本问题一样。显然，水在任何情况下都是变化发生的场所，在这种变化中，人的劣根性被置换成自然和器官疾病无法抗拒的力量：它是（死水、泥泞和浊臭）演变、传达、建构出的一个能指，一方面是盐碱地上那令人震惊的贫瘠所产生的各指涉极（signifying poles）之间的对立，另一方面是在洁净的大海上，诗人的家人辛勤忙碌地做着古老的营生。

《不是每天都埋葬神鹰》表面上是一部更加传统的作品，因此，可能更容易找出我们感兴趣的东西和教益。南美电影〔连同其中那些欧洲式的拼凑之作，就像沃纳·赫佐格（Werner Herzog）作品中的情形一样〕通常通过一个公开的"标志"来确认自己的身份，这个标志意在指涉这块大陆本身的广袤：一个高角度全景镜头表现出丛林植被的连绵不断、蜿蜒起伏，形成了一望无际的地平线。可是，在《鹰》中，当我们逐渐明白这个镜头始于对这个展翅飞翔的、与影片主人公同名的肉食动物的全景注视，这个现在看来完全是传统式的开场因为视角而被重新激发出新的含义。大地被缩小成奇幻的、笼罩在薄雾当中的家庭化农场，然后缩小至农舍本身，在这片田园美景中，两个孩子在房前的台阶上玩耍，这种美景与北美民粹电影中的中西部景色没有太大的差别。乡间的宁静被突然打破，北美电影中也有类似的场面：一辆敞篷小客车上坐满了粗手粗脚的人，他们衣着邋遢，说他们出自美国的强盗片绝对不会有错。可以想象出来，接下来就是用冲锋枪对家中的人们进行屠杀，连孩子也不放过，此时这种从天而降的恐怖场面的**刺点**就是动作的不灵活，是那些枪手在农场潮湿的土地上滑倒、连滚带爬地前行时的笨拙和狼狈。你可能会说，这就是那种常见的狼狈相，不完全是某个人特别笨、愚蠢或犹豫不决的性格所产生的结果，这一点与《狂热》不同。在这部电影中，一个叛徒被一名战士严酷地处决，这名战士从未用过手枪，他对着那个叛徒身体的各个部位，对着他周围满是尘土的地面一次又一次地开枪，子弹打进那具柔软的身体，它现在渐渐变得紧绷绷的了，就像要手忙脚乱地攀上一座小山时一样。

在影片《鹰》中，我们最接近将魔幻现实主义与怀旧电影区分开来的风格或体裁上的接合处〔如我们后面将要看到的，在意识形态上与贝托鲁奇（Bertolucci）的《随波逐流的人》（*Il Conformista*，1970）确实存在一种遥远的渊源关系，正是后现代主义替换物的原型〕。例如匪徒崭新的、光闪闪的老式汽车，其作用显然是两重的，用现在的眼光看，这是某一历史（更确切地说是某代人的）时期传统怀旧电影的标志，也是某种特殊体裁范例的标志（在这种情况下，就是强盗片或黑帮影片）。后现代主义认为，此种体裁就是拼凑。但是，怀旧电影这种最初的动力随着电影的发展受到各种不同方式的破坏，尤其是这个特殊的元素，因其在这部影片结尾部分的反复出现被彻底改变了（出乎所有的预料），这只鹰最后被杀死了——夜晚，在空无一人的小城街道上，一辆暗伏杀机、静止不动的车莫名其妙地停在老墙和紧闭的双扇木门前，康多（鹰）一个人大步从黑暗中走过，他不习惯带保镖（因为心理的原因或是因为他的显赫声威），他被子弹射倒。但最后这个连续镜头运用了一种凝固的语言，完全不同于怀旧电影中那些虚浮的表象：那辆跑车在隐退的镜头中占据一个独特的、雕塑式的空间，而康多的身体在鹅卵石铺就的街道上四肢伸开，却被缩短了，采用的是蒙特纳（Mantegna）的《圣殇》（*Pieta*）中完全静态的表现方式。

然而，此处，这种难以言表的、摧毁了恶魔的轻松感被一个悖论所打破：电影名称本身已经表明了主人公的不可战胜——"你不是每天都葬鹰"——因此就预示了片中一个重要情节，有毒的水果送到康多家里，却被杀手和他的侍妾吃了。接下来便是对他们那要命的痛苦进行漫不经心的、无休止的检查，两个人并排躺在他们的婚床上，痛苦地扭成一团，而且身体肿胀，他们无声的、盲目的挣扎好像为这两个与外界隔绝、彼此并不相爱却住在一起的聋哑人提供了一个具有反讽意味的注解。一位中产阶级的医生对这场漫漫长夜里的痛苦进行诊断，医生本人孤僻内向、小心谨慎，他显然为自己这个倒霉的处境感到烦恼，在这种情况下，职业要求他抢救一个强者的生命，这个强者让人恐惧，遭人怨恨，医生肯定和村里的其他人一样希望他死。同时，当镇上的人知道投毒的消息，夜晚的街道上顿时出现了人们自发的庆祝——放鞭炮、弹吉他、疯狂地喝酒，一派从现在这个受法律保护的杀手压迫下解放出来的欢乐景象，然而，这个家伙超人般的体力却让他度过了这场劫难。第二天，沿着乡村公路的水渠方向传来的枪声打破了清晨的宁静，水渠里的尸体是头天晚上参加狂欢的两名音乐家（他们本人都是康多的女儿没有放在眼里的求婚者，给她唱过小夜曲），没有仪式，向垃圾一样被丢在水渠里。也是在这个情节中，两个中毒者的腹部痉挛和体内的痛苦达到了一定程度：身体内在的苦难让这两个人的体型高度膨胀，这就颠覆了怀旧电影中的表象和单纯的视觉逻辑。

正如其所表现的这样，该论点目前还仍然是一个形式上的东西，它努力要区分两种不同的电影模式，某种特定的历史内容或素材可以借此得到再现（我喜欢用"形象化"这个词）。怀旧电影，一般而言与后现代主义趋势相吻合，它试图创造过去的形象或幻影，并因此——在一个真实的历史性或阶级传统已经被削弱的社会环境中——创造出一种供人消费的类似于伪过去的东西来弥补或取代那个不同的过去，但也使那个过去发生位移，那个过去（连同对未来的积极态度）对于其他环境中的人群来说已经成为一种必要的成分，他们强调自己的惯例并且不断为他们的集体计划注入活力。

然而，用其他不同的形式来取代这种形式，理由尚不充分，在本文后面的篇幅里还会做出进一步的说明。但在这里，非常重要的是，通过形式语言与它们利用的素材结构之间更困难的关系视角，完成这种本质上是形式主义的说明：通过我在其他地方所称的它们的"内容逻辑"［叶姆斯列夫（Hjemslev）的"实质"的概念］，或者换言之，通过根据素材本身结构的某种形式代码的辩证变化的意义，完成这种形式主义的说明，因为辩证的变化对素材会产生一种巨大的影响力或神秘的力量。我的确在其他地方提到过，对怀旧电影特别有吸引力的素材似乎取自更靠近我们当下社会的那个过去，从艾森豪威尔时代和美国的 20 世纪 50 年代往前到 20 世纪 30 年代和 20 年代。因此，决定这些选择和渊源关系的无形组织范畴主要是"一代"（generation）这个范畴（在 20 世纪 60 年代，"一代"被重新用来叙述我们的生活经验和我们对于历史本身更加广阔的视域，这件事本身是一个非常有意义的征象）。

在我看来，所谓魔幻现实主义电影中的素材与这类素材完全不同（尽管我所举的例子在统计学意义上显然尚不充分，而且在很大程度上是依靠个人视角下产生的种种偶然结论）。然而，关键是这些影片被置于其中的那个更加遥远的历史时期——虽然它们绝对没有排除与当今时代平行和相类似的东西——拒绝被另一代人的思维和重写所同化。[12] 1905 年波兰的革命行动，哥伦比亚内战前的那段历史，甚至更遥远的 19 世纪的委内瑞拉——这些内容都拒绝被挪用来对稳定时期及其风尚进行一种更静止的再现。后面我们将在一种不同的语境中回到它们前所未有的暴力问题：这里非常重要的是应该看到，暴力的作用是对各个历史时刻进行不连贯的或附加内容的阅读。因此，我要提出一个完全是暂时性的假设，即魔幻现实主义作为一种形式模式的可能性在构成上有赖于某种历史素材，其中断裂现象会在结构上出现；或者，用更加朴素的话语来概括这一假设，它有赖于某种内容，这一内容暴露出前资本主义的特征与新兴资本主义的特征或技术性特征是同时存在的。基于这样一种观点，魔幻现实主义电影的组织范畴便不是"一代"这个概念（像在怀旧电影中那样），而是一个极为不同的关于生产模式的概念，特别是仍然禁锢在带有旧模式痕迹的矛盾中（如果没有对未来模式的预测）的生产模式这个概念。我相信，这是对上文简述过的文学魔幻现实主义的人类学观点中所谓"真实瞬间"（the moment of truth）进行理论化的最佳方式，也是解释卡彭铁尔在他的"神奇现实"这个概念中对这一术语进行策略性重塑的最佳方式，"神奇现实"不是"补充"魔幻视角下变形的现实主义，而是一种现实，在这种现实中，现实本身就是魔幻的或奇异的。正因为如此，卡彭铁尔和加西亚·马尔克斯都坚持认为，在拉丁美洲的社会现实中，"现实主义"已经注定是"魔幻现实主义"：这是整个美洲的历史，未必不比编年史的真实神奇。[13]因此，形成这种新的叙事风格的真正前提不是20世纪50年代所谓美国人"失去了欲望的目标"，而是在当前环境中过去所有层面之间彼此相关的叠加［印度或前哥伦比亚的现实、殖民时代、独立战争、军事独裁统治、美国占统治地位的时期——就像在阿斯杜里亚斯的《危地马拉的周末》（Weekend in Guatemala）中那样，该书主要是关于1954年的政变］。

附录　论电影中的魔幻现实主义　　175

II

但是，我们有必要先将这个历史问题暂时搁置一边，以便我们能够回到这些影片中色彩那独特的构成功能，特别是我们前面对这一问题的论述没有非常清楚地讲清色彩问题，没有讲清在这种新的、提高技巧的意义上，色彩何以与我们的和后现代主义相联系的形象或视觉幻象的逻辑根本无法兼容——对于那种逻辑，彩色形象的经验似乎并不显得怪异。让我试着通过对色彩和色泽的区分来接近这一特征，它的确吸引了我的注意力，我认为它是一个与怀旧电影关系更紧密的范畴。

正如我们将要看到的那样，色彩将物体彼此分开，在某些特别令人迷惑的均衡状态中，物体那些未被混合的色彩提醒眼睛中独特的感应地带，正是在那里，每个物体都被区分开来，因为眼睛的注意力停留在独特的、互不兼容的视觉满足上。另一方面，色泽则是相片的整体特征，它将其中的不同成分混合在一起，形成一个完整的视觉形象，并且将干净玻璃的优美光泽变换成由各种物体杂乱无章地聚成的集合——鲜艳的花朵、奢侈的内景、装饰豪华的细节、正在流行的时尚——这一切都被摄像机组合成一个单独的消费品。[14]拉康有段著名的评论放在这里再合适不过了〔那是他在第十一期研讨班上对"视觉冲动"（scopic drive）的思考，当时的语境非常不同〕，这个例子旨在说明他认为眼睛与注视之间的关键区别是什么：

在关于宙克西斯（Zeuxis）和巴哈修斯（Parrhasius）的经典故事中，宙克西斯的优势是画出了吸引鸟儿前来的葡萄。这里强调的不是这些葡萄就是最完美的葡萄这个事实，而是甚至鸟儿的眼睛都被这些葡萄所欺骗这一事实。这一点被他的朋友巴哈修斯胜他一筹这个事实所证实,巴哈修斯在墙上画了一张面纱,这张面纱栩栩如生,连宙克西斯都转过去对他说,好了,现在让我们看看在它后面你画的是什么。通过这个故事,他让我们看到,问题肯定是欺骗了眼睛的东西。这是目光对眼睛的一次胜利……

在以吸引鸟儿为目的而再现的葡萄这类事物中,还会有其他被简化得更严重的事物,接近于符号的事物。但是有关巴哈修斯的另一个相反的例子表明,如果你想要骗一个人,你让他看的是一幅面纱的画作,也就是说,那个东西诱使他提出面纱后面是什么这个问题。

正是在这个地方,这个小故事有助于向我们揭示何以柏拉图反对图画的幻觉。关键是图画造成一种等同于物体的幻觉,甚至连柏拉图似乎也是这么说的。关键是绘画的错觉让图画表面上看不同于它的真实面目……

在那一瞬间,出现的似乎是不同于它的事物,或者说它现在似乎是另外一种东西。图画不是在与外表一比高低,它抗衡的是柏拉图为我们界定好的那个高于外表的称作理念的东西。因为图画表现的是外表,所以说正是它表现外表导致柏拉图对绘画的攻击,就好像绘画是一种与他本人较劲的活动。

这种另外一种东西就是缩小,围绕缩小出现了斗争,而错觉是斗争中的灵魂。[15]

拉康的这些附加的评论(由它的语境引出,力图界定弗洛伊德的"本能"驱动力的概念)可以作为一个有用的、有启发意义的起点,由此将后现代主义的影响理解为一种现象,其中对面纱的视觉消费本身已经成为欲望的客体：某种最终的表象，它成功地把那种"其他的东西"、那种"另外的东西"、它背后的客体，画到了一个一致的平面上，结果它们抛弃了先前的质感和深度，成为它们自身的形象，它们单凭自身作为形象而非其他事物的再现而被消费。

拉康在关于这个寓言故事的另一层意义方面就少有助益了，那就是宙克西斯那些神奇的葡萄的地位（在我们的重写中，立足点是魔幻现实主义的色彩及色彩的目的）。因此，让我们来尝试一个有些不同的新的开始：

> 萨巴纳斯（Sabanas）被认为是这个国家最文明、最值得骄傲的地区。它的土地都规划得井井有条，充分考虑到各个季节可能出现的反常情况，而且根据土壤的颜色，在宽广的、不同的地区做出了标记，从纯白到乌黑。在这些界限之间可以看到无数种深浅不一、色泽各异的颜色，有棕色、玫瑰色、紫色、黄色、绿色、灰色、红色和蓝色。人们会说"弱"灰色或"死"灰色，"阴沉沉的"灰色或"华丽的"灰色，会说鲜红、砖红、肉红、紫红、黄红、带土褐色的红、橘红、火红、胭脂红、绯红、猩红、赭红、血红或夕阳红，他们还区分了"斑纹"色和"条纹"色，还区分了"斑点"色和"花纹"色，而且他们对每种颜色的性质都进行了归类，用它们代表不同的庄稼。[16]

这段文字出自古巴作家巴勃罗·阿曼多·费尔南德斯（Pablo Armando Fernandez）的魔幻现实主义小说《孩子说再见》（*Los Niños se despiden*），它对理解新造物主里拉从虚无中重造这个世界（这是一种创造行为，它也将在绝对虚无的景象中结束）的那一刻十分重要：这样一种语言文本比任何视觉形象都更深刻地展示出每一种独特的颜色（及其名称）如何一步一步被发明，它不仅符合某种平常意义上的眼睛本身的觉醒，从而将一个完整的光谱区分为不同的区间，而且它要求具备无数个独特的感觉，每种感觉都会被我们讨论过的某种特别的"红色"所刺激或激活。"红色"的种属范畴因此实际上作为一个整体扩散开来，加上"目光"或眼睛本身作为观看时假定的中心位置：在这种新的、对异质的感知中，看到"砖红"现在牵扯到一个感觉器官，它不同于那个能指示出"赭红"的感觉器官，如同那个古老的、一般意义上的视觉一直就不同于听觉或触觉。同时，在对感知力的多样性所做的新的、不完善的探索中，某种东西重新回到文字本身，它赋予每个文字一种陌生的魔力，用魔咒将每个独特的言语行为彼此隔绝。

诚然，现代语言学理论一直都在竭力将自己从顽固的亚当式命名——用彼此没有联系也不具有句法力量的单个名词辨认存在物与客体，辨认上帝创造的生命，即各个植物群与动物群——的古老神话中解脱出来。按照索绪尔的观点，这类神话强化了一个不正确而且神秘化的概念，即意义最初是在一对一的基础上产生的，它们之间的关系是一个词对应一个事物，一个能指对应一个所指（而不是像新语言学所认为的那样，在一般意义和句法意义上，它们之间的关系是能指本身通过句法游戏与语义对应物之间的关系）。然而，在"分子"层面上（德勒兹），在个体质量的层面上，在一个"物质"、"客体"、"名词"这些已经地位卑下、具有意识形态意义的统一范畴与其所在范围没有任何关系的范围里，亚当神话重新显现出其更深层的含义：

火，火，火！巴亚莫着火了！身体本身呈现的壮观景象让人们忘了身体的特征和形状。她像一个疯女人似的喊着：让第一个出现。一团红色的烟冲到她的脸上，她又发疯般地喊起来：让第二个出现。一团黄色的烟雾从她面前飘过，没怎么擦伤她，第三团是橙色的烟雾，第四团是绿色的，第五团是蓝色的，第六团是靛蓝色的，第七团是紫罗兰色的。这些得意洋洋的烟雾让她的眼睛一亮，唤醒了她的语言力量，欢快、精确、甜美、柔和……[17]

在此，旧事物的熊熊大火使新鲜的目光（和声音）苏醒过来；巴勃罗·阿曼多的这个小寓言让我们重新从色彩的角度考虑宙克西斯的葡萄，那些色彩具有如此大的迷惑力，我们甚至渐渐忘记了葡萄本身，而色彩应该只是那些葡萄的特质［不过，我们能够想象鸟儿的嗜好，它们肯定不具备冈布里奇（Gombrich）的表征认同（representational identification）］。

这些文字文本所产生的奇妙效果与魔幻现实主义通过电影或视觉模式产生的效果是一致的。我尤其忘不了（《狂热》中的）那个非常奇特的紫罗兰色围裙闪过的细节：那是一种刺痛般的体验，其罕见的强度只有波德莱尔的"绿色，鲜美得伤人"可以与之匹敌。在这些电影中，这些时刻意味着色彩的作用不是同质的媒介，而是某种更一般化的"力比多机制"，一旦它处于合适的位置，就能够显示这种不连续张力的脉动。倘若如此，这就意味着它保证了怀旧电影中另一种相对功能的实现，在怀旧电影中，它表现为拉康所谓"目光"（gaze）的形式，它控制着一个同质区域，产生刺痛的能量律动恰恰被排除在这个区域之外。

按照索绪尔和典型的结构主义的传统，如果人们思考不同语言中色彩系统的特殊地位（对立物语义领域的原型），那么似乎可以说，这些看似视觉的经验经历了与语言本身的前意识维度更深刻的连接（正如弗洛伊德和拉康二人表明的那样，连接的方式类似某些看似存在的现象，例如性欲和梦的叙事，它们可以说是语言或句法变化的原因缺失的结果）。

但是，更新的理论参照必须保留斯坦利·卡维尔（Stanley Cavell）关于一般意义上电影中色彩的本质与意义的著名思考：他称之为一个关于未来事物的完全的乌托邦领域，包括对其主题进行"去心理化"（de-psychologizing）和"非戏剧化"（un-theatricalizing）：

> 这不仅是因为电影中的色彩不是自然色彩的精确复制，也不是因为用色彩拍摄的故事就明显是非写实的。关键是电影中的色彩将鲜明的黑白光轴以及由此支撑的人物戏剧效果和情境都进行了一番掩饰，随之而来的便是我们对性格和事件的理解有了保障。[18]

电影的色彩经验与某种叙事可能性的开放或排斥之间这种构成性的交叉，将在下一节做更进一步的探讨。但应该注意的是，自从卡维尔的第一部著作出版以来，即使在某种境遇里电影的色彩已经成为普遍性准则而不是例外，他提出的假设依然保持了巨大的力量，它暗示如果我们把日常生活想象成一个色彩的世界，那就是错误的，因此更正确的做法是设想真实的世界，即我们于其中运动、做事、观看的世界，是典型的以"黑白"为特征的。但是，一般的彩色电影所要做的就是把对这一性质的强调建立在各个色彩系统本身之间的对立上（因为这一点，才有可能区分魔幻现实主义和后现代主义在铺排上的不同），而非建立在它与黑白电影的对立上。

然而，还有另外一种理论观点必须在这里提出来，那就是弗洛伊德的"怪异"(uncanny)这一概念：

> 根据这一概念，一个被表现的事件天生就打上了重复一个古老而且过时的幻想的印记，保留在文本中的痕迹都离不开这种幻想。"回归被压抑的事物"这一做法通过将原本黑白色的现实用虚饰的手法和技术色彩加以表现使其自身被感知，其中的人物如在照相写实主义绘画中一样被涂抹，物体被其丰富的感觉性存在去真实化，单纯的感性因此被揭开面纱成为强迫观念。[19]

弗洛伊德的文章的确更多地受到其研究对象（霍夫曼的故事"沙人"）的严格限制，常常不能进行实际运用：尤其是受到叙事框架的影响，在这一叙事框架中，对象的过去被删除了（这样才能使主题带着一种似乎是无端出现的力量喷涌而出），它还受到与心灵之间那种奇怪的、非反讽性距离的制约，心灵最终将被戏剧性地表现为"癫狂"(frenzy)的意识形态素(ideologeme)。[20]这些特征标志着弗洛伊德本人最初是如何形成这个概念的，它们和我们现在讨论的电影没有什么关系，尽管通过电影器械本身表现出来的暴力的作用和对主体去个人化(depersonalization)为此提供了隐约的类比。即便如此，弗洛伊德的权威阐释中谈到的方式仍然应该被保留下来，按照这一方式，叙事元素可以从内部被一个不在场的原因所强化和标记，这个原因不能被实实在在地感知到，但可以从它们纯粹的形式功能中解读出来。

不过，这些不同的理论可能性还需要与另外一种物质主义可能性进行比照，依照后一种可能性，电影中对色彩的新奇且独特的运用所产生的不同症候都被技术本身，尤其是被软片资料及其处理过程中的偏差一笔勾销，处理过程中的偏差这一点主要应该归因于第三世界国家电影工业的经济状况,严格地说,并不是审美动力学造成的结果。不错,电影研究比文学中的社会学更富戏剧性,它似乎导致内部分析与外部分析之间、超结构代码与基础结构代码之间、形式阅读与这些文化制品的经济和技术性决定因素所提供的解释之间产生了难以克服的不兼容性——在这种条件下,"多元决定论"(over-determination)的表面魅力在智力层面似乎不能让人完全满意。然而,多元决定论的特定模式正是第三世界的电影院理论家提出来的——最具代表性的就是古巴这个国家——在古巴,影像技术的完美无缺(它希望在这一点上与第一世界的后现代主义保持一致)明显地被看做是发达资本主义经济的含蓄意指者(connotator),意味着另一个第三世界的审美政治将要把自己"不完美的电影院"改造成一种力量和一个选择、改造成表示其自身独特起源和内容的符号。[21] 在这里,技术,或技术的不发达很明显被拉回到审美意义的内部从而使它今后能够作为一种本质的意义发挥作用,而不是来自外部的偶然事件或者因果决定因素。

　　同时,这番对于色彩的说明(我们已经将其与身体现象以及对响度的新型展示联系在一起)需要用对电影空间本身产生的后果所做的更具普遍意义的性能描述来完善。例如《狂热》中奇怪的、昏暗的色彩配置,如果不考虑故事发生于其中的那个封闭、昏暗的空间,很难依靠其自身做出解释:甚至外界的一切在这部影片中都被人为地做暗了,要么是因为发生在晚上,要么是因为到处都下雨导致能见度降低。这里或许有一种对眼睛内部的视杆细胞和视锥细胞的刺激在发生作用(众所周知,它们会调整与黄昏时的光线的关系),于是我们就获得了罕见的感觉(那个紫罗兰色的围裙!),这是夜晚视力范围内宝贵的斩获。

　　与此相对照,在《水房》中,占主导地位的是外面的空气和开放的空间；因此，你感觉这些交替出现的镜头中的色彩真的是透明的：同质的色泽掺杂进了盐场的纯白，令人觉得赏心悦目。甚至监狱＋麻风病人的隔离区（prison-camp-cum-leper-colony）也是露天的，如果说那个虐待犯人的井是封闭空间的集中表现，唯一真正的室内镜头就是对诗人学生时代的简要介绍，有奢华的沙龙聚会和高级妓院，现在回想起来，这些东西都被赋予了记忆中某些已经失去的乌托邦价值观——富有，严格地说，这是怀旧影片中的典型形象，影片的其他部分将把诗人从这些形象中艰难地剥离出来。

但是这个标题除了我们先前赋予它的意思还有另外一个含义，同样揭示出诗人年轻时生活的渔村和他最终命运之间的关系：那些当地简陋的木屋，连独裁警察本身的总部也是一样，它们恰恰意味着自己就构成了这个海边的殖民营地，为渔民的贫困和军事占领警察营房的价值添加了某些游牧的味道。同样是这种当地特色指明了主人公的最后居所——那间他隐藏自己耻辱的小木屋，他在那里把自己的诗扔得满地都是——并且为海德格尔所谓濒临死亡的瞬间在一个更加具体的殖民主义历史语境中找到了坚实的基础（即使从技术上讲，并未出场的猪—独裁者本人仅仅是一个地方上的军阀）。

与这两种颇有争议的地理环境相对照——海边一所农民营地那种摇摇欲坠的短命相，或者住着俄国总督的东欧小镇及其传统布局，医院和杂货店，库房和市政厅，都是一派破破烂烂的景象（但是，摄影机从它们当中掠过，却始终坚持只拍近景，不用长镜头）——影片《鹰》似乎是在拉美小镇更加传统的稳定状态中拍摄的——毫无疑问，至少部分地弱化了某种情形的矛盾和恐怖（像今天的萨尔瓦多），在那种情境下，生活在城市秩序中的人日复一日地被屠杀，只留下空房子在他们的身后。画外音——不同地区的枪声、马蹄声——可能在雕琢电影中的可视空间方面发挥了更大的作用：比如那个咖啡馆的镜头——一间空荡荡的酒馆，主人公让邻居家的几条狗愤怒地咆哮，应和着银幕外的狗吠声；或者，当汽车驶来又离去时发出那种预示着命运的声音，这些狗便再一次狂吠起来，而且总是如此。

Ⅲ

然而，空间绝对不是《鹰》片最突出的特征，该片的原创性可以通过其叙事力学得到更好的理解。我已经强调过这部影片与所有类型的强盗片或黑帮体裁影片之间的密切关系，相对于这些影片，与其说它是一部后现代主义的拼贴之作，还不如说它是一次具有决定意义的形式排列。在坚持表现主人公的清教主义信念时，它包含了一种特殊的心理诊断：他面对妻子的裸体时所感到的恐惧，他在内院沐浴时看到自己赤裸的身体并且将一桶桶的冰水倒在自己身上时，也是因为恐惧。这种诊断古已有之（有人可能因此希望它属于某种健康怀疑），令人想起对军国主义或法西斯主义所做的各式大众心理分析（pop-psychoanalytic）：从阿多诺的权威型人格（authoritarian personality）一直到约翰·休斯敦（John Huston）的《禁房情变》（*Reflections in a Golden Eye*，1967）或《随波逐流的人》，它们认为反动暴行的"根源"是受压抑的同性恋或儿童时代的精神创伤。不过，《鹰》的新奇之处（至少从第一次世界大战的视角看）在于这样一个事实，即主人公**已经**具有了政治含义，他比各种党派关系或敌对势力都更具生命力（这些都先于他而存在，其表现形式是民主党与保守党、蓝党与红党，或其他什么党之间永恒的对立），在于慢慢渗透的仇恨。北美国家的人们也在狭隘的意义上了解这种政治的恒久性，包括对政党的忠诚或敌意，它们连同宗派对手之间的紧张态势构成了一种既定的日常生活，它存在于不同的地方、不同的时刻（马萨诸塞、路易斯安那、世纪之交的大防御系统，马克斯·韦伯对此十分欣赏），但我们的文学一般都是把这种现实置换到家庭戏剧和朝代传奇当中，这种置换甚至在黑帮这个圈子本身于更晚近的时候发展成熟之前就已经存在了。英语文学中只能想起康拉德的《诺斯托罗摩》（*Nostromo*），它竭力要在这一意义上传达这种政治事实在地中海地区的实情，但是，即使在康拉德的小说中，它也是作为背景而不是实实在在的日常生活。不过，在《鹰》中，政治激情从一开始就与这个未来主人公的社会仇恨搅在一起，受到低下地位的限制，主人公只是一名小职员，是那些富裕的城里人讥笑和嘲弄的对象，那种讥笑令人讨厌，他们属于另一个政治集团。影片随后记录了一场非同寻常的变化，这个小资产阶级阵营的追随者变成了一股凶猛的、致命的能量，变成一股奇异的施行暴力和惩罚的力量，因此出现了一个令人不寒而栗的初具形态的妖怪（瑞塞恩关于他自己对年轻的尼洛的戏剧化描写），但这并不是从个人到集体的过渡，也不是从心理创伤到政治使命的过渡［希特勒是这种西方"精神生物学"（psycho-biography）的传统的或特殊的客体］，因为它寻求投射出政治自身**内部**的强烈程度。

但是，这部电影最令人感兴趣的原创性，即能够将它与同类的黑帮影片或强盗片严格区分开来的特征，可以从任何集体框架的绝对缺席或沉默中探究出来。黑帮影片中的元素是依靠首领个人与手下、家庭或种族集团之间休戚与共的关系来进行组织，首领正是从这些群体中脱颖而出的：这类作品利用了人们无意识中存在的幻想并且将匪徒的个人生活轨迹作为表现其在匪徒圈内紧张的集体生活的借口，这正是观众自身私人生活经验中所缺乏的[22],它们的神秘魅力也可以据此做出解释。但《鹰》片却消解了这种虚假的魅力,并且拒绝了这种现在已经成为对此类体裁影片常规要求的特征:除了几个隐约可见的尾随在主人公身后并且因为他的盛名而受惠的暴徒之外,这个充满敌意的人物绝对是独来独往,这其中没有任何变态或反社会的隐含意义[在最早期的黑帮影片中,如霍华德·霍克斯(Howard Hawks)的《疤面煞星》(*Scarface*, 1931)和茂文·勒洛依(Mervyn LeRoy)的《小霸王》(*Little Caesar*, 1931),出现了一种幼稚的心理分析型思想]。《鹰》片中主人公的发展变化完全是通过不加评论的观察得知,有一点布莱希特在《人就是人》中运用的冷漠现实主义(glacial realism)的味道,这部戏的寓意就是你可以把人变成任何东西。

即便如此,这些观察当中依然没有一个达到使叙事力学与视觉(与历史的新姿态)之间的特殊关系变得清晰可见的程度。卡维尔关于电影的著作从那种美妙的直觉中获得信息,这是关于某种更深刻的历史趋势或当代电影中的断裂的直觉,他称之为"去戏剧化"(de-theatricalization),但不管是因为他个人对这一历史变化缺乏同情还是因为他仍然希望将它与绘画史同等看待,他似乎找错了地方。我喜欢将这一趋势称为解叙事化(de-narrativization),而且我将开始从**简化至身体**(reduction to the body)以及随之而来的调配等方面对它做出解释,这种调配包括色情电影和暴力电影尚未被开发的资源和潜在的可能性。这些术语都是严格意义上的描述性词语,没有任何道德意图:但它们同当代高雅文学中某些臭名昭著、颇多争议的形式之间的雷同还是在所难免。例如,我想到阿兰-罗伯-格利耶广受批判的形式主义理论的内容,其中对妇女身体的淫虐和暴力根本不是身为小说家的作者本人对其小说所提出的虚伪狡诈的意见能够说明得了的,他认为自己的作品会被解读为对当代文化中无疑是普遍存在的暴力和色情的"批判"。不过，罗伯-格利耶的小说暗示现代主义中某些更具普遍意义的法则或动因在各个方面都产生了作用：内容越复杂，形式就越简单扼要：普鲁斯特的宏大空间图式——日常散步的两条"路线"，即斯万的散步路线和古尔曼特斯的散步路线，以及小火车上的短暂停留——是以这类模式组织内容的典型例证，约瑟夫·弗兰克（Joseph Frank）称其为"空间形式"（spatial form）（这个空间与目前所讨论问题中的空间意义截然不同）。[23] 因此，由于同样的原因，如果真正需要的是形式的复杂性，如像罗伯-格利耶的独创性的碎片化和重新组合，那么，内容就只能是初级的，尽可能易于被辨认出来，就好像它是物化的东西，已经提前包装好了：于是，身体暴力和色情成了这种被简化和被贬低的素材的特殊的、最后的形式，但它们仍然是即时的素材。

简化至身体这种形式显然是电影作为媒介的一种功能：我禁不住要说，在大部分典型的现代主义的真正文学形式中，具体可感的身体的位置已经被句子本身占据了，身体被物化为某种新的物质性，但尚未像在后现代主义里那样转变成自己的形象。这种句子带倾向性的自主性竭力改变《尤利西斯》所证明的一种旧的叙事注意或阅读的力量：然而由此产生的复杂的、新的、人为的智性行为，显然不同于电影中类似的简化效果，在电影中，视觉只是舒适地、被动地适应新的微观的或分子层面的要求。电影中对身体兴趣的新式强调——类似于《鹰》中的投毒场面或各种谋杀、爆炸、处决，以及同时发生的性交本身——解决了不同叙事形式的问题，因为这些事情都是事件，不管它们多么微小。（另一方面，是否一件事情如果有开始、中间和结尾，就是故事了？）我们应该根据其自身的历史将这一发展看做是叙事的哲学使命在其进展过程中的一个阶段（在此之前，主要是小说），可以把它说成是对一般的**事件**范畴进行的凸现、发掘、颠覆或修订。诚然，从整体上看，现实主义被理解为一种在预先给定的甚或程式化的事件或行动的范畴（因此在更加形而上学的意义上也是现实本身的范畴）之内进行再现的作品。至少有一点是清楚的，即现代主义的丰富性与这类已经为人所知的范畴所面临的危机是一致的，与通过诗作对事件本身的性质所发出的全新质询是一致的，这又重新回到亚里士多德根据某个已经完成的行动对传记进行分解这个起点。（为什么它们是不一样的？或者，它们是否只在生活也即"命运"中偶然被连在一起？或者，难道命运本身不是一种意识形态和幻觉？）相关却对立的质询引导着日常生活细节的方向：什么时候出现那些短暂的、不连贯的分割时间的事件？而且关于事件的问题被反复研究以使其就生活究竟是什么，或什么样的现实是最（或最不）重要的给出一个补充性答案，此时，在这种叙事实践的内部便出现了形而上学或意识形态方面的指责。亨利·詹姆斯无疑仍然是小说"实验性地"建构或拆解事件这一使命最令人敬畏的辩护人，他认为，小说以这样一种方式建构或拆解事件，它可能会导致超越这些实事的、关于**事件**的更具一般性的哲学问题的出现。

现在应该清楚的是，电影中简化至身体的美学远不是要提出这些问题或对这些抽象的范畴提出争议，而是要尽可能多地放弃它们，揭露它们，将它们从我们的视觉体验中抹去，从而实现身体体验作为其新增功能的最基本的形式，关于这一点没有必要也不可能提出问题。叙事注意中有一整套微妙、复杂的形式，它们是古典影片（或最好称之为有声电影）从小说的早期发展中通过努力获取和改编而形成的，但现在已经无用了，被最诉诸眼前暴力的那些最简单、最微小的情节暗示所取代。叙事在这里没有如其在实验电影的反偶像主义中所遭遇的那样被颠覆或放弃，叙事只是根据目前电影中观看的需要被更加有效地中间化了。但是这种变化——以将现代生活极端碎片化和对以往社区和集体的摧毁为其历史学和社会学的前提——并不一定就是一种绝对的损失或损耗，尽管它标志着早期现代主义丰富文化的丧失。

正如我在前面已经讨论过的那样，它也可以理解为与历史以及与存在之间的各种新型关系占据了统治地位。例如，对有漏洞的历史，准确地说是一种浮雕式历史而言，只有身体的表现存留其中，我们自身也被嵌入其中，甚至连一点距离也没有留下。随着大的历史视角和叙事逐渐消退，以及对叙事兴趣和注意力（或暂时的意识形式）的古老情结变得中性化，我们被放置在一个由尚未编码的各种张力构成的现实当中，就如同毒品所产生的化学作用使我们在关于面前这些"幻影重重"的东西是什么这个令人迷惑的思考中放松了预紧张（pro-tensions）和再紧张（re-tensions）。但我们现在讨论的这些电影与某些后现代主义作品不同，它们并不单纯是模拟毒品体验，而是用其他从内部进行建构的方法重新克服那种体验（正如弗洛伊德发现自己不得不放弃从外部进行催眠的技术）。摄像器材的媒介作用，技术介入我们的体验，在这个意义上并非是外在的事物；或者说技术的外在性所具有的神秘感已经成为电影美学的核心，技术的外在性现在已经成为内在的、固有的性质，在电影当中，我们解构精神主体中心（弗洛伊德和拉康语）的历史经验与这种技术外在性交汇并赋予其新的、不再是偶然性的意义。但是，如果我们在我们的解释当中也包括某种意义上的新历史主义，即与历史之间一种本质的、优越的关系，在这种关系中，历史被以新的方式理解和感觉，完全不同于历史小说中的年代顺序，也不同于怀旧电影之流中的时尚样板，那我们就只能是在运用海德格尔所谓靠近**存在**（an approach to Being）这一概念的同时，联系这些电影，呼吁探索内在的、结构性的心理距离。

　　这种叙事的简化对意识形态和意识形态分析都产生了非常真实的、实际的影响。如果只是说明叙事意义在产生和投射过程中的系统的删减，仿佛它只是一个审美选择问题，那显然是不够的；我们必须明白，这样的删减同样有一种政治功能。例如，我们已经看到《鹰》中的意识形态含义（如果可以这样说的话）正是通过叙事缩减来建构出来的，在这部影片中，有意剪掉了黑手党群体，这一群体已经成为这类影片必需的结构特征。康多那置人于死地的仇恨之所以能够得到全面生动的传达，就是因为家庭背景下的力比多式吸引力被遮蔽了，只剩下主人公孤零零的身体。

　　《狂热》与这种描述一脉相承，尽管其生产和接受环境一开始令这个问题显得模糊，而且似乎赋予它一种非常不同的意识形态含义（老式的意识形态）。这部影片发行后不久正好赶上了波兰实行戒严令，所以拷贝随后就被收回了，在当时的情景下，可能是因为它表现了俄国占领军这个敏感话题（结果是只有美国有一部该电影的拷贝）。但是，如果就此认为它是一部赞成团结（pro-solidarity）的影片恐怕也没有什么意义。《狂热》中年轻的爱国狂热分子是无政府主义者和最纯粹的"幼稚左派分子"：某个更大的地下社会主义民众党系统被催生，但从未被表现；而且该片明确表示，片中的恐怖主义初衷绝对与任何这类群众政治运动无关，观众以为影片的早期版本中应该有这类群众运动，只是在后期制作中被去掉了。影片的第一个主人公（影片是围绕着**两个**主人公展开，他们的故事相继发生，这并非影片的最奇特之处）为他的行动做了形式上的辩护，认为他的行动就是在"团结"（这个词语在这里是一种非常不同而且具有反讽意味的用法）群众，让他们明白他们并不是孤立地斗争，这种政治效果在其他地方并没有中断,他的行动不是达到任何政治目的的手段。

这并不是说《狂热》让另一派或不联合的那一派感到舒服,他们被导演以排斥的态度表现为警察的密探、双料间谍、卖国贼和走狗,或者是资产阶级腐败分子,他们已经适应了这个体制,对反抗的前景感到恐惧。但是,革命行动本身只是像从前一样"在定义上"赢得我们的同情,我们现在必须讨论的是在性格方面,从天真幼稚或过于人道到这些主人公自身独特的病态特征。这有点像代表死亡愿望的**狄奥斯库里**(Dioscuri)①——一个是黑发,另一个则是金发;一个冰冷阴郁,另一个则快乐得近乎疯狂——他们专司死亡,他们的道路在叙事进程中只交叉了一次。黑发的杀手——因为中了一个斯拉夫人浓密的胡须的魔法而万分紧张,然后又以更加神秘的方式退场——被军事人员包围,这些人要么在这方面无能,要么在那方面笨手笨脚,他还获得某种爱情关系,这么说恐怕不一定对;而他的金发同伴却完全是独自行动,没有同志或性掺杂其中,他不是来自一个充满政治斗志的世界,而是来自由警察的密探和双料间谍组成的地下组织,他最后一次行动就是在警察总部,在那些声名狼藉的工作人员中间将自己引爆(那枚炸弹,真倒霉,没有响)。

但是在这部女人电影里,很显然那个抱有同情心的女性人物是第一叙事的中心,她自己对殉难的奇怪渴望(她想在一次豪华招待会上与总督同归于尽,但总督未出席),同样用于强调恐怖主义使命中的非个人化性质,其中个人的幻想和冷酷的政治策略既被从病理学上分开,同时又不可避免地纠缠在一起。两个禽兽般的性场面使这一点表现得非常生动:从监狱逃脱后,第一位主

---

① 狄奥斯库里(Dioscuri)是宙斯的双生子卡斯托尔(Castor)和波吕克斯(Pollux)的总称。——译者注

人公为了"卫生"像动物一样干她,她的欣喜若狂也充分说明了她那种激情的梦幻本质,她渴望有一个人,他在性格上较之康多更中立,差不多相当于一种被驱使、被魔力附体的不在场。在第二个性场面中,她在怨恨的柔情中将自己交给了另外一个军人,他无可救药地爱上了她,他活力四射的性抚慰被当做强奸一样接受下来,而且几乎驱使她进入十足的紧张状态。

无论它与当代波兰政治有着什么样的联系,《狂热》都是对无政府主义军事分子所从事的活动进行的一次毫不留情的剖析,让人绝望的历史处境本身便赋予了他们巨大的骄傲。与《鹰》一样,其中也有意识形态方面的展示,它是通过策略性隐匿实现的——群众的不在场——同时影片的构成要素也被相互分离——幻想和策略,狂妄的个人动机与狡诈的政治算计——它们在特定的矛盾中又彼此依托。我们已经考察了《水房》中的一个类似结构,在该片中,**历史**和**自然**的意识形态素在叙事中奇怪地保持着一段距离,影片的叙事将历史和自然的可怕力量强加在一个普通牺牲者的身体上。

所有这一切似乎都与魔幻现实主义的概念相距遥远,我们从魔幻现实主义开始,直到我们掌握了这些作品及其非叙事化过程(de-narrativization)中色彩与色彩以及身体与身体所形成的张力之间那种必然的、本质性的关系,非叙事化的过程最终表现为对意识形态进行分析和解构的过程。事实上,这两个特征——对意识形态或概念性的要素和看法进行策略上的删节或重组,以及对同一历史中的身体和物质的几乎相似的感受——只是同一美学运作的两个孪生的面孔,即不在和存在,它对以手术方式从其他叙事中切除的东西,从力比多方面上强化了它们现时的残存。

(1986)

【注释】

［1］参见 Angel Flores，"Magical Realism in Spanish American Fiction," *Hispania* 38（May 1955）：187－92。

［2］参见 Alejo Carpentier，"Prólogo" to his novel *EI Reino de este mundo*（Santiago，1971）；关于这一争论最有助益的评述仍然是 Roberto Gonzalez Echeverria，"Carpentier y el realism magico," in *Otros Mundos，otros fuegos*，ed. Donald Yeats, Congreso International de Literatura Iberoamericana 16（East Lansing, Mich.，1975），pp. 221－31。

［3］参见 Angel Rama，*La Novela en America Latina*（Bogota，1982），and especially Carlos Blanco Aguinaga，*De Mitólogos y novelistas*（Madrid，1975），in particular the discussions of Gabriel Carcía Márquez and Alejo Carpentier。

［4］我自己的"后现代主义"的参照系在我的 *Postmodernism; or，The Cultural Logic of Late Capitalism*（Durham：Duke Univ. Press，1990）已经做了概述。

［5］更多专业资料见 *Variety*，25 Feb. 1981。

［6］《水房》（*La Casa de Agua*）由托马斯·埃洛伊·马丁内斯（Tomás Eloy Martinez）执笔、委内瑞拉画家和电影评论家雅各布·潘佐（Jacobo Penzo）执导，拍摄于 1984 年（更多专业资料见《综艺报》，1984 年 8 月 29 日）；《不是每天都埋葬神鹰》（*Condores no entierran todos los dias*）由弗兰西斯科·诺顿（Francisco Norden）执导，取材自古斯塔沃·阿尔瓦雷斯·加蒂尔扎贝尔（Gustavo Alvarez Gardearzabel）1984 年的小说（更多专业资料见《综艺报》，1984 年 5 月 16 日）。我有幸在 1984 年 12 月哈瓦那第 6 届拉丁美洲电影节上观看了这两部电影。该文可以算做是我对主办方微不足道的感谢，仅以此文献给古巴革命。

［7］我沿用了这种表述，没有做任何的修改，这是我对该片的反应和印象的一个忠实感想；事实上，这次谋杀发生在 1948 年。我要感谢安布罗西奥·福奈特（Ambrosio Fornet）的精彩建议，他认为影片中那些事件的潜在指涉也可以被认为是 1948 年 4 月 9 日的波哥达冲击，在那次暴动中，自

由党领袖乔治·埃列塞尔·盖坦（Jorge Eliécer Gaitán）被康多那样的右翼狂热分子暗杀［见 Arturo Alape, *El Bogotazo：Memorias del olvido*（La Habana，1983）］。

［8］见上述注释 4。

［9］关于形象是对世界的解现实（derealization），见 Jean-Paul Sartre's *L'lmaginaire and Saint Genêt*。

［10］"有一个拉丁词语可以准确地描述这种伤，这种刺伤，某种尖头的工具留下的痕迹：这个词比其他词都适合我，因为它也可以用来表示点的概念，因为我正在谈论的这幅照片事实上就是由点、有时甚至是由非常细微的点构成的；确切地说，这些标记、这些伤口就是诸多的点。这第二个元素会干扰 studium（照片中明显的东西），所以我称之为刺点（punctum）……刺点就是刺痛我的偶发事件（但它也弄伤我，刺激我）。"［Roland Barthes, *Camera Lucida*, trans. Richard Howard（New York：Hill and Wang，1981），pp. 26－27］巴特的分析概念是一个必需的起点，但也仅是个起点；对探讨照片中的形象而言，可能是在新批评的"悖论"概念这个层面上，它代表了大约 30 年前诗学语言中的悖论。

［11］参见 Jean-Paul Sartre, "The Flies"（"*Les Mouches*"）and "*In Camera*"（*Huis Clos*），trans. Stuart Gilbert（London，1946），p. 71。

［12］即便如此，特奥多尔·冯塔纳（Theodor Fontane）的思想仍然值得坚持（常常被乔治·卢卡奇提及），冯塔纳认为你不可能将一部早于你自己的祖父母生活年代很多的历史小说成功地搬上舞台。

［13］Carpentier, "prólogo," *El Reino de este mundo*, p. 16.

［14］这种寓言式标志——其局限性与其威力——在《随波逐流的人》暗杀那场戏中可能得到很好的揭示：主人公从车门紧锁的汽车那摇上的车窗后面，看着他的情人带着哀求的、愤怒的绝望拼命敲打着汽车。

［15］Jacques Lacan, *The Four Fundamental Concepts of Psychoanalysis*, trans. Alan Sheridan（New York，1978），pp. 103，111－12.

［16］"Considerábase a Sabanas como la región más culta e ilustrada del país. Por país entendíase a todo el territorio de Sabanas y ala serie de tierras

附录　论电影中的魔幻现实主义　　195

circundantes, cuya extensión nadie se atrevía a conjeturar, pero que se extinguía al precipitarse en el mar, La siembra se planificó de acuerdo con las estaciones, de intempestiva regularidad, y según los colores del suelo, de arnplia y variada gama, extendiéndose desde el bianco casi puro hasta el negro azabache. Entre estos extremos, se encontraban numerosos tonos y matices del pardo, rosado, púrpura, amarillo, verde, gris, rojo y azul. Se hablaba del gris "débil" o "muerto" y del gris "lánguido" o "rico", del rojo brillante, rojo ladrillo, rojo encarnado, rojo purpúreo, rojo amarillento, rojo pardusco, rojo gualda, rojo fuego, rojo carmin, rojo carmesì, rojo escarlata, rojo quemado, rojo sangre y rojo atardecer, y se distinguí an los colores "moteados" de los "veteados", y los "manchados" de los "jaspeados", y a cada uno de ellos se le atribúian cualidades específicas para ciertos cultivos. Pablo Armando Fernandez, *Los Niños se despiden* (La Habana, 1968), p. 118; 我的翻译。

[17] "¡Fuego, fuego, fuego! ¡Bayamo en llamas! El resplandor que emanaba de los cuerpos borró sus rotros. sus formas. Enloquecida gritó: que comparezca elprimero Una nube de humo rojo le golpeó, eí rostro, y ella, frenética, volvló a gritar: que comparezca el segundo. Una nube color amarillo. Sin siquiera rozarla pasó frente a ella, y una tercera anaranjada, y una cuarta, verde, y una quinta, azul, y un sexta, índigo, y una séptima, violeta. Triunfante, se le | iuminaron los ojos animándole la voz, alegre, fina, dulcisima." Fernandez, Los Niñ as se despiden。pp. 160—61; 我的翻译。

[18] Stanley Cavell, *The World Viewed: Reflections on the Ontology of Film*, enl. ed. (Cambridge, Mass: Harvard University Press, 1979), pp. 89, 91. 他这样结束他的论点：

如果戏剧解释不再是我们理解彼此行为的正常模式——不管是因为我们告知自己人类的行为是无法解释的，还是因为只有救世主（现在是政治性的）才能救我们，还是因为人的本性必须在更深的层面上进行挖掘,而不是如戏剧性的宗教、社会学、心理学、历史或意识形态等理论随时都可以提供的——那么,我们的生活就不再是用黑白两色便能令人信服地描绘出来的。但因为在昨天以前,这种戏剧性模拟一直是人类展现自己的模式,而且我们人类对人性的理解也是因为戏剧性模拟的张力和解决之道而得到满足,停止戏剧性模拟在我们看来肯定等于人类消失一般。绘画与雕塑找到了各种途径在人像描绘中向人们无法满足的、对当下和美的渴望妥协——例如,它们找到一些办法使得画面本身相对于其色彩而言没有什么价值。但电影无法放弃人物形态或参照(尽管电影可以让形态或参照变成碎片,或者也可以激活其他的东西)。彩色电影放弃了我们最近对这些形象的正常(戏剧性的)理解,但不是通过否定我们与电影中那个世界的联系,而是通过将这种联系中立化。但是,由于我们的世界终究是被展现在我们眼前的,那些展现在我们眼前的形象总是与我们很相像的,而它们却又从来没有真正出现在我们眼前,因此我们对它们的解读总是解心理化的(de-psychologized),这对我们而言意味着非戏剧化(un-theatricalized)。这样一来,只有像居住于未来那样,这是从我们所了解的过去产生出的一种变异,只有如此投射那些形象才是符合逻辑的(如同我们知道的那样)。(94 页)

对一般意义上欧洲新浪潮(nouvelle vague)中色彩的精彩讨论,见 Marie-Claire Ropars,"La couleur dans le cinema contemporain," in *L'Ecran de la memoire*, ed. Ropars (Paris, 1970), pp. 160—73。她提到的谢尔盖·爱森斯坦关于色彩的反思基本上可以作为我这篇文章这一部分的主题:

对色彩的感觉作为一个过程像音乐一样是独立发展的,而且方式也完全一样,与作品的整体运动同步进行……如同为了凭其自身的价值成为一个表达元素而必须将皮面断裂的声音从用其制成的靴子上分离出来一样,橘红色这个概念必须从柑橘的色调当中分离出来,这样色彩才能插入一个受到有意识指引的表达与行动的系统当中。(Eisenstein, quoted in Ropars, "La Couleur," p. 173)

最后，你会禁不住再次回到引发思考的"色彩与意义"一章，见 Eisenstein, *The Film Sense*, trans and ed. Jay Leyda (New York：Harcourt, Brace and World, 1957), pp. 113—53。

[19] Fredric Jameson, *Fables of Aggression：Wyndham Lewis, the Modernist as Fascist* (Berkley and Los Angeles, 1979), pp. 57—58.

[20] 参见 the longer version of my "Ideology of the Text," in *The Ideologies of Theory*, Vol. 1 (Minnesota：University of Minnesota Press, 1988) pp. 17—71。

[21] 尤其参见 Julio Garcia Espinosa. *Una lmagen recorre elmundo* (Mexico, 1982) and Tomas Gutierrez Alea, *Dialectica del espectador* (La Habana，1982)。

[22] 参见上述第一节。

[23] "空间性"与约瑟夫·弗兰克（Joseph Frank）在他那篇著名的文章中所使用时一样更近似于为了达到多种记忆目的而做的一次共时调节（与弗兰西斯·叶芝［Frances Yeats］同样著名的《记忆术》［*Art of Memory*］类似），而不是自加斯东·巴舍拉（Gaston Bachelard）到亨利·列斐伏尔（Henri Lefebvre）在现象学、结构主义或辩证法方面对空间所做出的解释。

（陈平康　译）

Fables of Aggression: Wyndham Lewis, The Modernist as Fascist
by Fredric Jameson

First published by University of California Press, Ltd. 1979
This edition published by Verso 2008

Copyright © The Regents of the University of California, 1979.

All Rights Reserved.

Simplified Chinese edition © 2015 by China Renmin University Press

图书在版编目(CIP)数据

侵略的寓言/(美)弗雷德里克·詹姆逊著；王逢振主编；陈清贵，王娓译. —北京：中国人民大学出版社，2018.5
(詹姆逊作品系列)
ISBN 978-7-300-25514-9

Ⅰ.①侵… Ⅱ.①弗…②王…③陈…④王… Ⅲ.①温德姆·路易斯-小说研究 Ⅳ.①I561.074

中国版本图书馆 CIP 数据核字（2018）第 026649 号

詹姆逊作品系列
王逢振　主编
侵略的寓言
[美] 弗雷德里克·詹姆逊（Fredric Jameson）　著
陈清贵　王娓　译
Qinlüe de Yuyan

出版发行	中国人民大学出版社		
社　　址	北京中关村大街 31 号	邮政编码	100080
电　　话	010-62511242（总编室）	010-62511770（质管部）	
	010-82501766（邮购部）	010-62514148（门市部）	
	010-62515195（发行部）	010-62515275（盗版举报）	
网　　址	http://www.crup.com.cn		
	http://www.ttrnet.com（人大教研网）		
经　　销	新华书店		
印　　刷	涿州市星河印刷有限公司		
规　　格	150 mm×228 mm　16 开本	版　次	2018 年 5 月第 1 版
印　　张	15.75 插页 2	印　次	2018 年 5 月第 1 次印刷
字　　数	184 000	定　价	49.80 元

版权所有　　侵权必究　　印装差错　　负责调换